谨以此书献给为中华民族的解放和独立，为民族的复兴而英勇奋斗、抵御外侮、不怕牺牲的无名英雄们！献给为世界反法西斯战争暨中国人民抗日战争胜利做出贡献、热爱和平的人们！

川江东逝水

CHUANJIANG DONGSHISHUI

冰春 著

四川民族出版社

图书在版编目（CIP）数据

川江东逝水／冰春著. --成都：四川民族出版社，
2024. 4

ISBN 978-7-5733-1385-0

Ⅰ. ①川… Ⅱ. ①冰… Ⅲ. ①长篇小说–中国–当代

Ⅳ. ①I247.5

中国国家版本馆 CIP 数据核字（2023）第 130715 号

川 江 东 逝 水
CHUANJIANG DONGSHISHUI

冰 春 著

出 版 人	泽仁扎西
责任编辑	伍丹莉
责任印制	谢孟豪
出 版	四川民族出版社(四川省成都市青羊区敬业路 108 号)
邮政编码	610091
设计制作	成都圣立文化传播有限公司
印 刷	四川金邦印务有限公司
成品尺寸	170mm × 240mm
印 张	16.25
字 数	230 千
版 次	2024 年 4 月第 1 版
印 次	2024 年 4 月第 1 次印刷
书 号	ISBN 978-7-5733-1385-0
定 价	78.00 元

目　录

川江东逝水

第一章

1

"大划子来啦！大划子来啦！……"随着一群半大孩童的欢呼，那些提着用帕布遮盖着的筐篮，卖白糕、黄粑、馒头、花卷、煮鸡蛋的，挑着担子卖豆腐脑、担担面、抄手的，一股脑儿占满了轮船码头岸上石梯尽头的空地，像似列队欢迎还远在两公里开外逆流而上的大划子——客轮的到来，旅客的上岸。东门口码头的空气仿佛都在这片热切的嘈杂声中退去了寒意。

这是1938年泸城冬日里一个难得的晴天。军统"川江保卫行动"泸城组副组长肖仲义坐在望江茶楼二楼临江的一个包间里，看着码头上闹哄哄的场景，用望远镜瞄了瞄拖挂着乌篷大木船的客轮，正待下楼，手下行动队队长王木然上来报告："组座，一切准备就绪。"

肖仲义正色道："副组长！叶组长才是组座！给弟兄们说过多次，军中规矩，切莫乱喊！"

"是！副组座！干脆叫你副座算了。"王木然一个立正，随即扮了个鬼脸，二人笑了起来。

"哦，对了，告诉弟兄们，这客轮拖挂着乌篷客舱船，"肖仲义一边说一边将望远镜递给王木然，"看那吃水线，已经是满负荷，才到馆驿嘴，起码要十几分钟才能靠拢这里的趸船。不要提前暴露了身份，接客的和小贩人群中，肯定混入了和来人接头的日特或汉奸，到时一并拿下！"

"是！"王木然将望远镜递还给肖仲义，去了。

肖仲义安排人手密控东门口客运码头，是因接到了正在重庆军统本部开会的组长叶云翔的密电："据可靠消息，日特山本寿夫携电台一部，男女随员两名，乔装成难民，于昨晨乘江阳轮离渝，将于今日下午抵泸，与潜伏于泸的敌特在东门口码头接头，以展开日寇之'川江骇浪行动'。务望一举捕获归案。"

"呜——呜——呜——"三声汽笛鸣响，客轮已然驶过了东门口码头两百余米，正向江对面开去。鸣笛，是表示船要掉头转向停靠码头了，一是要趸船上的水手做好接应的准备，二是警示江上往来的小火轮啦、木帆船啦、打鱼船啦、乌篷船啦等等注意避让。肖仲义下意识看了看手表，正是下午四时三刻。

彼时，重庆至泸城的客轮，洪水季的航程为两天，枯水期的航程为一天半，中途停靠朱羊溪过夜。泸城至重庆，因是顺江而下，则为朝发夕至。正是全面抗战抵御日寇侵略之时，日占区许多民众不堪鬼子欺凌纷纷逃难至西南大后方，四川又是逃难者驻足停留或途经之地，涌者汹汹。平常装载百十来号旅客的大划子，挂靠上乌篷大木船作为客舱多搭乘几十上百人，已成为常态——船靠目的地码头，自然也就要多出三四个小时。此为闲话，就此打住。

"呜——呜——呜——"又是三声笛鸣，江阳轮和趸船稳稳相靠。荷枪实弹的水警踏上栈桥，在趸船的两处出口，依次检查旅客及其行李。

此时的东门口码头已是人头攒动。力行的挑夫、力夫们，早已跑下码头百十级陡直的石梯，希冀为雇主们搬运物件行李。

"哎！格老子，那个拿纤担的，不准上跳板！"一个刚走上栈桥的挑夫，被水警的一声断喝吓退回了沙地上。

肖仲义抽着纸烟，混迹于各色小贩和接客的人群中，瞅着陆续上岸的旅客，闻辨着人群中的各种口音，等待着猎物的出现。

"哥，你在这里干啥？"肖仲义的肩膀被猛地拍了一下，吓了他一跳，转头一看，是妹妹肖仲芸。

"鬼丫头,没大没小的!"肖仲义笑道,"我来接重庆来的朋友。你也是接人?"

"嗯,接一个同学,原来金陵大学的室友。"肖仲芸一边说,一边往走上码头石梯的旅客中睃巡。

没有寻见要接的人,肖仲芸抱怨道:"这些水警平常也不检查,今天咋了?这样检查,旅客何时才能全部离船上岸啊?"猛然间脑子里灵光一现,"哥,你们有任务?"

肖仲义正想训斥妹妹两句,未及开口,王木然跑过来低声报告:"副座,趸船上发出信号,有情况!"

肖仲义拔腿就走,朝趸船奔去。

待上了趸船,肖仲义回头看时,发现紧随其后的,不但有王木然,还有肖仲芸,立马唬下脸呵斥:"小芸,你跟着来干啥?回岸上去!"

"哥,你干吗那么凶啊!我上船接人不行吗?"肖仲芸嘟着嘴,一副委屈无辜的样子。

"副座,我们去船长室吧,人在那里。"王木然适时解围。

肖仲义和王木然进了船长室,十分钟后,两人和另外几个人一起出来了。走在前面的是一位头戴黑色贝雷帽,身着黑呢大衣,脚蹬黑靴,手提红色皮箱的妙龄女郎。

"勤勤!"候在船长室外的肖仲芸发出了惊喜的叫声。

"仲芸!"妙龄女郎同样发出了惊喜的叫声,随即放下皮箱,和肖仲芸热切拥抱。

"小芸,这就是你要接的同学?那她就交给你了,送她去报话局吧。"肖仲义走到她俩身边,说道,"陈小姐,对不起,一场误会。"说完,带着手下走了。

一连三天,肖仲义带人在东门口码头设伏擒拿日特汉奸,却始终不见他们的身影。莫非是情报有误?还是情报泄露?抑或日本鬼子根本就没有上客轮?还是在朱羊溪下船跑了?

三天后，组长叶云翔回到了泸城，下令取消设伏擒敌行动。

2

军统得到的情报没错，消息也未泄露，山本寿夫他们更没在朱羊溪乘夜下船逃跑，而是那天根本没有登上江阳轮，然而他们又的确潜入了泸城！

山本寿夫一行三人，居然是乘坐运输物资的军车来的！

本来他们是购买了船票的，就在登船的前夜，山本寿夫突然接到日本隐蔽在重庆的特务机关的指令：取消乘船，改走陆路，于是由潜藏于国民政府军事委员会后方勤务部的少校副官、伪特王数安排，几人化装后搭乘上由重庆开往泸城蓝田兵站的军用运输车。有了武装押运军需物资车队这层保护伞，沿途没了检查盘问等诸多麻烦，山本寿夫一行在肖仲义于码头设伏的第一天晚上，就顺利抵达泸城，在夜色雾霭中，住进了顺江客栈。

翌日上午，早已改用中国名字"汪洪"的日军大佐山本寿夫，一身商人打扮，和假扮其妻子、身着棉旗袍的大尉报务员小泉智丽——吴智丽坐黄包车离开了顺江客栈，只留下扮成伙计跟班的少尉松井太郎——孙登辉守护电台。

"先生、太太到哪里？"车夫问。

"知道三牌坊附近有家张记苏杭绸缎庄吗？"汪洪说着一口夹杂着苏浙口音的中国话。

车夫拉着车边跑边答："哦，你是说张仁礼老板的铺子吗？这两年张老板可发大财了！外省人特别是像你们这种口音的下江人躲战祸来我们四川的人多，他那些陈年旧货都卖完了，现在改卖洋布、土布了，人气仍然旺得很呢！"

汪洪和"太太"吴智丽相视一笑，随即答话："我们就是去那里的。"

"看来张仁礼的伪装是成功的，不负他十几年来为大日本帝国的圣战，在四川、在泸城潜伏所付出的艰辛。只是不知道当年那个在上海日本东亚同文书院学习的青年才俊，现在是什么样子？"想到这里，汪洪有些焦虑，他只想尽快见到这位学长，便问车夫："还有多远？"

"不远，十来分钟就到了。"

沿途不时有背插大刀，肩挎"汉阳造"步枪，身着土布灰军装，脚蹬布鞋，唱着"大刀向鬼子们的头上砍去……"的列队士兵，穿街过巷，向江边的各处码头集结，他们将乘轮船或大木帆船奔向各地的抗日战场。街头不时有路人驻足围观，听学生们抗日的演讲。路过一热闹处，正在上演活报剧，汪洪叫车夫停下，观望了一会儿，问："这是什么剧？叫什么名字？"

"先生，这你都不知道？活报剧《放下你的鞭子》！"车夫笑着抢白了一句。

汪洪一时无语，挥挥手让车夫赶路。

来到张记苏杭绸缎庄，里面有几个顾客正在选看布料。汪洪和吴智丽在店里转了一圈，一位伙计候着问道："先生、太太，可有中意的？"

吴智丽摇了摇头，汪洪道："伙计，你们掌柜的在不在？"不待伙计答话，汪洪补充说："麻烦你通报一下，我们是他老家的亲戚。"

伙计进去了片刻，跟着一个头戴瓜皮帽，身着虎纹绸缎袍子，四十开外的男子出来了。

"东家，就是他俩，说是你的亲戚。"伙计指了指汪洪和吴智丽，恭敬地对张仁礼说。

"你们是——"张仁礼不认识他们，满脸狐疑。

"表哥，我是你表弟汪洪，小名大毛啊！"汪洪的语气显得十分急切，"你还记得黄浦江外滩的钟声吗？"

"当然记得。只是我已经离开上海二十年了，外滩的景致还是那么美丽吗？"张仁礼注视着汪、吴二人问。

他们在接头，说的是暗语。

"繁华依旧，换了主人。"汪洪答。

这时，张仁礼注意到吴智丽双手交叉合拢，似要抱拳施礼，却以一根手指轻击手背，发出密语："多田俊夫，我们是总部的人，这里安全可靠否？"

"哎哟！大毛兄弟，真的是你们啊！多年不见老家人了！快快快，后院请。"张仁礼满脸喜悦，语气热情。

接上头后，在张仁礼的疏通打点下，从上海逃难而来的商人汪洪，几天后在沱江边的小河街开张经营起汪氏茶号来。

3

"诸位，总部收到中共重庆八办从延安方面转来的情报：日伪'川江骇浪行动'的核心成员，不但早已潜入四川，而且就在几天前，在我们的眼皮底下，其泸城组负责人山本寿夫大佐已经潜入泸城！上峰命令：必须在最短时间内，以最快速度查获逮捕此等日特，确保泸城区域内之应用化学研究所、化学兵基地、二三兵工厂等军工、民用工厂和相关专家、人员的安全！"

军统上校处长、"川江保卫行动"泸城组组长叶云翔刚回到泸城，连夜召集各股、队、室负责人开会。人一到齐，他就说了这段开场白。

"诸位，这是军统局自成立以来，在四川大后方，为了抗战，为了中国工业命脉，准确地说，"叶云翔顿了顿，冷峻的双目巡视了一遍在座的人，继续道，"为了抗战军工命脉的延续，与鬼子和汉奸的殊死较量！因此，我们要不惜一切代价，抓住日特，保卫泸城安全！"

"誓死完成任务！"肖仲义带头，众人齐刷刷地站起来，热血沸腾地回答。

叶云翔也站了起来："好！"双手往下按了按，"大家坐下吧。有个情况告诉大家：陈立夫先生不再兼任军统局局长，改由委员长侍从室贺耀祖主任兼任。不过呢，实际负总责的仍然是副局长雨农先生——我们的戴老板！因此，我们只有一个戴老板！我们务必也只能听命于戴老板，效忠领袖蒋委员长！"众人又起身立正："听命于戴老板，效忠蒋委员长！"

叶云翔说得没错。自1938年国民政府军事委员会军事调查统计局成立以来，军统系统中绝大部分中下级成员，只知道戴笠是他们的老板、局长，根本不晓得在他之上还有个什么挂名的局长，外界就更不了然了。军统的家规训令，核心中的一条就是听命于戴笠，效忠蒋介石。

"现在，大家将山本的资料传阅一下。"叶云翔打开卷宗，抽出一张毛边纸，递给左下手端坐的肖仲义。

众人依次快速阅览。

材料很简单："山本寿夫，男，三十二岁，日本东京都人，生于中国上海，早年就学于培养间谍的上海日本东亚同文书院，后留学德国学军事，日谍头子土肥原贤二的爱将，大佐军衔，中国通。南京沦陷后，随日军进攻武汉，日前已潜入泸城。"

"处座，现在的泸城，光是涌入的难民，就有好几万人，加上驻军等，城镇人口已达二十几万。我们这些人，都是从各地而来，对这里的情况还不太熟悉，资料这么少，怎么挖出山本？"王木然问。

侦查股股长李山随即搭话："处座，能不能让八办方面把情报提供得再详细些？"

叶云翔正色道："扯淡！还不嫌丢人啊？鬼子的'川江骇浪行动'和此次山本的入川情报，都是中共提供的，尽让他们占了先机！"叶云翔铁青着脸站了起来，"这说明什么呢？说明我们这群所谓的党国精英，都不堪重用啊！"

众人肃然。

肖仲义打圆场："老师息怒，老师息怒。请坐请坐。"

叶云翔坐下后长长地吐出一口气，继续道："中共方面要是还有什么详细情报的话，早就给我们了。在打鬼子方面，他们是不会含糊的！所以，我才特意请示戴老板，将肖仲义中校从沦陷区的南京站紧急调回，加强我们辖区的力量！他是泸城人，熟悉这里的情况。"

肖仲义起立立正："老师，学生一定不辱使命！"

"好！你给大家讲讲二三兵工厂等情况吧。"叶云翔脸上露出了一丝笑意。

待肖仲义讲完，叶云翔又说道："诸位，日特是很狡猾凶残的，加上他们有汉奸败类的帮助，是很难对付的！据可靠消息，目前中统已插手此事，中共已暗中派员对付日特，介入其中。我们必须抓紧行动，务必赢得先机！"

"是！"众答。

"诸位就各司其职！散了吧！仲义留一下。"叶云翔挥了挥手。

4

钟鼓楼的报时钟悠扬地鸣响了三下，正是下午三点。

此时，肖仲义迈着悠闲的步子，走进了川江饭店底层右侧的西餐厅。他睃巡了一下：有十来个似恋人、似商人、似职员的男女，散坐于各张桌旁，或交头接耳，或轻声细语。不待上前迎候的侍者开口，肖仲义说："已经订了的，五号桌。"

五号桌是临窗的最后一桌，坐在这里可以看清整个西餐厅从门口到里面的一切，还可以观察到街面的情况。要了一杯泸州特产茶——产于纳溪银顶山的竹叶青后，肖仲义点燃一支"美丽"牌香烟，静待接头者的到来。

接头，是肖仲义奉军统局本部之令，从南京站调回重庆时，化装进入曾家岩八路军驻重庆办事处接受领导新的指示任务后，八办主任周怡给他的约定。为了方便他在泸城的秘密工作，上级将派人配合协助他，充当他和上级的联络员，他和党组织只有南方局领导上下之间纵的关系，不得与地方地下党组织发生横的联系。接头日期的头一天，他翻阅报纸，在《川南时报》的"寻人启事"栏目中，终于看到了一则他盼望多时的信息："老邓，我们在重庆走散后，经多方打听，知道你去了泸城。今妻已来泸，亟盼与夫君团聚。下江人：韩江雪启。"后面还有两行："若有知情者相告，当重金酬谢……"当时，肖仲义激动不已，"娘家"终于来人了！代号"老邓"的他，一向是个稳重的人，这时却在办公室走来走去了好几分钟，甚至在办公桌上擂了一下，差点将茶杯盖震落了，以致让进来送文件的机要秘书孙雨露吓了一跳。

川江饭店的西餐厅不时有人进进出出。喝茶、泡茶馆，是四川人固有的习惯，吃西餐、喝咖啡，当地人原本并不怎么喜欢，只是在这四通八达的泸城水陆大码头，有什么新潮的玩意儿，泸人也都爱追捧一把。随着抗日战争特别是全面抗战的爆发，许多外省人特别是下江人不愿当亡国奴，避战祸逃难至大西南，进入四川，进入川南，进入泸城，一时各种口味杂陈，各种菜系在鱼米之乡泸城铺排兴盛起来。自然而然，喝咖啡、红酒，吃西餐的人也就多了起来。

肖仲义看了看手表，离接头的时间还有一分钟，再次确定周围无不安全因素后，他从大衣内袋里掏出一个精巧的德制不锈钢扁酒壶，放在桌上。这是他在重庆八办时和周主任约定的安全信号：届时和组织上派来的人在川江饭店西餐厅五号桌接头时，扁酒壶放在桌上表示安全，接头进行；桌上未见扁酒壶，代表有危险，来人需及时撤离。

列位看官，那个年代虽是国共合作全面抗战，但蒋介石仍然抱着"溶共、防共、限共、反共"的思想并时有行动。因此，中共在抗战大后方，除了公开的组织机构有公开活动外，其他组织和人员仍处于地下状态，一边鼓励军民抗日，一边防范日特汉奸，更要严防国民党特务组织的破坏和捕杀。隐蔽战斗，保持发展力量，待机行动，这是那时抗战大后方中共地下组织的斗争策略。

言归正传。肖仲义放好扁酒壶，刚点燃一支烟，就瞧见门汀处一个有些面熟的女郎正在侍者的引领下朝这边走来。他迅速在脑海里搜索了一下，心中暗吃一惊——陈勤勤！此时，临走近五号桌的陈勤勤，似乎停顿了一下，她也很诧异——接头人竟是军统特务头目肖仲义！接着她匆匆一瞥，表面上是瞥肖仲义，实则是看德制不锈钢扁酒壶，随即款款而至。

侍者移动了一下椅子："小姐，您请坐。"

肖仲义早已站了起来："陈小姐，请坐。"

不知是对侍者还是对肖仲义，陈勤勤边坐下边说："谢谢。"

"陈小姐，你喝点什么？"肖仲义坐下，笑问。

"咖啡。"

趁侍者去取咖啡的间隙，陈勤勤以玩笑的口吻道："肖先生，你一人在这里枯坐，让我想到了'孤舟蓑笠翁'。"

"有意思。"肖仲义笑答，"我的确是在此享受'独钓寒江雪'的意境。"

柳宗元的两句诗正与此刻的意境吻合，两人接上了头。

"想不到你就是'老邓'！那天在船上，你和那帮军统特务好凶哦！"陈勤勤微笑着，轻声说道。

"我也没想到，电报局新来的工程师原来就是'韩江雪'啊！"

侍者将咖啡端上来了。

5

那天军统在东门口码头设伏抓日特山本寿夫时，差一点误抓了邮电署派往泸城的电报电话局的密电专家、工程师陈勤勤，要不是肖仲义及时赶到，笑话就闹大了。

在趸船上检查旅客行李的军统人员，许多人只听说过日本鬼子的凶残狡诈，却没见过日本鬼子的真身，更别说日本间谍了。高度戒备的紧张心态，让他们对所有旅客都持怀疑态度。当陈勤勤迈过船舷上到趸船，那一身时髦的穿戴，加上那只显眼的红色大皮箱，立马引起了检查人员的注意。他们在开箱检查时，发现了一台德式军用电报机，几个人立即亮出家伙（手枪），将她"请"到了船长室，并向码头岸上发出发现敌特的信号。待肖仲义赶到，一直不说话的陈勤勤才掏出证件，亮明了自己密电专家和工程师的身份。见肖仲义仍然狐疑，陈勤勤说："如果你们不相信我的身份，有两个办法可供你们选择。第一，你们打电话去重庆邮电署问问便知；第二，中统泸城调查室的肖仲芸，你们把她请来，她可以证明我的身份。"有了这番话，肖仲义恍然明白弟兄们抓错了人——陈勤勤原来就是妹妹仲芸要接的人。肖仲义挥挥手，陈勤勤随肖仲芸离船而去。

现在，肖、陈二人在西餐厅说起那场误会，都不以为怨，而是轻描淡写地一语带过。

"上级派我过来协助你，当你的掩护者和联络员，目前主要的工作就是搜集日特、汉奸的行动情报。"陈勤勤啜了一口咖啡，开门见山地低声传达上级的指示，"哦，我还有一个秘密身份，上级让我告诉你，我还是侍从室机要室里专责电讯密码技术研究的工作人员。主任毛庆祥让我来泸，就是为了破译密码，对付鬼子的'川江骇浪行动'。"

肖仲义暗吃一惊："这姑奶奶有多重身份啊！"

陈勤勤又啜了一口咖啡，欲言又止，随后脸上泛起红潮，轻言道："上级还指示我们，以谈恋爱为名建立走动关系，以此作为掩护。"

"啥？"这下轮到肖仲义脸红了，他挠了挠头，"这可咋整？可得想清楚，得有一个让人信服的、自然而然的理由。"

"我已想好了办法，通过你妹妹仲芸牵线搭桥。"陈勤勤边说边不好意思地低下了头。

二人约定了一般情况、紧急情况和特殊情况下的联络信号后便各自离开了。

毕竟，他们还没有足以掩人耳目的理由成为恋人。

第二章

1

当浓雾渐渐散去，化作一匹匹、一缕缕薄薄的轻纱时，太阳升起来了，平静的江面上闪耀着红色、金色的粼粼波光。环绕泸城的长江、沱江各码头，一时间人声嘈杂，一派忙碌的景象。客轮、火轮、拖驳船不时响起鸣笛声，准备离岸；更多的是从桅杆上升起风帆的大木船上传出的此起彼伏的"起锚"的吆喝声，让江面欢腾起来。

"掌柜的，就要开船了，请上船吧！"打扮成伙计模样的军统侦查股特工刘朝云匆匆走来，对在街边小铺喝豆浆、吃油糍的一对年轻夫妇躬身说道。

这对夫妻装扮的年轻人，男的是肖仲义，女的是孙雨露。

"走吧。"抽着烟卷的肖仲义起身，刘朝云躬身提起了他坐的条凳旁边的皮箱。

"等一下嘛！"孙雨露学着用四川话说："我这个窝窝油糍还没吃完，好巴适、好安逸哦！"

刘朝云有些急了："船不等人，说开就开，孙秘书！"

"嗯？"肖仲义瞪了刘朝云一眼。

"口误，口误！"刘朝云已然知道自己叫错了称谓。此次行动组便装前往罗汉场、高坝侦察，而且不乘江防炮艇，兵分两路：一路骑马或徒步，装扮成贩夫走卒，过沱江浮桥走旱路；一路装扮成商人或三教九流之人，在铜码头乘短途客轮走水路，其主要目的就是不惊扰敌特，而且弟兄们都明白肖仲义的意思：顺便了解泸城水陆码头的社情民俗、山川风物、地形地貌。

"肖太太，请吧。"刘朝云躬身赔着笑脸，用眼角余光瞟了一眼面无表情的肖仲义，对孙雨露说。

孙雨露嘟了嘟嘴，一副极不情愿的样子，站了起来，望着肖仲义木然的面孔，突然伸出一只手挽着他的胳膊，笑了起来："走吧，听阿拉先生的！"

这时，从街对面的白糕铺内堂走出了三个人。肖仲义瞥了一眼，和他们一样，走在前面的一对似夫妻，后面跟着的是提着藤箱的伙计，只是这伙计走路有些内八字，似罗圈腿。就在他有些愣神的时候，孙雨露摇了摇他的胳膊："走啊！"

"格老子，内八字，罗圈腿。"肖仲义回过神来，在心里骂了一句，边走边对后面的刘朝云撂下话语，"告诉船上的弟兄，对前面那三人盯紧点！暗中调查一下！"

"是！那我先去了！"刘朝云提着箱子，一个箭步已与肖仲义并行。

肖仲义一把拉住了他："慌啥慌！看清楚了，上船再说。跟班跟班，跟在后边去！"

通往铜码头的主街铜店街，长不过两百米，然而由于码头的繁荣，酒楼、茶馆、小食铺林立。抗战军兴，烽火连天，曾做过泸城专署教育科科长的卢作孚先生，此时虽为民生公司老总、国民政府交通部次长，因在军工厂、民族工业和政府等的迁川工作中立下汗马功劳，赫赫功勋，彪炳史册，但他始终没有忘记造福川人，造福泸城人民。为了西南要会——川、滇、黔、渝、蓉水陆交通枢纽，泸城的人流货物畅通，他不但在泸城设立了民生公司办事处，且开通了泸城至重庆、叙府（宜宾）的长途客轮，增设了泸城至周边重要城镇的短途客运，一时让泸城长江、沱江流域呈现出千帆竞渡、客货轮笛鸣的景象，极一时之盛。

铜码头的石梯陡而直，从码头堤岸到达河坝，有三百余级，每隔五十级阶梯，有一处可供几人歇息的平台。此时，码头上的售票窗口前，排队购票的长龙得到了一声冷冷的断喝："这班船的票卖完了，半个小时后卖下班船的票！"接着"吱呀"一声，窗子关上了。"下一班船是啥时候？"一东北口音问执勤的水警，水警答："罗汉场的船开上来就走，十点过吧。"有川音骂："还去赶个屁的场，到了那里，都散场了！"一时人声鼎沸，杂七杂八的声音弥漫在码头上空。

"雨露，你走这石梯没问题吧？"看见孙雨露望着石阶有些胆怯的眼神，肖仲义关切地问。

孙雨露使劲眨了眨眼睛，强作镇定地拽了拽肖仲义的胳膊："虽说比我们苏州的码头陡险，但比起重庆朝天门码头又舒缓了许多。有你在，没问题！走吧！"

下至五十级台阶，客轮鸣响了第一声笛哨——预示着准备起锚开船了。一时间，还在石阶上行走的人和正从河坝中、栈桥上奔向轮船的各色人等，都在慌张中呼喊着一个意思："等一下！等一下！"

"你咋了？"肖仲义见孙雨露脸青面黑，喘着粗气，连忙扶着她问。

"义哥，我，我，我一走这种险峭的石阶，就心虚发慌。"

"恐高症？"肖仲义二话不说，背起孙雨露，三步并作两步，向客轮奔去。

列位看官，时下许多国产谍战"神剧"常把中共卧底、军统、中统、日谍、伪谍等描写成无所不能的神人，这些描写者多半是"神头儿"。其实作为间谍者，通才者，有之；身怀绝技，大显神通者，有之；但更为普遍者，只乃有一技之长的普通人矣！孙雨露虽身为军统之一员，却并没经过什么特殊的"魔鬼训练"，而是靠一手过硬的速记技能，被其供职于监察院的父亲推荐给叶云翔的。所以，美女特工有恐高症也就不奇怪了。此为后话，暂且不表。

船行江中，至市府路码头，偏离中央航道，靠右岸沿茜草、张坝桂圆林驶去——左岸的沱江上、中、下码头，馆驿嘴溯长江而上的一号至七号码头，有众多的木帆船、机动船或火轮拖驳船正在起航，规避礼让，是行船的规矩。寒风凛冽，江水湍急，此时的船头上早已没了看江景稀奇的旅客们的喧嚣——喧嚣已跑进了客轮和挂靠着的乌篷大木船的舱里。

"你没事了吧？"吹着江风，肖仲义感到些寒意，拍了拍靠着他肩膀的孙雨露问。

船头上只有他俩。孙雨露自肖仲义背着她上了船，心虚发慌的症状已全消，只是她觉得这个并不英俊挺拔的大众化的男子，确实是一个有温度、有肩膀可以依靠的人，于是依旧佯装不适，来到船头吹风喘气。她将身体朝他拱了拱，正待吴侬软语一番，刘朝云跑来了。

船头风大，说话吃力且听不清楚，三人退至前舱右侧船舷。刘朝云报告："掌柜，王掌柜已查明，那三个人正在水手长房间里休息。"

"水手长房间？"肖仲义面无表情，"怎么进去的？什么身份？什么来历？"

"王掌柜已询查过水手长了，说这三人是迎晖路苏杭绸缎庄老板张仁礼逃难来泸的表亲，是张仁礼让他们来找水手长关照的。"刘朝云报告完了。

张仁礼？这名字不但熟悉，而且肖仲义小时候还和他做过邻居。后来张仁礼不知从哪里发了一笔横财，开起了苏杭绸缎庄，发达了，买了一座两进院落，搬走了。

"告诉王掌柜，暗中密切监视这三个人，看看他们去罗汉场干什么！另外，对那个罗圈腿，要想办法接触一下，让他开口说话，探探他究竟是什么鸟！"

"是！"刘朝云去了。

王掌柜，即是先期率几个弟兄上船的行动队队长王木然。

江面上，帆影点点，渔舟出没。长江两岸，不时有纤夫躬身逆行，拉着溯流而上的乌篷大木帆船，吭哧吭哧地喊着颇具川江韵味的船工号子，嘹亮的嗓音回荡在川江上空。

2

轮船快到罗汉场了，船头甲板上、船舷边站满了大人小孩——有看岸上风景的，亦有着急心慌等待船到码头上岸的。

一艘江防炮艇快速驶过客轮，直抵罗汉场码头。码头趸船两边，正有十余艘搭着桥板，落下风帆、桅杆高耸的乌篷大木船，正装卸着粮、油、茶、盐、酒、五金、杂货等货物。

客轮靠近趸船的时候，人们看见趸船上已站着从旁侧炮艇上过来的十几个荷枪实弹的保安司令部的士兵。肖仲义暗吃一惊：居中站着的，是中统泸城调查室主任张功建和自己的妹妹肖仲芸等数人。出了什么事？未及细想，和所有人一样，肖仲义听见了趸船上电喇叭传出的男声："客船上所有的人注意：请大家退回原位，就地不动，船靠岸后，依次下船，接受例行检查！"广播重复了三遍，客船和趸船发出一声碰撞声，在一串有节奏的哨声中靠拢了。

两小时前，中统接到密报："中共地下党员，原永宁河游击队队长、神枪手钱剑飞，今晨将从铜码头乘船前往罗汉场，提取一批由隐藏在二三兵工厂的地下党运出的枪支弹药。"永宁河游击队，是中央红军长征转战泸城境内古蔺、叙永两县时组建起来的，目的是策应红军主力行动。几年来，国民党军和保安部队虽多次"进剿"，却始终没能"消灭"这支游击队。随着全面抗战爆发，国共两党携手联合抗日，因在抗战大后方，为了遵循两党不得在国民政府后方辖区保留独立武装的原则，上级命令取消了永宁河游击队的番号，钱剑飞和他的几十号队员化整为零，或通过重庆八办秘密去了延安，走上了抗日前线，或隐没在城镇乡村、山野河畔待机，他们消失得无影无踪，让国民党军警宪特找不着北。如今，得知钱剑飞的出现，张功建大喜过望，认为自己终于可以报杀兄之仇了——张功建的哥哥、保安旅的张营长，就是在两年前"进剿"永宁河游击队时，在永宁河畔的大理岩上被钱剑飞射杀身亡的。当然，现在而今眼目下，公开抓捕共产党是会惹民怨生事的，不过他们的身份都是秘密的，那就来个公开的秘密抓捕吧！张功建计上心来，时下泸城境内匪患猖獗，他便以抓土匪的名义，调集江防炮艇和保安司令部的士兵，带着手下展开行动。

船舷的铁栅栏门刚一打开，几个士兵就吆喝着"让开让开"蹿了上去。

客舱和挂靠的乌篷木船上一片嗡嗡嘤嘤的嘈杂声。

"发生了啥子事嘛？"

"幺蛾子，折腾个屎！场都要散了，还让不让人赶场了哦？"

"家里人等着我们花刻（回家），这不急死人了吗！"

不断有旅客高声发问、说话，兵士中小队长模样的人将手中的"盒子炮"朝上挥舞了几下，大声喝道："大家安静！船上有山匪江贼，兄弟们奉命缉拿！排好队，下船后间隔五米接受检查！"

山匪江贼？船上立马安静了许多，有小孩吓得哭出了声。

肖仲义携孙雨露走上了趸船，至栈桥检查处，让站在旁边的张功建和肖仲芸吃了一惊。

"老弟怎么也在船上，有公干？"张功建笑问。

"张大主任好大的气势！抓何方山匪江贼？居然要中统出马？"肖仲义不做正面回答，反问道。

张功建一副笑面虎的模样："保境安民，责无旁贷！哪分军警宪特、中统、军统的！"

肖仲义哈哈一笑："张主任说得极是！这阵势，我看是抓中共地下党吧？"

"哥，你可别乱说！都国共合作了，谁敢干那些事？"肖仲芸满脸严肃，"我们的确是来抓土匪的！"

肖仲义不再搭话，指了指身后刘朝云提着的皮箱，问张功建："开箱检查检查？"

　　"不用不用。肖大组长请吧！"

　　"张主任，老弟有事麻烦你一下，"肖仲义对张功建耳语道，"趁你现在公开检查，派人到水手长房间盘查一下里面的两男一女，弄清身份，听清口音，特别是那个伙计，我看像日本人。"

　　"哦？"张功建一双金鱼眼顿时鼓了起来，"莫非船上有日谍？仲芸，你立即带几个人去盘查！"

　　"是！"肖仲芸带着两个便衣去了。

　　"谢了！"肖仲义双手抱拳对张功建行礼，留下刘朝云等候消息，便和孙雨露上岸而行。

　　罗汉场，因寨门口有一株千年黄桷树，明清时曾名曰黄桷岩、保安村、复兴场，位于泸城之东约八千米，东南临长江，北倚龙溪河。场后建有一寺，寺旁有一石神似罗汉，取名罗汉寺。清雍正七年（1729），原复兴场改名为罗汉场，亦即罗汉镇，是川江岸线三十六个大码头之一，为泸城深水港区。明清以来，罗汉场因水陆码头而商贾云集，周围百里之外的粮商、油商、酒商、盐商和苏广货、南货客商在这里交易，云贵山区马帮商队的茶、桐籽、山货从这里上街走重庆、万县出川江。每天从城中馆驿嘴码头下来的几十艘大船，装运货物，来回往返，一片繁忙。场镇里的两条大街上，旅馆客栈，饭馆茶馆，面铺食杂，火锅汤锅，日杂烟馆，力行马行，木帮船帮……鳞次栉比，连偏街小巷的许多人家也腾出客房，或在堂屋里摆上两三张桌子，做川味家常菜，接待客商。可谓大街小巷美酒飘香，百业兴旺。民谣云："得天独厚水码头，泸城古镇富一方；粮油茶酒运江阳，罗汉老街聚群商。"全面抗战爆发后，随着二三兵工厂从河南巩县搬迁至比邻罗汉的高坝重建，成千上万吨的物资由重庆、泸城水运至罗汉场，再由人挑马驮运至高坝。兵工厂的建设进一步促进了消费和市场的繁荣，泸城和重庆许多大小商号纷纷到罗汉场开店设号，罗汉场的商圈地位极一时之盛，名震川江。

　　孙雨露双手挽着肖仲义，拾级而上，满脸幸福，对来来往往的行人视而不见。先前下铜码头石梯时的什么恐高症啦，心发慌啦，统统没了，现在她唯一的感觉就是：靠着这个男人的肩膀，踏实、温暖、幸福！嫁人就要嫁有这种肩膀可让自己靠的男人！走过场尾那一棵硕大无朋、浓荫铺展的黄桷树后，孙雨露满脸的幸福被冲散了——通往场镇上的老街，是熙熙攘攘的人流；沿街铺排开来卖猪崽、竹藤篾片器具、鸡、鸭、鹅、鱼、蛋及各类粮食、蔬菜等产品的小摊；两边的茶馆高朋满座，商铺人来人往，不时有吆喝声响起："扭紧，纤担杵着背！"这话，孙雨露就完全听不懂了，问肖仲义是啥意思，肖仲义说这是他们泸城人的土话，意思是让一让，小心被扁担纤担这类竹器碰撞到了。

来到通达旅社，街对面的一幢两层红砖瓦房引起了孙雨露一声惊叹："哇！在这乡镇上，居然有电报电话邮政所！洋气！"

对面六开门的右侧，赫然挂着"泸城专署罗汉电报电话邮政所"的吊牌。

肖仲义笑了笑："全中国都少见！这下你该晓得罗汉场的重要性了吧？请吧！"

通达旅社，五开门，三进院，店堂是茶馆，里面是住宿。为了"川江保卫行动"之一，即针对二三兵工厂的保卫需要，军统几天前通过软硬兼施的手段，盘下了这家旅社并更改新名"通达"，作为秘密据点，以掌控二三兵工厂和罗汉场周遭情况。肖仲义今天来此，除安排随员驻扎此地布置任务外，还要前往兵工厂实地察看地形、地势、地貌，会晤已被日军列入暗杀名单的少将厂长吴钦烈，商讨保卫事宜，加强保卫工作。

走陆路来的十几个弟兄已到了。不到半个时辰，王木然、刘朝云等人也陆续来了。

肖仲义单独听取了王木然、刘朝云的报告：据中统的盘查和他们掌握的情况，那对年轻夫妇，男的叫汪洪，女的叫吴智丽，二人今年秋天从上海辗转逃难入川，一个月前来泸，投奔在泸讨生活二十年的汪洪的表哥张仁礼，也就是那位苏杭绸缎庄的老板。在张的帮助下，汪洪前不久在城里小河街开了一家汪记茶号，听说罗汉场的生意兴旺，便在张仁礼的介绍下，准备在这里开一家分号，今天就是前来签约租借房屋的。听到这里，肖仲义插话："茶号开在哪里？搞清楚了没有？"

王木然回说："中统的人问清楚了，就在我们斜对面，电报所旁边的那家什么店……"

肖仲义冷笑了一声："看来这小子蛮有钱的嘛，不像是逃难的，倒像是来发财的！哦，那个罗圈腿伙计的情况弄明白了没有？"

刘朝云报告："那伙计是个哑巴。汪氏夫妇说他们在逃难来泸的路上，看见他倒在路边饿得奄奄一息，快要毙命，就给了他两个馒头吃。不承想这小子一路跟着他们，见他实在无家可归，出于善心，就收留了他。哦，副组座，不，肖掌柜，"刘朝云顿了顿，还是硬着头皮说完，"张主任让我转告你，不是所有的罗圈腿都是小鬼子，他张某也是罗圈腿哦！"

"扯淡！"肖仲义不禁笑了，随即正色道，"非常时期，切莫大意，我相信我的直觉，继续暗中监视、调查！"

"是！"王、刘二人回答道。

"对了，王队长，通知你的人，对城里的张仁礼，也给我调查一下！"

"我这就打电话安排下去。"王木然一副雷厉风行的样子。

"哦，张功建抓到土匪没有？"肖仲义又问了一句。

王木然道："哪有什么山匪江贼！据那边的内线讲，张功建是在抓中共地下党！"

肖仲义心里暗自紧了一下："抓到没有？"他紧绷着的脸松弛下来，"一看那如临大敌的阵仗，连江防炮艇都调来了，不抓共党抓谁？我问他还不承认！"

"没抓到，连共党的毛都没有抓到一根。那个叫钱什么的共党，根本就没在船上。"王木然一时记不起那个地下党的名字。

"叫钱剑飞。"刘朝云补充道。

"钱剑飞？钱剑飞是谁？"肖仲义一脸木然。

几个人都不清楚钱剑飞是谁。肖仲义虽是泸城人，但他十年前出川赴日留学，中途就没回来过，当然不知道钱剑飞的事迹，而军统"川江保卫行动"泸城组又是新组建的机构，人员都是临时从各地调集而来的，搞不清钱剑飞是谁，也在情理之中。

"小刘，抽空查一下钱剑飞的情况。"肖仲义给两人递上香烟，"去喝喝茶休息一下，二十分钟后吃饭，布置任务。"

3

肖仲义的直觉是对的。化名汪洪的人，的确是日军"川江骇浪行动"泸城组组长山本寿夫大佐，扮成其妻子的吴智丽是小泉智丽大尉，伙计孙登辉是松井太郎少尉，那天他们和潜伏于泸城二十多年的张仁礼——多田俊夫接上了头。鉴于松井太郎的中国话半生不熟，又是罗圈腿，极易被中国特工识破伪装，于是几人商量后让他装成哑巴，并编造了一套汪氏夫妇在逃难路上收留他的故事。

从上船的那一刻起，汪洪就感觉到有人在盯梢，又从水手长那里得知有人打听他们的身份，再经历过中统的盘查，汪洪切实感受到可能被人盯上了，还好自己从容应对过去了。仔细想一想，一路上并未露出什么破绽，莫非是松井太郎的罗圈腿引起了某人的注意？不应该啊，那个中统的头目不就是罗圈腿吗？罢了，小心行事就是了！此刻，汪洪一行淡定地来到镇上的两江鱼馆，与房东和保人把酒商定租借店铺事宜，酒过三巡，事情搞定了。

高坝，因川南民居庭院高家大院而得名，是山地中的一方坝子，其三面是林木茂盛、绵延起伏的山丘，一面是濒临长江的陡峭山崖。从河南巩县迁川入泸的二三兵工厂，就重建在这里。罗汉场，乃进出二三兵工厂水路旱路的必经之地，兵工厂修建的小马路仅几里地段，就由驻厂警卫营设立了三道检查哨，对过往行人严加盘查，临近厂区一千米开外就是军事禁区，外人一律不得出入。

所以，为了保卫或破坏二三兵工厂，反暗杀或暗杀，不但军统在罗汉场设立了秘密联络站，日特山本寿夫即汪洪，也要在这里建立前哨据点，以期侦察二三兵工厂的地形、地貌、地势和准确位置，并查出该厂厂长兼兵工署化学应用研究所所长吴钦烈等专家的行踪，以利"川江骇浪行动"的展开。与此同时，中共南方局指示川江特委，命令泸城地方党组织，暗中派得力人手，打进兵工厂等军机要地，秘密参与破坏日军的"川江骇浪行动"。钱剑飞被组织唤醒，改名邓飞，在二三兵工厂中共地下党支部的安排下，以试枪弹火药手的身份，十几天前就进入了兵工厂，而且由于枪法精准，经警卫营推荐，吴钦烈少将亲自观看了他试射厂里生产的多种弹药，果真百发百中，于是将他留在身边，成为其警卫班的一员。那天中统张功建得到钱剑飞出现在船上的情报，显然是中共叛徒的误传，那时钱剑飞正在厂里，和一干随员陪吴厂长检查生产情况，下午又随厂长会晤了前来拜访的肖仲义一干人等。不过，沉寂了近两年的钱剑飞的名字，冷不丁突然冒出在泸城中统调查室主任的眼前，引起张功建的注意，终归不是什么好事哦！

签了约，预付了三百大洋，看完房东的两开门店铺加后面四间套屋，汪洪很满意：套屋的最里间，打开后门，是一条民居小巷，两边可以通向另一条街道和江边，小巷中还有两条岔巷，供巷中居民行走东西南北方便。特别是右边毗邻电报所，真是为他们发报提供了绝佳掩护。"哟西！学长前辈多田俊夫——张仁礼选得精妙！"汪洪委托房东购置石灰、油漆，以便粉刷墙壁、门板，新添置一批木桌椅子、竹架货柜，他让"哑巴"孙登辉跟着跑腿，实则暗中熟悉地形。之后，汪洪和吴智丽径直来到了斜对面的通达旅社，准备在这里住上几天。

刚一进店，早有伙计迎上来接过了他的藤箱。伙计小莫问："客官住店？"

"嗯。"汪洪瞄了一眼空无一人的账房柜台，问："你们掌柜不在？"

"在在在。在后院休息。"小莫一边应承，一边对正在抹茶桌的伙计小许喊道，"许三，快去把二掌柜请来，有客人住店！"边说边对抬起头来的小许使了个眼色。

"好嘞！"许三屁颠屁颠地去了。

汪洪摘下皮手套，划着火柴点燃一支哈德门牌香烟后，说道："伙计，带我们先看看客房。"

在一、二进院转悠了一圈后，汪洪提出要到三进院看看。小莫说："客官，那可不行。你没看见这院子里还有一幢二层洋房吗？那可是我们大掌柜来做生意时住宿的地方，平时二掌柜也只能住院里的平房。"

说话间，二掌柜——军统行动队第三小组组长贾守正醉眼惺忪地和小许出来了。

中午吃饭时，作为军统罗汉秘密联络站的负责人，贾守正原本是要上酒孝敬肖仲义、王木然两位上司并犒劳弟兄们的，但肖仲义说："非常任务时期，喝什么酒！"见王木然和他的直接下属贾守正脸上有些挂不住，又缓和了语气，"饭后还有公干，下次吧！"肖仲义边吃边布置一应任务，吃完饭，带着王木然一干人往兵工厂方向去了。

看看桌上还剩一半的鸡鸭鱼肉，贾守正欲拍上司马屁而不得，反遭肖仲义呵斥，心中窝火，便叫小莫倒上一碗老白烧，独自又吃喝一番后，回到后院睡了。刚躺下不久，就被小许叫醒了，正待发作，听小许说来住店的人就是王队长派人盯梢的人，贾守正酒意消了一半，立马起身，洗了一把冷水脸，出来看个究竟。

"这是我们掌柜，贾……"小莫还未介绍完，就被贾守正打断了。

"二掌柜，贾守正！"贾守正正色道。

"哦，贾掌柜！敝姓汪，泸城汪记茶号的掌柜。"汪洪对贾守正双手抱了抱拳，随即手掌一比，"这是我的内人——吴智丽。"

"久仰久仰，汪掌柜！你们住店？"贾守正也抱拳打着哈哈。

汪洪客气道："是的，我们要在贵店住几天。哦，贾掌柜，以后我们就是邻居了，请多帮助关照。"

"邻居？什么邻居？"贾守正一副浑然不知他们要在街对面开茶号的样子。

"哦，贾掌柜，我们已租下了斜对面的店铺，待油漆粉刷后，不日汪记茶号罗汉分号将开张营业。届时还要请贾掌柜和你们的大掌柜前来捧场哦！"汪洪继续客气道。

"恭喜恭喜！好说好说！"贾守正笑道，"既然是芳邻，这几天你们在这里住宿，打对折！"

"谢谢。""谢谢。"汪洪夫妇一前一后地说道。

"莫客气。哦，汪掌柜，你的堂客（老婆）好漂亮哦！"贾守正恭维道，"以后我们可要多走动，相互帮衬哦！"

"那是那是。"汪洪说着模棱两可的话。

第二天上午，贾守正派小许乘船回到城里，汇报了汪洪住店的情况："一切正常，未发现异样，判断不是日特。"得到的回复是："不可大意，继续监视，每日一报！"

其实，汪洪进住通达旅社，又何尝不是想一探这家时有神秘兮兮的人员进进出出的旅社的究竟呢！

4

察看完散落于高坝树木竹林中的二三兵工厂各车间，专门去了一趟修建于峡谷上峭壁中的洞窝发电站，布置完任务，留下带去的人手，肖仲义便带着王木然、孙雨露、刘朝云骑马走旱路，过沱江浮桥，连夜赶回城里凤凰山下的赵园——军统"川江保卫行动"泸城组本部，向组座叶云翔报告情况，研究下一步行动计划。

赵园系欧美风格的别墅式建筑，由三栋一楼一底砖木结构的悬山式屋顶小楼和三栋平顶的平房组成，坐西北向东南，掩映于樟楠树林中，原本由川军的一名师长修建于民国十年（1921），待军统接手时，已数易其主。

回到赵园，肖仲义让王木然他们自己去伙房找吃的，孙雨露玩笑道："掌柜的，你先前不是说要请我们吃火锅，犒劳大家吗？"

"不饿就挨着！"肖仲义一副认账的样子。

"挨着是什么意思？"孙雨露一脸惑然。

"啥意思？候着等着吧！"肖仲义边说边走，穿过厅堂，去了四号楼。

叶云翔和曾留学于日本士官学校，因"九一八"事变爆发，和一批同学愤而退学回国以抵抗日军侵华战争的肖仲义，相识于1932年的"一·二八"淞沪抗战。彼时，肖仲义和几个未毕业的留学生报考陆军大学无门，便参加了由中共地下组织策动组建的以上海工人和东北流亡学生为主体的义勇军敢死队，出生入死，英勇杀敌，侦察传送情报于前线。作为中央军校教导总队的教官，叶云翔随由张治中率领的第五军，来到了沪战前线，他在战事中对肖仲义这个年仅二十岁的小伙子的机智勇敢及优秀的情报才能颇为赞赏。待战事结束后，时任中央陆军大学谍报勤务主教官的叶云翔，力荐肖仲义报考陆大十一期，使之成为该期学员，从此，两人有了师生之谊。不过，让叶云翔这个复兴社特务处出身的大牌特工没想到的是，就在"一·二八"淞沪抗战期间，肖仲义已被人称"小开"的中共上海地下组织负责人老潘秘密吸收为中共党员，代号"老邓"。陆大毕业后，肖仲义原本是要被分配去部队参与军务的，却被叶云翔推荐去了特务处，从事谍报工作。此次为了反制日军的"川江骇浪行动"，叶云翔又向戴笠提出，将隐蔽战斗在沦陷区的军统南京站的肖仲义紧急调回，协助他实施"川江保卫行动"，保卫泸城。

"哈哈哈，"肖仲义刚一进屋，叶云翔就迎了上来，大笑几声后问道，"听说你盯上了一个罗圈腿哑巴？认为是日特？又被张功建认为是闹了笑话？"

肖仲义心中一惊：老叶安排了人监视他的行动？他挑了挑眉，不动声色地回答："老师，我相信我的直觉，已安排人手继续监视调查！"

"为什么？"叶云翔边示意肖仲义坐下边问，并亲自给他泡了一杯泸城叙永特产珠兰花茶。

"谢谢老师。"肖仲义接过茶杯放在茶几上，"老师，前一阵我们不是得到情报，有两男一女日特将携电台从重庆乘船来泸城吗？虽然抓捕扑了空，但我想这几个鬼子已潜入泸城，肯定有所行动。今早猛不丁见到'罗圈腿'三人，我就将这事串联起来了。"

叶云翔又是哈哈一笑，学着四川话说："对头，干得好！正合我意。"话锋一转，"仲义啊，你刚才眉毛上挑的细微动作，我看见了，你别误会啊，我没安排人监视你的行动，船上有我们的眼线，把情况报告过来了。"

"老师就是老师，细枝末节都逃不过老师的眼睛！仲义明白了！"肖仲义一边恭维着一边在心中自我批评："不够沉着冷静，幸好这是对日作战！叶云翔是个心细如发、心思缜密的人，我一定要稳重、谨慎行事，不得露出丝毫破绽！"

"好了好了，你就不要吹捧我了。"见肖仲义毕恭毕敬的样子，叶云翔心里很是受用，"说说对要害部门和日军暗杀名单上的人物的布控保护情况吧！"

肖仲义将这十多天对二三兵工厂、化学应用研究所、化学兵试验基地、化学兵总队、蓝田兵站等日军拟轰炸目标的布控情况一一说了。末了，肖仲义摊了摊双手："不过，诸如今年六月兼任兵工署化学应用研究所所长的二三兵工厂厂长吴钦烈将军和化学兵试验基地的负责人李忍涛将军等化学兵工专家，却不同意我们派人贴身保护。而且，只同意我们派几个懂枪弹兵器或有些防化知识的人进去，以作反制日军破坏暗杀的机要联络之用。没办法，我知道他们研制武器弹药有绝对保密的原则，只能如此，只好在外围加强警戒布控。"

"这帮专家将军，简直是书呆子气，榆木脑壳！"叶云翔气不打一处来，站起来踱了几步，停下来气哼哼地说，"我这就报告戴老板，请他给兵工署打个招呼，按我们的要求办！"

"老师，估什说不通。"肖仲义也站了起来，笑道，"兵工署署长俞大维将军也是个书呆子，后台很硬，书呆长是会向着书呆子的。这样也好，如果里面有鬼子的内应，我们进去的人多了，反而会引起内鬼的加倍警惕。没有内鬼，进去再多的人也是白搭，浪费人力、物力。"

叶云翔思忖了一下，点了点头问："他们不要我们派去的护卫人员，遭日伪特务暗杀了咋办？"

肖仲义继续说道："老师，这些单位都是有警卫营、警卫连、警卫排建制的，依他们的军衔职级，都是可以配备警卫班的。只要我们加强对他们的暗中保卫，明暗结合，一定可以斩断日特汉奸的黑手！"

"嗯。"叶云翔点点头，"只好如此，就按你的思路办吧！哦，我去重庆这几天，潜入泸城的日特有什么动向没有？"

"没有，一切风平浪静。"肖仲义回答，"估计尚在侦查轰炸名单中要害部门的位置。"说到这里，肖仲义忽然拍了一下自己的前额，"老师，你这一问，倒让我清醒了许多。二三兵工厂迁建罗汉场附近时，泸城很多人都是知道的，那里又是川江流域三十六个大码头之一，人流熙来攘往的，日特肯定已侦知二三兵工厂就在高坝，只是那里戒备森严，他们还不知道具体位置而已。这越发加深了我对罗圈腿哑巴他们的判断——肯定不是什么好鸟！说不准他们在罗汉开茶号，极有可能是为了建立侦察据点！"

叶云翔精神为之一振："有道理！立即全面展开对这三人和其背后之人张仁礼的调查！"

"是！"肖仲义立正回答。

对肖仲义的才干和执行能力，叶云翔是欣赏和满意的；对他提出的很多建议，诸如军统"川江保卫行动"泸城工作组不挂牌子，工作秘密或半公开地进行，以开饭店、茶馆、旅社及在要害单位摆摊设点，建立联络站、点、线等等手段，叶云翔基本都采纳了，并放手让他去做。高足毕竟是高足，望着立正行礼的肖仲义，叶云翔的嘴角不禁浮现出一丝满意的笑容。

"老师还有何指示、吩咐？"肖仲义不知他笑什么，忙问。

"没什么，辛苦了！"叶云翔笑道，"哦，钱剑飞是怎么回事？"

"这个事我不清楚，老师也不知道？"肖仲义有些惊讶。

"中统对付共党的情报网还是厉害的！据说钱剑飞以前是一个游击队司令，销声匿迹了两年多。具体情况，我已派人去泸城专署并致电局本部调查，有消息再告诉你。"叶云翔说完，点上了一支香烟。

"没事我就先去了。王木然、孙雨露他们还等着打我的秋风——吃火锅。"

"去吧。"

回到办公室，肖仲义给陈勤勤去了一个电话，请她查一查钱剑飞的情况，然后就和王木然一干人吃火锅去了。

5

第二天是冬至，一大早，肖仲义就接到肖仲芸的电话，说爸妈叫他晚上回家吃炖羊肉，末了，故作神秘地说："哥，你可一定要回来，我有惊喜给你哦！"

下午，肖仲义提前离开了赵园，坐黄包车去银沟头买了一坛五斤装的泸城大曲酒，又去土产店买了弥陀风雪糕和纳溪泡糖，于黄昏时分回到了位于大北街的肖家院子。

肖仲义不到五岁时，父母就因病先后去世了，从小跟着开粮行的叔叔婶婶长大。肖氏夫妇对亲生女儿肖仲芸和他不偏不倚，将他视如己出，婶婶成天儿子长儿子短地叫他，肖仲义便渐渐地改口叫他们爹娘了。那时做实诚的商人不容易，经常受到官府兵匪的欺压，看透人间世相的肖氏夫妇送相差半岁的兄妹俩上新式学堂，待他们分别从川南师范学堂和女子高中毕业后，又出资让肖仲义留学日本士官学校，送肖仲芸去南京考上了金陵大学，希望他们都有出息，为肖家撑起门面。肖仲芸就是那时和陈勤勤成了同学，并被国民党中央党务调查科看中，送她秘密前往上海参加了后来成为中统实际负责人、副局长徐恩曾开办的无线电训练班的培训。大学毕业后，陈勤勤去了美国，继续在密电专业学习深造，肖仲芸去了上海社会局。

言归正传。穿过街巷，夜色已至，看见肖家院子大门屋檐下挂着的红灯笼，肖仲义心中油然升起了一种亲切感，又产生了几分愧意——有十多天没回家看望如同亲生父母的养父母了！他叩击了几下门环，大门上的一道小门开了，管家招呼他："大少爷回来了？老爷和太太在饭厅等着你呢！"

"赵叔，给你说过多次，还是叫我仲义吧！"肖仲义边说边跨进门槛，"仲芸回来没有？"

"回来了，也在饭厅。"赵管家说。

进到饭厅，肖仲义正要向父母问好，就看见坐在八仙桌旁的肖仲芸和陈勤勤站了起来。仲芸过来接过他手中的物什放在柜子上，笑着低声玩笑道："哥，你咋脸红了？看见陈美女，惊喜吧？"

"惊喜？"肖仲义也低声对肖仲芸说，"是尴尬。"

"你俩在嘀咕啥子？"肖母笑眯眯地朗声说，"仲义，快过来见见，这是仲芸以前的同学。"

兄妹俩在八仙桌前分别坐下后，肖仲义向陈勤勤抱拳道歉："陈小姐，上次多有冒犯，得罪得罪！"

见父母满脸不解，未及陈勤勤开口，肖仲芸抢先说："哥，勤勤早已原谅你了！爸、妈，我哥上次抓日本特务时，差点误抓了勤勤，一场误会哦！"

陈勤勤笑了笑："抓日特汉奸，人人有责，但可不要搞得草木皆兵才是哦！"

"对对对。"肖母点头笑道，"仲芸，让赵妈叫人上菜。"

不一会儿，热腾腾的萝卜炖羊肉、炒羊肝、火爆羊肚、水煮羊肉片、爆炒羊腰、粉蒸羊肉、红烧羊蹄等菜肴就在他们边吃边聊中摆满了桌面。大家吃得满脸通红，陈勤勤更是对泸城单是羊肉的吃法就有这么多种啧啧称奇。

敬过父母，肖仲义特地敬了陈勤勤一杯："陈小姐，这杯酒是肖某正式向你道歉。我干了，你随意。"

"哎——"肖仲芸抢白道，"哥，随什么意！勤勤的酒量不在我之下哦！"

"我总不能劝女士多喝酒吧？"肖仲义顶了回去。

"好，我干了！"陈勤勤一饮而尽，平息了肖氏兄妹的争执，接着，又满杯敬了肖父肖母，并和兄妹俩分别干了一杯。

"陈小姐真是好酒量！"肖仲义没话找话恭维道。

肖仲芸笑嘻嘻地说："哥，以后你也不要陈小姐长陈小姐短地叫我的好同学了，就叫勤勤不就得了。"说完，看看陈勤勤，又看看肖仲义。

"这——"肖仲义故作腼腆状。

"要得！仲义兄！"陈勤勤落落大方地说。

肖父有意咳嗽了一声，用脚碰了碰肖母的脚，站了起来："我们已经吃好了，你们继续。"

肖仲义三人也连忙站了起来。像想起了什么，肖仲义问："爸、妈，这些年，你们和以前在小市的邻居，现在开苏杭绸缎庄的老板张仁礼还有走动没有？"

"基本上无往来。"肖父说，"哦，不过前一阵他的一个表弟，叫啥子啥子的，嗯，汪洪，开茶号，倒是给我发了请帖，我去捧了个人场。咋的了？"

"没什么。你没告诉张老板我和仲芸的身份吧？"肖仲义笑着问。

肖父眼睛一瞪："什么话！你不是说过让我们不要对外人说你们是干什么的吗？其实，你们究竟是干啥的，我们也搞不撑抖（明白），只知道仲芸是专署党部的，你是国军军官，现在又变成了我也不晓得是做什么生意的商人了！好了，你们的事我也不多问，常回来看看就好。没事我们先走了，你们陪陈姑娘继续喝酒摆龙门阵（聊天）。"

三人又边吃边聊了一阵，便散席了。

走到大北街戏院门前，肖仲芸说她还要回调查室工作，让哥哥送送陈勤勤，实则是为哥哥提供单独接触陈勤勤的机会。

路上，陈勤勤将她请示南方局通过川江特委了解到的钱剑飞的情况告诉了肖仲义，这是中共地下组织得到上级的指示后，暗中襄助国民政府反制日军"川江骇浪行动"计划的一部分。目前钱剑飞已打入二三兵工厂吴钦烈的警卫班，对其实行近身保卫，并协助厂里的中共地下组织，调查监视厂里有没有异样之人、异动之事，以防止日伪特务对工厂的破坏。

听完介绍，肖仲义停下脚步，对着黑黢黢的天空行了一个军礼——由衷地表达对长期处于艰苦卓绝战斗中的游击队司令钱剑飞的敬意。

"哦，对了，上级再次指示我们，非到万不得已之时，不得与泸城地下党，包括钱剑飞，发生横向联系！"陈勤勤传达上级命令。

"明白！"肖仲义低声回答。

沿街都是卖各种夜宵的摊点，虽然寒风凛冽，摊主们招呼客人的吆喝声却此起彼伏，各路食客成了夜市的主角。肖仲义指着一处卖醪糟粑粑、煎黄粑的小摊，问陈勤勤要不要尝一下，陈勤勤说不用。二人边走边聊，肖仲义对陈勤勤说了他的想法：从今晚开始，两人成为"恋人"。他需要陈勤勤的帮助，对泸城电报局所和商用电台，特别是来路不明的电台实施监听并破译，为此他准备向叶云翔请示，把陈勤勤调入军统泸城组。肖仲义问陈勤勤是否愿意，她却说："这不可能。第一，上级没有这样的安排；第二，委员长侍从室机要室主任毛庆祥不会同意。"

肖仲义说："鬼子的行动正紧锣密鼓地悄悄进行，那咋办？"陈勤勤说："告诉叶云翔，让我兼职行不行？我还得请示上级和毛庆祥，你这边先着手干吧。"

到了邮电局住所，肖仲义目送陈勤勤进了宿舍大门，方才离去。

第三章

1

噼噼啪啪……在一阵鞭炮声中，泸城汪记茶号罗汉分号开业了。

茶号的门脸不大，主人的面子却很大。由张仁礼出面邀请，不但泸城商会茶业分会的会长来了，各行业在罗汉的分帮主也来了，连保安旅驻罗汉担任警备任务的郑连长、警署丰署长和镇公所吴镇长亦纷纷前来站台祝贺，可谓罗汉场的政军警商都出面扎墙子（捧场）来了，一时热闹非凡。当然，对郑连长和丰署长，张仁礼提前分别给他们封了五十个大洋；吴镇长那里，送了上等的苏杭绸缎各一匹，大洋五十个。舍不得孩子套不住狼，要想在这里扎根，建立稳固的秘密据点，离不开利用这些头面人物作掩护。

丰署长派了署里的好几个警员前来维持秩序，以壮声势——看热闹的人群挤满了街面和两边的街沿，挤得路人都无法通行，或绕道而行，或驻足围观。

嘉宾云集，人头攒动。看热闹的人群不免议论纷纷：这家小小的茶号，大有来头哦！

汪洪和张仁礼要的就是这种张张扬扬，有背景、有靠山的神秘效果。

张仁礼亲自当司仪主持了开业仪式，并一一请头面人物和各分帮主讲话。贾守正作为邻里商家代表也在应邀讲话者之列。

前几天汪洪和吴智丽住宿通达旅社，就发现这家旅社不简单：那几个伙计走路的姿势和坐姿，或多或少显现出军人才有的动作；在旅社吃晚饭时，端茶上菜的伙计小许、小莫的右手食指，有一层只有长期扣动扳机才会留下的老茧，那是使枪的手哦！欣然受邀过来喝两杯的贾守正，右手食指上也有同样的老茧！一家旅店，从掌柜——尽管是二掌柜，到伙计，全都有此茧子，是干什么吃的？是正经商家？加之贾二掌柜坐下就不想离开，不时用色眯眯的眼神瞟一眼吴智丽，在频频举杯交谈中，他还说过一句："汪掌柜和太太以后有什么事，吱一声，兄弟我一定照应，我们是有尚方宝剑的！"凡此种种，让汪洪判断出这家旅社肯定是国民党的特务机关，只是不晓得是哪个派系的。于是他决定待这里的茶号开业后，留下吴智丽主事，色诱贾守正，搞清楚他们是何方神祇，套取情报——"为了大日本帝国的利益，帝国军人愿牺牲一切！将美丽的吴智丽——小泉智丽的身体献给一个支那人，又算得了什么？"

围观的人群不时响起掌声、喝彩声。该贾守正讲话了，他走到茶号门前充当讲台的街沿上，大声说道："我们大掌柜肖老板有事在外地，让我代表他向汪掌柜的汪记茶号罗汉分号开业，表示恭喜！肖老板说了，为了表示通达旅社的祝贺之意，今天汪掌柜在我们那里办的酒席，打对折！而且，从今往后，我们店里所用茶叶，统统在汪记茶号购买！"

这番话引来众人的一片叫好声。

汪洪最后讲话，说了一通什么汪记茶号批零兼营，所卖茶叶有杭州的西湖龙井、云南的下关沱茶、本地古蔺的牛皮茶、叙永的珠兰花茶、合江的白茶、纳溪银顶山的竹叶青以及砖茶等等，最后说："今后我内人吴智丽就是分号当家的，凡是今天光临敝分号开业仪式的来宾，在敝店购买茶叶，一律打七折！请大家多多关照！"

汪洪的话讲完，张仁礼宣布仪式结束，请来宾和警署的弟兄们到斜对面的通达旅社吃喝开来。

酒席摆在旅店的前院，为讨吉利，整整摆了八桌，八的谐音就是

"发"。天气虽然寒冷，院子里的气氛却甚为热烈。泸城的粮帮、油帮、盐帮、酒帮、船帮、木帮、马帮、力帮等设在罗汉场的各分帮帮主轮番前往镇长坐的主桌敬酒后，便各自猜拳行令，推杯换盏起来。一时间人声鼎沸，纯正浓烈的罗汉高粱酒的香气弥漫开来，笼罩着整个院子。

席间，张仁礼向吴镇长敬酒后，以玩笑的口吻打趣道："吴镇长，您老姓吴，我这弟媳也姓吴，他俩又是避战乱逃来的四川，在泸城除了我这个表哥外，再无其他亲戚可以依靠。您老是不是可以将我的弟媳认作干女儿？好有个帮衬，他俩也好孝敬您。"

在座的茶业分会会长，以及郑连长、丰署长、汪洪和税务所所长、电报电话邮政所所长都点头说好。

吴镇长看了一眼坐在邻桌招待客人的美女吴智丽，三分酒意中不免漾起了一丝春心，捋了捋山羊胡，点头道："既然大家都这么说，我看要得！"

汪洪大喜，立马要招呼吴智丽过来敬酒，被吴镇长摆手制止了："哎，不着急嘛，改天择个黄道吉日，按泸城的规矩，你们摆上两桌，正式拜干爹！我也好有所准备，封个大红包嘛！"

张仁礼笑道："要得要得，就按吴镇长说的办。我在川江饭店整两桌，到时各位一定要赏光见证哦！"

众人点头说好。

"哦，张掌柜，汪掌柜，"吴镇长从中山装的上衣袋中掏出怀表看了看，"下午三点半我还要参加城防司令部的防空会议，这就去江边赶船。各位，失陪了。"

"吴镇长，我也要赶回城里，我陪你吧。"张仁礼说。

这桌的几个人都站了起来，汪洪说："我送送吧。"

几人刚走出大门，就看见对面茶号前出来了几个人。其中穿黑呢大衣、戴兔皮棉帽、气宇不凡的中年男子，走到街中间，回首端详茶号门楣上的匾额，点头称道："泸城汪记茶号罗汉分号，嗯，不错，这十个楷书写得好！"说完，和几个工装人员匆匆向码头方向去了。

吴镇长揉了揉眼睛："这人好像是……"望着一行人远去的背影，猛然间拍了一下前额，"啊，是吴厂长！"

"哪个吴厂长？"汪洪心中一惊，问道。

"还有哪个吴厂长？兵工厂的吴将军啊！"吴镇长见汪洪大惊小怪，似乎没有见识的样子，笑了，"汪掌柜啊，要恭喜你啊！你看你这分号刚开业，吴大厂长就进店买茶叶，好兆头！如果厂里用茶都来你这里买，汪掌柜岂不要发财了哦？"

汪洪忙作恭维状："托吴镇长的吉言！镇长和他认识？要不您老和他说说，买我们的茶叶，打六折，成本价，包送！"

"今年年初和他见过一面，"吴镇长摇摇头，"也算不上认识。一月份，兵工署和省府在专署召开联席会议，就迁川来泸的各工厂用地事宜，命令专署所辖各县，无条件大开方便之门。我在会场上和他打过照面。但他肯定记不得我这个姓吴的本家了。走吧，老张，船要开了。"

汪洪和张仁礼心中洋溢着喜悦，两人使了一个会心的眼色："终于发现了暗杀名单中排名前三的吴钦烈的踪影！"

2

酒席散后，给每位客人派发了茶礼，汪洪向吴智丽和"哑巴"孙登辉悄悄交代了一番，雇了一乘滑竿，在街市的灯光初上时，回到了城里。

在张氏苏杭绸缎庄的后院，汪洪和张仁礼秘密商量着下一步行动计划。

"多田君……"名为汪洪的山本寿夫刚一开口，就被张仁礼摆手制止了。

"表弟，我们身处中国人的世界，就一律说中国话，以中国名字相称吧！"

"前辈，不，表哥说得对！"汪洪立马改口。

一阵敲门声响起，张仁礼一声"进来"，他的老婆梁桂花用托盘端着两杯盖碗茶和一个装有切好的酥饼、花生糖的盘子，推开房门进来了。

梁桂花放好茶点，轻声说："不知道表弟要来，我已交代厨房，做几个下酒菜，好了后我来叫你们。"

张仁礼点点头："去吧。"

待梁桂花掩好房门，走出后院后，汪洪问："表哥，嫂子不是我们组织里的人吧？"

"不是。她纯粹就是一个中国家庭妇女，吃得苦，挺能干的。"张仁礼笑了笑，"为了掩护身份，完全融入泸城的生活，十四年前，我从卖儿卖女的水井沟人市街上将她买回，跟她结为夫妻。那年她十七岁，为了换钱治她父亲的肺心病，自己插草标将自己卖了。哦，对了，我和她还生了一个儿子，已经十三岁了，在读寄宿制中学。梁桂花目不识丁，对我的话也言听计从。表弟，还有什么不放心要问的？"

"误会误会。"汪洪连忙笑道，"表哥对天皇陛下忠心耿耿，忍辱负重，令我辈钦佩敬重！我也就是随口一问。"

张仁礼心想："你山本寿夫疑神疑鬼的这点花花肠子我还不清楚？不就是怕我在这川南重镇的鱼米之乡生活久了，又娶妻生子，被泸城人同化了，陷入温柔之乡而对帝国不忠，对'川江骇浪行动'三心二意吗？小把戏，扯他妈的淡！"嘴上却说："没什么要问的，那就说说你下面的行动计划吧！"

汪洪说："根据我的观察判断，通达旅社一定是军统或中统或其他特务机构设在罗汉场的秘密据点，其目的是对附近的兵工厂加强警戒、联络。不知表哥注意到那个二掌柜贾守正没有？"

张仁礼点点头："嗯，是个酒色财气之人。"

"我为什么要把小泉智丽……"汪洪话刚出口，立马打住，"唉，看我这嘴！我把吴智丽留在那里撑门面，让她查清贾守正的虚实后，实施色诱。这是一个可以为我们所用之人。孙登辉几次试着前往高坝，都被厂里的卫兵挡了回来。想想看，如果贾守正真是重庆政府特务组织的头目，那么二三兵工厂的地形位置图，还有吴某的行踪路线，不就容易获得了吗？起初吴智丽极不愿意献身一个支那人，我说服了她。帝国军人为了天皇陛下可以玉碎，还有什么不能牺牲的？为了完成'川江骇浪行动'，所有人都必须听从命令！"

"很好！你想怎么做？"张仁礼颔首。

汪洪将他的计策如此这般地说了，张仁礼点头称许。

"今晚我亲自去找'牧师'落实。"张仁礼说。

"'牧师'是谁？"汪洪问。

"用泸城人的话说，一个假洋鬼子，几年前我发展的一个成员。此人和山匪江贼有联系。"说到这里，张仁礼意味深长地看了汪洪一眼，"'牧师'的具体情况，我现在还不能告诉你，就像他不知道你是谁一样。虽然你是这次行动的组长，但这是操守准则。"

"明白。你是川南潜伏组织的负责人，不仅仅是为了'川江骇浪行动'，但当前这是帝国的头等大事！"汪洪缓了缓又说，"不说也罢，辛苦表哥了。"

"哦，下午我和吴镇长赶到码头的时候，吴厂长已经乘江防巡逻艇走出两里地了。"张仁礼想起下午之事，补充道。

"这个情况值得注意！"汪洪说。

这时，房门外响起了梁桂花招呼他们吃饭的敲门声。

下弦月在江流上闪耀着朦朦胧胧波光的时候，从长江对岸莽莽苍苍的张坝桂圆林方向驶来了一条乌篷船，在距离罗汉码头上游一里开外泊岸后，下来了四个披着蓑衣，或包头帕，或戴斗笠的船工模样的男子。他们沿乱石草丛上了河岸，抄小路进了罗汉场。

正是夜深人静时分，浓雾已然将月牙遮蔽，偶尔响起的狗吠声或从某处妓院传出的猜拳浪笑声，使罗汉古镇显得分外静谧。

几个"船工"来到汪记茶号，叩响了大门。

店里没有动静，一个包头帕的男子再次叩动门环，低沉地说："老板，我们是船帮的，来买砖茶，一大早要下重庆。"

里面终于亮起了灯光，哑巴刚打开一扇门，几个人就拥了进去。啪的一声，门关上了。

叩门声和说话声，早已惊醒了这边厢在厅堂值守睡觉的小许，他透过门缝观察了一阵，感到有情况，连忙去叫小莫通知贾守正。待他回来继续观察，对面早已店门紧闭，空无一人。

"什么情况？"贾守正跟着小莫来了，睡眼惺忪地问。

"刚才有四个自称船帮买茶叶的人进去了，还没出来。"小许回答。

"深更半夜的，买什么茶叶？"贾守正点燃香烟，猛吸了一口，"莫非果真如副组座所料，这茶叶店有问题？走，过去看看！"

三人刚走出大门，斜对面的门也开了，哑巴一个趔趄，摔在了街沿坎上。

贾守正他们奔了过去，将哑巴扶起。哑巴脸带血污，啊啊着连比带画，不时指指店内和江边。小莫懂些哑语，说女掌柜被江匪绑票了，从后门往江边上游去了。哑巴摸索着从衣袋里摸出一张纸条，贾守正就着街边昏黄的灯光，见纸条上写着："兄弟是浪里风波号的，今将汪记茶号女东家绑了！着令汪老板准备好五千现大洋，两天后联络交钱赎人，过期撕票！如报官府，进城灭汪氏全家！"

一连串的惊叹号，充满着杀气。贾守正问："浪里风波是干什么吃的？"

小许是当地人，将他耳闻的说了："浪里风波是一伙盘踞在张坝原始桂圆林至纳溪方山长江沿线江面的江贼，约有百十来号人，平时以捕鱼等职业为掩护，聚散无常。泸城专署剿了十几年，也未见大的成效。"

"这伙人走了多久？"贾守正问哑巴。

哑巴啊啊着比画了一下，小莫说不到五分钟。想起吴智丽漂亮的脸蛋和性感的身材，贾守正将军统的规矩忘了，他决定英雄救美一把，掏出驳壳枪，道："小莫、小许，给我追！"三人穿街过巷，晃着手电筒，沿偏僻小路追去。

江匪们故意走得不疾不徐，快了，怕来追赶的人撵不上；慢了，又容易露出破绽——哪有绑了票的人走路慢吞吞的？快到停靠乌篷船的河岸时，贾守正他们追上来了。

"前面的人站住！"三支手电晃动着，离江匪们只有十余米远，贾守正看见口塞毛巾、手脚被捆的吴智丽被一个江匪扛在肩上，发出了一声断喝，"再不站住，老子就开枪了！"

前面的人站住了，转过身来，有拿刀的，有拿匕首的，还有一个拿手枪的。拿手枪的人用电筒晃了晃他们，见他们手中都有家伙，问道："兄弟伙是哪路神仙？道上规矩，各做各的买卖，井水不犯河水哦！"

"放下那个女人！"贾守正的口气不容置疑。

扛吴智丽的人将她放下，扶着她站着。

"你们要干啥？抢生意？"拿手枪的人不阴不阳地又问了一句。

"老子要救这个女人！放了她！"贾守正吼道。

"大喊大叫干啥？放了这个女人，你给我们现大洋？"持枪的江匪突然间哈哈大笑起来，"扯淡！格老子的，天大的笑话！"

贾守正平息了一下自己的情绪，冷冷地说道："老子是军统的！放了这个女人，老子放你们走；否则，就地正法！我的大队人马马上就到！"

"啊，军统的？那可是杀人如麻、杀人不眨眼的魔鬼啊！"几个匪贼作大惊小怪状嘀咕着，持枪的江匪也作胆怯状双手抱拳道："小的有眼不认泰山，大水冲了龙王庙，冒犯！冒犯！这就放人。不过，你得待我们上船后，才能过来给她松绑。"随后转头对江边的乌篷船喊道，"船上的弟兄，用枪指着这三个拿手电的军爷，确保我们安全上船！"

船上响起了拉枪栓的声音。

持枪的江匪回过头来笑道："军爷，你们可别乱动啊！"边说边往江边退，一名江匪将吴智丽扶着坐下后，立即撤了。

乌篷船离岸而去。小莫想开枪，贾守正说："算了，打也打不着。还有，今晚的事不要对组里的任何人说，否则，脑袋搬家！"

一切都在汪洪的计划之中。贾守正亲自背着吴智丽，回到了罗汉场。

3

有人敲门。

正面壁看泸城地图思索着的叶云翔，说了一声"进"，门被推开了。

孙雨露来送文件。

"哦，小孙啊，"待她将文件放在办公桌上，叶云翔踱了过来，"肖副组长没在办公室？我打他的电话没人接。"

"组座，肖仲义看戏去了。"孙雨露撇了撇嘴角，语带不满。

"没大没小的，也只有你小孙敢直呼长官的大名。"叶云翔笑着批评后问，"这大白天的，肖副组长去看什么戏？"

"听说下午大北街戏院有上海租界来的魔术表演，连场川剧折子戏，肖副组长就去了。"孙雨露报告，改口称肖仲义的官职。

叶云翔手托下巴："这小子一向不爱看戏，搞什么名堂？"

孙雨露心中涌动着醋意，满脸的不高兴："叶叔，肖仲义哪里是看戏，我看他醉翁之意就是讨好卖乖去约会！"

"约会？"叶云翔面露不解。

"是的，和电报局的美女工程师陈勤勤约会。"见叶云翔仍有些摸不着头脑，孙雨露补充道，"叶叔还不知道吧？赵园的许多人都晓得，这几天肖仲义和陈勤勤打得火热，好像是谈恋爱了。"

"这么重要的情况，我怎么不知道？"叶云翔瞪大了眼睛，"这小子还懂不懂军统的规矩？"

"我去戏院把他叫回来，叶叔您亲自问问不就清楚了？"孙雨露心绪平复了许多，脸上有了笑容。

"不用。"叶云翔说，"肖副组长回来后，请他过来一下。"

孙雨露答应着出去了。

叶、孙两家是世交。孙雨露的父亲身居国民政府监察院高位，虽是无实权的闲差，但牌子耸立。孙父托叶云翔将小女儿招入军统报国，也有希望其关照栽培之意。叶云翔和孙雨露约定，在无外人或只有他俩时，可以以叔叔、侄女相称。

孙雨露回到办公室，将桌面收拾干净后，想起叶云翔说的让肖仲义回来后去找他，索性走出赵园，她要以此为借口去喊回肖仲义，搅黄他和陈勤勤的约会。

陈勤勤是在川剧折子戏快演完的时候，来到大北街戏院的。

肖仲义独自坐在一张八仙桌前，时而看着台上演出的带有浓郁泸州河流派风格的川剧折子戏《打渔杀家》，时而看看腕表，当陈勤勤走过来时，他起身迎了迎，两人并排坐在了两张太师椅上。

"咋迟到这什么久？"肖仲义笑问。

"我对川剧的锣鼓当当声……"陈勤勤本想说头痛，不感兴趣，但看着身边这个四川泸城人对川剧津津有味的样子，斟酌了一下词句，"还不太适应。"

"你将在四川、在泸城长期生活，不但要适应麻辣味，还要懂川剧。你看看川剧中的变脸，是不是和特工生活有相似之处？要入乡随俗哦！"肖仲义半正经半玩笑道。

陈勤勤笑了笑道："在理！不过，我迟到的主要原因，是局里有台发报机坏了，作为工程师，我得及时将故障排除了才能离开呀！"

说话间，戏演完了，在一片掌声和喝彩声中，幕布落下，灯光亮起，戏院经理走上台前，对着立式圆形麦克风说道："各位宾客、看官、票友、玩友，感谢大家的捧场！今天我们请来了留洋英伦的著名魔术师金如故先生，大家休息十分钟，精彩好戏即将开场！"

大厅和二楼包间的人们纷纷起身离座，有上厕所的，有活动筋骨的，有和熟人打招呼谈笑的，有叫跑堂的续茶水或买瓜子、花生、炒胡豆、香烟的，一时人声杂乱、热闹非凡。

"你约我来看魔术表演，是不是上级有什么新指示？"肖仲义点燃一支烟，问道。

"是的。魔术师金如故是我党的同志。"陈勤勤呷了一口珠兰花茶，"他留学英国，在牛津大学数学系学习时，业余时间拜声名远播欧洲的魔术师贾斯帕为师，学得一手令人眼花缭乱、变幻莫测的魔术。他确信并向上级请缨，认为以自己所擅长的魔术技法，必定能在川江保卫战中有所贡献。由于他在沪宁杭一带名气太大，从上海英租界到重庆后，认识他的人不少，所以上级决定派他来泸，让你设法将他安插进军统泸城组或兵工单位，关键时刻发挥其作用。"

肖仲义猛吸了一口烟，心想不知道魔术能对反制日寇的行动有何作用，嘴上却说："这进军统的事，得叶云翔点头才行。去二三兵工厂等军工单位恐怕也很难，他们的长官牛得很，连军统、中统进驻多少人，都要受到限制。"

陈勤勤的笑容倏忽而逝，板着脸冷冷地问："上级的命令不执行了？"

"哪里的话！"肖仲义说的虽是实情，但哪有共产党员不坚决执行上级党组织的命令的，要不让你潜伏于军统干什么？都怪自己瞧不起魔术和什么魔术师，一时表述不清、词不达意，惹陈勤勤误会生气，忙赔着笑脸道，"上级交办的任务，坚决完成！"

"这还差不多。"陈勤勤莞尔一笑，"今天请你来看魔术表演，是让你认识一下金如故，看看他的魔术技艺，以便你向有关方面推荐。必要时，你们可以见见面。"

即将开演的铃声摇响了，人们陆陆续续归位。

首先上台的是一位摩登女郎，她边走边将一副扑克牌抛高又接住折叠后，微笑着说了开场白："先生们，女士们，老少爷们儿们，下午好！今天本助理姚小川有幸和魔术大师金如故在这里向泸城的父老乡亲献艺，我们将把此次演出的票房收入，捐献给抗战以来流离失所的儿童——以宋美龄女士为指导长的新生活运动促进会妇女指导委员会下属的孤儿院！谢谢大家的光临！"

在一片掌声和叫好声中，肖仲义对陈勤勤耳语："乖乖，他们和委员长夫人有关联？"

陈勤勤看着舞台："当然。安排老金，这下有说辞了吧？"

"嗯，还得找个万全之策。"肖仲义点点头。

金如故和姚小川或合作，或独自表演了魔术"百折不挠""纸牌摸点""纸线挂瓶""饮茶离鼻"后，精彩离奇的"密室脱逃"表演正在进行时，孙雨露进了戏院，找到了肖仲义和陈勤勤。

孙雨露俯身双手搭着他俩的肩膀："哟，出双入对看魔术谈恋爱，好不惬意啊！"

两人吃了一惊。肖仲义回过头见是孙雨露，有些哭笑不得："小孙，你这是干啥啊？"

后面有人叫道："前边那个女的，要坐你就坐下，别站在那里挡着我们看表演！"

孙雨露也不搭理，对肖仲义耳语："组座让我来找你，立即回去，有紧急公务！"说完，躬身出去了。

待肖仲义和陈勤勤来到戏院大门口，孙雨露将自行车推给肖仲义："你骑，我坐后面！"

肖仲义向陈勤勤告别："勤勤，回头我给你打电话，请你吃河鲜！"

"走啊，组座还等着你呢！"孙雨露催促道。

骑上自行车，坐在后面的孙雨露一手伸出去抱着肖仲义的腰，一手挥着对陈勤勤笑道："不好意思哈，陈小姐，老肖我就抢走了！"

陈勤勤觉得好笑，但终究还是忍住了，没有笑出来。

4

大街上虽是寒风凛冽，但肖仲义骑着自行车，后座上又驮着孙雨露，加之此时街上行人稀少，他骑车的速度很快，遇有路面缓坡，也一鼓作气地蹬了上去，所以，回到赵园时，他的额上已渗出了一层密匝匝的汗珠。孙雨露的脸尽管冻得通红，却洋溢着幸福甜蜜的笑，心里美滋滋的。她跳下后座，掏出手绢要给肖仲义擦拭汗水，被拦住了。

"干什么？这里是军机要处，别忘了我们是军人！注意影响！"

"我们穿的是便装嘛，好心当了驴肝肺！"

见孙雨露嘟着嘴，一副委屈的样子，肖仲义将自行车推给了她："不和你争执。把自行车放好，我见叶处长去。"

敲开房门，正批阅文件的叶云翔见进来的是肖仲义，有些惊讶，看看手表："这才五点过，戏演完了？"

"老师不是急着召见我吗？"这下轮到肖仲义奇怪了。

"哦！是孙雨露叫你回来的吧？"叶云翔微笑着站了起来，边往沙发处走边说，"这丫头，搞什么名堂！"

"没有紧急公务？"肖仲义有些明白了，孙雨露假传圣旨，想搅黄他和陈勤勤的"约会"。

"要喝茶自己泡。"

"下午喝了不少茶，不用。"

"坐。"叶云翔先坐下后说，"事情还是有的。我让小孙等你回来后到我这里来一下。嗯，莫非这丫头对你产生了那个？"叶云翔继续微笑，留下半截话。

肖仲义的脸腾地红了，忙说："没有的事。可能是这段时间由于工作上的需要，我们接触太多，特别是踩点布哨和执行秘密任务，为了掩护身份我和她假扮过两次夫妻，这姑娘可能就当真了！"

叶云翔有些哭笑不得："哦，原来是这样！任务就是任务，怎么可以投入感情呢？别忘了我们是军统，党国军人！大敌当前，不可使小性子！回头我得好好开导开导这丫头。"

肖仲义想说什么，叶云翔摆手制止了："不用替她辩解，我自有分寸。嗯，听说你和电报局的陈勤勤在谈恋爱？"

"这事我正要向您汇报，只是前两天您到下面县里巡视去了，没来得及。"肖仲义说得很坦诚，"其实，我和陈勤勤目前还谈不上在恋爱，一切都是为了反制鬼子的'川江骇浪行动'的工作需要。"

"陈勤勤就是上次被你们误认为日特的那个姑娘？怎么回事？"叶云翔听说是为了工作需要，来了兴趣。

"是的。陈勤勤和我妹妹肖仲芸是金陵大学的同学，她俩都曾在上海参加过无线电训练班。后来陈勤勤留学美国，在数学及密码专业深造，至今没有参加中统。"肖仲义顿了顿，见叶云翔认真听着，继续道，"我妹妹介绍我们认识，的确是想让陈勤勤当她的嫂子，我父母也满意首肯。不过，我知道军统的家规，未经上司批准同意，不得谈婚论嫁！但是，对于这样一个优秀的电讯工程师、密电专家，中统泸城调查室主任张功建已奉徐恩曾的指令，派仲芸多次做陈勤勤的工作，希望她不忘电训班培养之恩，回归中统，为中统反制日特的行动和破获共党的密电效力……"

叶云翔打断肖仲义的话："她的态度怎么样？同没同意？"

"目前还没有。"肖仲义回答，"她以自己是电政司电检所的人，未经领导同意，不便离开电报局为由，婉拒了仲芸。她知道我是军统，将这事告诉了我。我想以男朋友的身份，将她拉过来为军统所用，监测泸城所有电台，以侦破潜伏日特汉奸与日军的往来密电。"

"嗯，想法很好，可以实施。"叶云翔起身踱步，"密电检译所的温毓庆那边好说。上个月，也就是11月，戴老板请来了美国密码专家任我们局本部密电组的顾问，指导我们对日本军方密电码的研究工作。温所长的密电检译所其实是抗战以来中国最早的'黑室'，在对日密电破译方面获得了大量有价值的情报，深得委员长器重。所以，温毓庆为了在这方面插一手，要求合作。经戴老板允准，他们派了数名研究、研译人员，参加美国密码专家主持研究的日本军方密电码工作。上次我回局本部开会，其中一项就是研究讨论是否与电检所合作的问题。因此，我们现在向温毓庆提出要一个人，他哪有不同意之理？也许正中他派人进来的下怀呢！"

"那我找陈勤勤说说？"肖仲义语带试探。

"可以，但要她加入我们的组织。"

"我争取。"

"不是争取，而是必须！"叶云翔说得斩钉截铁。

"是！"肖仲义起身立正回答，"老师不是说有事吩咐吗？"

"哦，你看这东拉西扯的，差点忘了正事。"叶云翔走到办公桌前坐下，拿起一份花名册招呼肖仲义过来并递给他，"过三天就是元旦了，局本部要召开年度任务会议，后天我去重庆，你代行我之职去接收泸城保安旅稽查站，对其头目及成员严加甄别，如有不效忠党国，抗战不力，袒护共党，贪污腐化，鱼肉百姓，怙恶不悛者，严惩不贷！同时，你可以招募一批立志抗日报国、有热血的知识青年充实进稽查站，为我们反制日军的行动提供新鲜血液！"

肖仲义有些丈二和尚摸不着头脑："老师，接收稽查站，这是咋回事？"

叶云翔笑了："为了充实我们在川江流域的力量以对付日特汉奸，当然也包括对付公开的共产党及其地下组织，戴老板请示蒋委员长核准，将川江沿线各地方的稽查站，一律收归军统！对泸城稽查站的收编，明日开始实施，这是他们午后送过来的人员花名册。明白了吗？"

"明白！职部坚决执行处座的命令！"每当谈起任务、命令之类的公事，肖仲义对叶云翔还是以职务和属下相称，以摆正上下级之间的工作关系。

"很好！对接收过来的人，原则上作为外勤外围人员使用，不必参与机要；对可塑之才，严格培训后再视情况安排。"

"是。老师，我给你准备几坛泸城银沟头的泸城大曲酒带回重庆？"

"可以。戴老板和几个长官上次品尝后，对泸城大曲赞不绝口。钱，让总务股从我下个月的薪水中支出吧。"

"老师，我知道您很廉洁，但我父亲说了，一日为师，终身为父。他说以后您喝泸城大曲，他全包了！"

话说到这份上，叶云翔知道这是肖家人的心意，不好推辞，沉默了片刻，他点点头："替我谢谢你父亲。"

此时的叶云翔，对付日本鬼子、汉奸铁血无情，抓捕共产党也毫不手软，但确是一个不贪不腐的清廉之人，对国民党中贪腐的败类非常痛恨。至于后来以及抗战胜利国民政府还都南京后，他大肆捞取金子、票子、房子、车子、女子，成为"五子登科"之人，终成国民党大染缸中的贪腐分子，乃是后话，暂且不表。

元旦过后，叶云翔从重庆回到泸城，在肖仲义的陪同下特意去了一趟肖家，送了一根雕龙画凤的黄花梨手杖给肖父，以示对肖家赠酒的谢意。

5

对泸城稽查站人员的甄别工作，肖仲义当晚就雷厉风行地开始了。他派侦查股股长李山率刘朝云等十几个人进驻稽查站，调阅档案，找人谈话，并抽调孙雨露协助——专事将稽查站重要人员或可疑人员的档案、问话整理出来送给他看。肖仲义想，孙雨露是梳理材料的好手，不发挥其特长可惜了，在办公室闲着也是闲着，免得她东想西想地和他纠缠生事。临走前，孙雨露专门问过肖仲义："你不是因为我'谎报军情'搅了你们看戏约会的局，报复我吧？"肖仲义说："哪里的话，你想多了！我是那种喜欢打击报复的人吗？我是这项任务的负责人，还请孙大小姐务必把材料给我弄规一，也就是整理好。""弄规一就是整理好？"孙雨露似乎明白了，也用了一句四川话回答："保证给你整巴适！"说完就乐呵呵地随李山他们去了。

肖仲义前脚刚进办公室，王木然后脚就跟进来了。

王木然要关门，肖仲义说："不用。王队长坐，我先打一个电话。"

拨通了肖仲芸办公室的电话后，肖仲义说："仲芸啊，你帮哥办两件事。一会儿你回家里一趟，告诉老爷子明天请人给我买十坛五斤装的泸城大曲酒，明天下午我派人去取，记住要银沟头酿制的哦！"

电话那端的肖仲芸回道："你何不自己回去说？我和陈勤勤约好了，一会儿要去东门口鱼棚子酒楼吃江团鱼火锅，没时间给你跑腿。"

"妹子，家里又没有电话，"肖仲义斟酌着词句，干脆哄她，"我这边发现了日特的情况，走不开……"

"真的吗？那你专心对付鬼子，我立马替你跑一趟。"肖仲义话音未落，肖仲芸在电话里就抢着答应了。肖仲义知道，仲芸虽是中统，但却是一个一身热血的爱国青年，只要是为了打鬼子，她什么事都愿意做。

肖仲义笑了笑："好妹妹，哥还有一事求你帮忙，下午我约陈勤勤看戏，戏未终场，因组里临时有急事，我提前被孙雨露叫走了，也不知道她生我的气没有。你帮我问问她，明后天可否在白塔寺图书馆见见面，我好当面解释致歉。"

电话里的肖仲芸咯咯地笑了起来："哥，这事你就直接给勤勤打电话不就得了，何须劳烦肖仙姑？"

肖仲义表现得一本正经起来："仲芸，我实话告诉你，就是因为你介绍我和陈勤勤认识，老爷子和妈认准了这门亲事，我才和她有了几次约会。虽然我对她甚是满意，但对她的脾气还不太了解，怕她生气，才叫你约她去白塔寺图书馆，她总不至于在那个安静之地发火吧？"话说至此，肖仲义又补充了一句，"仲芸，天涯何处无芳草？追你哥的美女多了去了！"

"哥，哪有妹妹不帮哥哥的？"肖仲芸的声音传了过来，"你生什么气？较什么劲？一会儿吃火锅的时候，我帮你给她说清楚就是了。但是哥啊，你千万别去找其他的女人，我就认准陈勤勤这个准嫂子！千万千万，别让爸妈为肖家传宗接代的事伤神哟！"又是一阵笑声。

"胡扯！我是你哥！"肖仲义佯嗔道，"说好了，你知会我一声！"

电话挂断了。

肖仲义之所以要王木然不用关门，故意和肖仲芸通这番电话，除了前一个请求是真实的，后面的话主要是说给同在四号楼的长官叶云翔和对面坐着的王木然听的。肖仲义知道，他在赵园的行动，都在叶云翔有意无意的掌控中。

肖仲义的电话打完了，王木然看他一脸怏怏然，起身问："副座，你召我回来，有任务？"

王木然早已命令行动队的弟兄，称肖仲义为副组座不好听，一律称叶云翔为首座，肖仲义为副座，及至后来，行动组由团级单位升格为师级建制，所有人员都以此称之。

"当然有任务！"肖仲义说，"行动队的弟兄在外面也太逍遥自在、无所事事了吧？"

"没有。按首座和副座的意思，我们行动队已分布安置在各军机要处。"

"那你为什么迟到半小时？是不是在小市八万春喝花酒去了？"

"这，副座，不，仲义兄也知道了？"王木然先是谦卑，看肖仲义并无责备之意，立马振振有词，"我这都是为了寻找日特山本寿夫，网罗各路好汉而为之！"

"但愿如此！"肖仲义不置可否，"现在交给你一个任务：招募有志抗日的热血青年知识分子，严加训练，至于以什么名头招募，想好了起草给我，但不得以军统的名义！"

"是！副座！"王木然干脆地回答，沉默片刻后还是忍不住问，"我回赵园时，看见李山带着一帮人出去了，是不是真的发现了日特的情况？"

"不该问的不要问！"肖仲义的面色变得冷峻起来，"到时会告诉你的！嗯，贾守正那边两天没有报告监视情况了，怎么回事？"

"我已派人去暗中了解情况了，傍晚来电话说，未发现异常。"王木然报告。

"去吧，木然兄，招募告示起草好后，立即送我。如果我不在办公室，就去电讯室或宿舍找我。"肖仲义给王木然递上一支烟，笑道。

这时，叶云翔手夹烟卷，笑呵呵地踱步进来了："很好！兄弟同心，其利断金！"

故作矜持的陈勤勤，还是在叶云翔离开泸城的那天午后和肖仲义在白塔寺图书馆相见了。

1921年，卢作孚先生上任永宁道尹公署教育科科长后，短短时间内就在泸城创办了图书馆、民众教育馆、通俗图书馆等，并邀请中共早期领导者及杰出者恽代英、王德熙等前来川南开展教育运动，对开启泸城民智，传播先进知识和思想起到了重要作用。离川南师范学堂一街之隔的治平寺图书馆，俗称白塔寺图书馆。该图书馆是由原白塔寺内的大雄宝殿改建而成，有三层楼，第一层为图书阅览室、报刊阅览室及借书处，第二层为讲演厅及书店，第三层是办公室及职工宿舍。

肖仲义跨进白塔寺图书馆的大门，见迎面的影壁（照壁）上书有卢作孚先生当年为该馆的题词："但愿馆之前途，不悲凭吊，而侈崇闳。"这和卢先生倡导的图书馆"不专是收藏图书，重在供人阅览；不专是供人阅览，重在指导人阅览"和"民众教育不仅仅是民众学校，是可以从多方面举行的。如像医院天天有病人，博物馆、动物园天天有游人，图书馆天天有读书、看报的人……都是我们应施教育的民众"之精神是一脉相承的。

因是午后，开馆不久，阅览室里只有几个师范学堂的男女学生在阅读书报，不时传出翻阅书页、报纸的沙沙声，使阅览室显得更加肃谧。肖仲义心里对这安静的读书之地陡然升起一种肃穆感，轻手轻脚地取了一轴《川南日报》，在一可观影壁和通往楼上的木楼梯处坐了下来。

　　既可眼观六路，又可耳听八方——无论座位还是站立之处，都必须尽量符合这个标准，这是肖仲义的职业习惯。他看了看手表，离约定的见面时间已经过去了五分钟，陈勤勤咋还没来？正在内心生发疑问时，木楼梯的拐角处，陈勤勤出现了，她下楼而至，刚要开口说话，肖仲义做了一个闭口的动作，起身对她耳语："这里太安静，我们选错了地方，外面去说吧。"

　　走出图书馆，肖仲义长长地出了一口气，表情有些夸张："读书神圣，我在里面大气也不敢出一口！"

　　陈勤勤抿嘴一笑："你选这地方见面，是为了掩人耳目吧？结果还是连话都不能说。不过也好，今天到此，让我切身感受到了卢作孚先生不但是抗日的民族英雄、大实业家，而且还是一个了不起的致力于民众教育的教育大家！刚才我去二楼逛了逛，正好碰上馆长，他说该馆藏书约有20万册，让我肃然起敬！"

　　"你在二楼的书店和讲演厅里，有没有其他感受？"肖仲义故作神秘地问。

　　"什么其他感受？"陈勤勤觉得有些莫名其妙。

　　"告诉你吧，"肖仲义俯身耳语，"我们的前辈烈士恽代英当年经常在讲演厅里对民众宣讲科学和民主精神，传播共产主义思想。"

　　"真的？"陈勤勤语含惊奇，继而赞叹，"了不起！伟大！"

　　两人去了附近的治平茶馆，待店小二将两盖碗炒青绿茶送至包间又离去后，肖仲义说："勤勤，上级指示的任务即将完成。机会来了！"接着将军统收编稽查站和招募热血知识青年以加强"川江保卫行动"工作组的外围力量的情况说了后，问，"那个魔术师金如故，不知道我的真实身份吧？"

　　"当然不知道。整个泸城，目前只有你的联络员——陈勤勤晓得。"陈勤勤笑道，"金如故只晓得你是我的男朋友。你的身份是绝密哦！"

　　"那个姚小川是不是组织里的人？"

　　"现在还不是，但她是一个仇恨日本鬼子的爱国者。老金考察她有一阵子了，准备发展她。"

"目前形势严峻复杂，干我们这一行的，往往敌中有我，我中有敌。且不说要严防日特汉奸的混入，单是老蒋的'防共、溶共、限共、反共'的秘密手段，就得让我们百倍地提高警惕。发展人，要慎之又慎，千万不能暴露自己！"

"我也是这个意思，已经托人叮嘱命令过老金了。"

肖仲义将他推荐她进军统搞电讯侦破之事说了，陈勤勤笑道："你没告诉叶云翔我是毛庆祥电讯室的人吧？"肖仲义摇头说："没有，也不能说——我对你什么情况都知道，那不等于告诉老叶我们的关系很深，哪里是才谈了几天恋爱的人？我有那么弱智吗？"

一番话说得陈勤勤笑了，肖仲义自己也忍俊不禁。

"这事恐怕没那么容易。"陈勤勤抿了一口茶水，"你只当已经做过我的工作了，让上面去扯事吧！"

二人又聊了一些别的事后，便散了。

第四章

1

1939年元旦，王木然带贾守正来赵园向肖仲义汇报通达旅社近期对二三兵工厂、罗汉镇及其周边监控的情况。听了贾守正的情报综述和分析，不但肖仲义，连王木然都觉得这是些没什么价值的情报。这说明什么呢？肖仲义感到，唯一能说明的是，在风平浪静的表象下，潜伏的日伪敌特正暗流涌动，肯定会有大动作！

"你对面的茶号，发现有什么异动和可疑形迹没有？"肖仲义给两人发了纸烟，问贾守正。

"没有，一切正常。可能是老板娘漂亮的原因，生意很是兴隆。"贾守正回答，只字不提吴智丽遭绑架，他英雄救美之事。

王木然玩笑着插话："你不会看上了女老板，和她有一腿吧？"

"王队长玩笑开大了。"贾守正一本正经地说，"副组座，队长，卑职严守军统军规家法，不敢乱来哦！"

"老贾辛苦了！一会儿你到总务股把旅社的盈利上交了，中午留下吃饭吧！"肖仲义也觉得王木然的玩笑开过了，打圆场道。

"谢谢副组座。卑职和一个线人约好了中午在城里见面，办完这里的事我还得赶过去。"贾守正回绝道。

　　"老贾，回罗汉后，要继续密切监视茶号的一举一动，不得有误！"肖仲义叮嘱后，拿起办公桌上的褡裢递给贾守正，"忙去吧。"

　　"卑职交钱去了。"贾守正就告退了。

　　"这老贾以前是从哪里调过来的？"贾守正走后，肖仲义冷不丁地问王木然。

　　"从成都站行动队调过来的。"

　　"哦……"

　　晌午时分，川江饭店门外车水马龙，不少达官显贵、士绅土豪和外乡有钱人，早已将这里一楼的中餐厅、西餐厅的桌台预订一空，宴请宾朋，亲友聚会，庆祝新年元旦。

　　贾守正雇了一辆黄包车，来到这里，报了泸城汪氏茶号老板的姓名，在侍者的引领下，朝二楼的包房走去。

　　头晚得知贾守正今天要进城，吴智丽说："贾哥，我先生一定要在城里请你喝酒，以表达对你搭救我的谢意。"这话，是贾守正踱到汪氏茶号的店铺，购买了一斤竹叶青准备送给顶头上司王木然，不经意间说他明日要回城时，吴智丽含情脉脉地说的。所以今天一大早，贾守正赶到码头后，吴智丽已经在船上坐着了。两人一起回到了泸城，分手时，吴智丽说："贾哥，午餐川江饭店见哦！你可一定要来哦！"

　　"妹子客气，一定来！"贾守正笑嘻嘻地回道。

　　难怪肖仲义留他吃饭，他却说要和线人会面，看来贾守正已色迷心窍，忘了军法家规，不被吴智丽的美色俘获是说不通的。

　　侍者敲开房门，偌大的包间里，只有汪洪和吴智丽两人。二人站了起来，汪洪挥挥手对侍者说："服务生，叫人上菜。"

　　侍者道了一声"是"，关门告退。

　　汪洪迎了上来，握着贾守正的手说："哎呀，贾兄啊，你可是我们的恩公啊，谢谢你救了我的太太，要不然还不知道这年咋个过哟！"

一番热情的话语，让贾守正心里很是受用。他的眼神越过汪洪的肩头，见吴智丽正热切地望着他，连忙说："汪老板莫客气，这是在下应该做的嘛！"

吴智丽操着吴侬软语招呼："当家的，快请贾哥上座嘛。"

汪洪请贾守正上座，贾守正谦让道："不敢！"三人就分宾主坐下了。

不一会儿，菜上来了。单是凉菜（冷盘）就有十盘，五荤五素：长江"船钉子"、古蔺麻辣鸡、叙永腌野猪蹄、纳溪熏野山鸡、泸城水中坝盐水野鸭、火焙冬笋尖、凉拌冬寒（苋）菜、莴笋拌折耳根（鱼腥草）、白灼豌豆尖、甜酱山药片。热菜更是琳琅满目，什么泸城附骨鸡、八炸鸭子、清蒸江团、剁青椒鲶鱼头、水煮鳝鱼、芙蓉鸡片、干烧岩鲤、红烧岩羊、鸡淖、甜黄菜、火爆双脆、对相肘子、泸城烘蛋、一品酸菜苦笋黄辣丁汤，以及点心泸城黄粑、泡粑（白糕）、猪儿粑等等，令人目不暇接。

未动箸，嘴生香。贾守正心中暗道："这一大桌菜，价格一定不菲吧！三个人咋吃得完？除非是搂得星（指食量特别大的人）下凡才能解决！这夫妻俩是啥意思？"

看出贾守正心中犯嘀咕，汪洪笑道："贾兄，大恩不言谢！这酒席不贵，也就十块大洋，不足以表我寸心。"

贾守正心中一惊："这老汪看来是真有钱！十块大洋，够泸城一家子八九个人一年半载吃穿住行的用度了，还不贵？通达旅社经营近三个月，除开弟兄们的花销，也才上交了百十来个大洋！搞得这么隆重丰盛，莫非他俩知道了我的身份后，有什么要求我？还是他们果真是日特？看来不仅仅是答谢这么简单，搞什么名堂？老贾啊，你可要小心，不要被金钱和美女俘获哦！"贾守正在心中暗暗告诫了自己一句。

"贾哥，请喝酒吃菜，来，我先敬你一杯。"见贾守正有些愣神，吴智丽边说边端起了酒杯。

"对对对，喝酒吃菜。贾兄请。"汪洪连忙端起酒杯，顺着吴智丽的话道，"第一杯酒，还是我俩一起敬贾兄。"

酒过三巡，菜过五味，三人边吃边聊，谈些江南的景致，川南的乡情，也谈些前方的战事，后方做生意的不易——都是些东拉西扯、风情乡俗、世道艰难等不着边际的话，和军机要务"川江保卫行动"无半点关系。汪、吴二人没有片言只语说及二三兵工厂或吴钦烈厂长之类的话题，在他们的不断敬酒中，贾守正释然了，心中暗道："看来他们真的是知恩图报的人，而不是什么坏人！我的担心是多余的，他们就是为了向我表示谢意！"

酒至半酣，汪洪从座椅上拿起公事包，从里面摸出一个牛皮信封，推到贾守正面前，笑道："贾兄，这两千美金，不成敬意，还望收下。"

"什么？两千美金？"贾守正眼都瞪大了，有些不敢相信自己的耳朵，"汪老板，这个要不得，我不能收。"

两千美金，此时在成都、重庆、泸城可以买一幢洋房或一两座四合院了。

"贾兄不收下，就是把我们当外人了。送银圆太扎眼，才送你这个。"汪洪顿了顿，又说，"贾兄，绑匪可是向我们索要五千大洋哦！即使我把钱给了他们，可能也是赔了夫人又折兵。区区这点钱，算得了什么！如果今后你认我这个兄长，万望收下。"

贾守正沉默不语，心想汪洪的话中肯在理，而更中肯在理的，是那美钞的诱惑！时下泸城有中国、交通、美丰、川盐、花旗等几十家中外银行分部或办事处，把这两千美钞存进去生息，神不知鬼不觉，自己成都那一大家子，至少五年都吃穿不愁哦！

"贾哥，收下吧。妹子常住罗汉，还望贾哥多多照应才是。"吴智丽不知是喝了酒还是什么缘故，面若桃花。

"恭敬不如从命，好，兄弟我收下了！"贾守正不再推辞，边将信封装入上衣内袋边说，"以后你们有什么事需要帮忙，知会兄弟一声。"

"相互照应，相互照应。"汪洪点点头。

又喝了几杯后，敲门声响起，进来了一个汪记茶号的伙计。

伙计躬身对汪洪耳语了几句，汪洪嗯了一声，让他到外面等着，然后双手抱拳朝向贾守正道："兄弟，不好意思，刚才云南会馆那边传话，云南茶帮来人，让我即刻前去签订今年供茶的合约，过时不候。你看……"

"合约事大，耽误不得，要不然生意会蚀本的。"贾守正虽有了几分醉意，神志还算清醒，"老兄忙去吧，今天就散了吧！"

"那咋行？"汪洪笑道，"智丽陪你继续，我先告辞，改日再谢。"

吴智丽说："贾哥，老汪去忙他的，我们继续喝酒。"

贾守正要站起来送汪洪，被他双手按下了："兄弟吃好喝好玩好，不必客气。"

待汪洪离开后，吴智丽佯装醉意，过来挨着贾守正坐下，一番搔首弄姿地劝酒，让贾守正心神摇荡，禁不住伸手将吴智丽揽入怀中。

鱼儿已经上钩，再喝下去贾守正恐怕就得趴下走不动路了。吴智丽招来侍者，打赏了他两法币，侍者扶着贾守正，去了三楼早已订好的客房。

一番颠鸾倒凤，吴智丽哼哼着，贾守正欲仙欲死。

贾、吴二人交欢的场景，被"牧师"安排在房间衣柜里的特工拍了个正着。

汪洪看着手上的照片，虽对帝国特工之花侍候中国人有些痛心，对自己未能先享用有些遗憾，但毕竟即将获得"川江骇浪行动"所需的重要情报线索，脸上还是露出了几分得意的笑容。

回到罗汉镇后，贾守正时不时悄悄溜到对面茶号吴智丽的房间与其约会，哑巴不但假装视而不见，还暗中替他们把风打掩护。几天后，在汪洪的威逼利诱下，贾守正开始出卖情报，从此走上了一条不归路。

2

快要落山的太阳在随山势起伏的树林间，时而高悬耀眼，时而又躲藏起来，肖仲义在小关门汽车轮渡码头江边走来走去，以暖身避寒，不时回望连绵的群山。对面的蓝田轮渡码头上，终于又出现了一辆军车驶上轮渡船，码头岸边影影绰绰的几十个人也随之上了船。随着预示开船的汽笛声响起，这边的轮船上尽管只有两辆卡车，船员还是对码头上候船过江的百十号各色人等每人收了一毛钱后放行上船，随后轮船呼应着河对岸的鸣笛声，也起锚了。

顺河风很大，肖仲义往下游的江面瞭望了一会儿，忍不住看了看手表，已经五点二十分了，叶云翔坐的江防炮艇咋还没出现？电报上不是说预计下午四点半到的吗？他可是四点就带人到码头迎候的哦！莫非出了什么事？可能性不大，没有江防军这方面的消息；还是老叶中途下了船，去了别的什么地方？这老叶有时爱搞些鬼名堂，随性而为，中途变卦，让人无所适从，摸不着头脑，这倒也给他的人身安全增添了防护色彩，有两次就是因他临时改变行程，躲过了日军的暗杀。东想西想着，汽笛的鸣叫让肖仲义打了一个激灵——轮船靠码头了。他瞄了一眼对岸，苍苍黛黛的山丘，斜阳下，一群群江鸥、白鹤、红嘴鸥之类的水鸟，正向各自栖息的树林飞去。点上一支烟，肖仲义缓缓向轮船走去。

肖仲义站在码头公路边，无视几辆卡车、轿车、吉普车鱼贯驶去，想着刚才看到的美景——斜阳、山峦、树林和嘶鸣飞翔的水鸟们，心中不禁叹息了一声：前方战事吃紧，作为大后方的泸城，这种宁静平和的日子还能持续多久？

"呡，你是不是肖家大少爷啊？"一句地道的泸城口音问话，传进了肖仲义的耳朵。

回过神来，肖仲义定睛一看，问话者是张仁礼！他后边跟着两个抬着空轿子的轿夫。肖仲义佯装记不起他："你是？"

"我是张叔，你以前的邻居张仁礼啊！"

"哎呀，是张叔啊！"肖仲义满脸堆笑，假意恭维道，"你看你从头到脚，满身的富贵，我还真认不出来了。"

"也是。"张仁礼笑着点点头，"以前我初到泸城，当挑夫、推粪车、干杂活，多亏了你父母的照应接济，才一步一步地走到今天哦！"

"张叔客气，邻里之间相互照应，应该的。"

"我倒一眼就认出了你，和十几岁时比没啥变化，只是长高了些，变结实了。上次听你父亲说，你回泸城了，在国军里做事？"

"是的。张叔过河去蓝田送布料？"

"河对门兵站的汤站长，上午来电话说重庆那个什么联啥子勤部的有人来，让我亲自送几块上等的绸缎过去。做生意嘛，对顾客，特别是官爷的要求，得有求必应，方可做得长久哦！"张仁礼一副实诚的样子。

说话间，一辆德制吉普开到了码头。孙雨露跳下车，上前道："报告肖副组长，叶组长……"

话未说完，肖仲义狠狠剜了她一眼，孙雨露把后面的话吞回了肚里。

"哎呀，贤侄，你忙你的公务，改天张叔请你们一家人到川江饭店坐坐。"张仁礼很知趣，双手抱拳说道，"我先告辞了。"

张仁礼坐上轿子，闪悠闪悠地走了。

"什么情况？"肖仲义冷着脸问。

孙雨露显得有些委屈："叶组长半个小时前从馆驿嘴码头回来了，命我速来请你回赵园。"

"雨露啊，"肖仲义见孙雨露说完仍嘟着嘴，缓和了语气，增添了笑容，"假如这老张果真是日特汉奸，从你刚才喊的'报告''肖副组长''叶组长'三个词，他就能判断出我们是干什么的。好了，走吧！"

上车后，见是王木然开车，肖仲义严肃地批评他："张仁礼去蓝田兵站，你的人为什么没跟进？"

"可能是这两天过元旦吧。"王木然侧头见肖仲义脸色铁青，忙改口，"过节也得值守！这个，回去我就追查，向副组座报告。"

这天是元旦过后的第三天，叶云翔回到了泸城。

凤凰山上，归巢的鸟群一片欢叫。欲落未落的夕阳，给莽莽苍苍的香樟林镀上了一层斑斓的浮光。回到山麓下的赵园，在冷风斜阳、人无声息的寂静中，肖仲义感到了一丝肃杀。此时，他倒希望平时对他话很多的孙雨露开口说些什么，但孙雨露不语，于是，他只好停下脚步，问："是到叶处的办公室，还是去会议室？"

孙雨露回答："叶处长请你去他的办公室。"

"这院里怎么一点声音也没有？"肖仲义盯着孙雨露又问了一句。

"处座回来时，脸上没有一丝笑意，所有向他问好的人，得到的都是冷脸。大家都不知道发生了什么事，搞得有些莫名的紧张。"孙雨露终于又多说了两句，末了，半开玩笑道，"肖副组长察觉到了什么？心里有些发毛？"

"鬼扯！"肖仲义转身向四号楼大步流星地走去。

"哎，等等我！"孙雨露在后面喊着。

见了肖仲义，叶云翔的脸上有了一丝暖色。两人对着办公桌相向而坐，肖仲义说："处座不是来电说在小关门码头靠岸吗？还没吃晚饭吧？我已在鱼棚子酒楼订了一桌，您看……"

"临时起意停靠馆驿嘴。我以为你在小关门久等无望，会打电话回来询问。"叶云翔话中含着得意。

"学生不才。"肖仲义心中不以为然："这种把部属当猴耍的鬼把戏，有损领导权威，多用两次，谁还信服你了？谁知道你哪句是真的，哪句是假的？但很多长官就是喜欢玩这种显威权的小伎俩！"嘴上却道："学生的智慧是老师给的，我哪比得上老师的大智大勇啊！"

"恭维！"叶云翔笑了，"酒席留着，先谈正事。检查站收编和招募人员进行得如何？"

"由李山和孙雨露他们负责的对稽查站人员的甄别工作，经过他们连更漏夜地辛苦，已经完成。稽查站……"

"哎，等等。"叶云翔摆手打断肖仲义的话，"连更漏夜是啥意思？"

"夜以继日之意。"

"仲义啊，以后汇报，尽量用大家听得懂的言辞，我们都来自全国各地，少用方言和土话。”

“是，处座！”汇报工作或公干，肖仲义还是习惯称叶云翔的官职，"稽查站原有官兵一百六十二人，根据您的训示，经过甄别，已将其中消极抗日、反共不力、贪腐享乐、鱼肉百姓等人员三十七名，退回保安旅。现拟收编一百二十五人，名单和他们的相关材料，我这就让孙雨露给处座送来。”

叶云翔摆摆手："全部名单材料就算了，将其头目和小队长以上的十来个人的名单送我过过目就行了。我是相信你的办事能力的！”

“都是处座栽培！”肖仲义作谦恭状，他刚才汇报的"反共不力"者，其实是反共最坚决的，仅次于军统的反共本色，借机将这些人退回保安旅，是怕他们留在军统学了军统的手段，对共产党不利。

肖仲义继续汇报："王木然他们也很辛苦，经过他们抗日从军的宣传鼓动，短短几天，就招募了二十三个有志知识青年。”

“很好。”叶云翔起身边踱步边发指示，"对收编的稽查站人员，一律边上岗边轮训，强化他们效忠党国，热血抗日，'溶共、防共、限共、反共'的意识，要让他们懂得军统的家规，收编过来了，就是军统的人！要效忠一个老板，一个领袖！”

“是！”肖仲义也站了起来，"我已经安排李山、孙雨露负责此事。”

“不不不。”叶云翔点上一支烟后说："孙雨露一个姑娘家家的，懂什么？李山有侦察任务，我看这样吧：王木然招募来的知识青年，就叫军统泸城特训一期班，简称泸训班，班主任为戴老板，我任副班主任，你为总教官。这事我在重庆已向戴老板报告过了，老板很高兴，天下军统训练班的班主任，都是他担当的，学员都是他的学生，他要学委员长，桃李满天下嘛！戴老板说，泸训班开班后，他将择日亲自来泸授业训话！对稽查站人员的轮训，我任班主任，你当副班主任，王、李、孙等人当教官就行了。但这两个班，实际由你负责，给我看好、管好、抓好、训练好！”

“处座，”肖仲义作苦相状，"我的主要精力是对付鬼子的'川江骇浪行动'，怕顾不上这边，因小失大……"

他的话还未说完就被叶云翔打断了："这不矛盾。将这两批人马培训好了，是我们'川江保卫行动'的有生力量！不得推辞，能者多劳！"

"是！"肖仲义脸上虽有些无可奈何，声音却很洪亮。

"坐下说话。"叶云翔归位后道，"唉，说起这'川江保卫行动'，我在重庆还挨了戴老板的批评。"

叶云翔话虽说得委婉，肖仲义还是猜得出，如果老叶不是特务处元老戴笠的"十三太保"之一，能只得一个批评？肯定会被训斥痛骂加耳光！难怪孙雨露说他回来后铁青着脸不理睬人，搞得大院里带有肃杀之气。

肖仲义又试探着问："莫非是戴老板怪我们侦破日伪间谍不力，才批评我们？"

"不是。"叶云翔呷了一口茶，"我们泸城组成立才三个月，老板对我们的防范布控工作基本上是满意的。他也赞同我俩的意见，泸城的日特处于待机状态，风平浪静的后面肯定有动作！"

"那他对处座发什么火？"

"还不是你想挖过来的陈勤勤！"

见肖仲义满脸惊愕的样子，叶云翔嘿嘿笑了几声，道："仲义啊，实话告诉你吧，陈小姐这人不简单！她不但是密电检译所温毓庆的人，还是侍从室机要室兼技术研究室主任毛庆祥的人！这两人都大有来头——都是老头子面前搞密电破译的红人！戴老板向温司长要人，老温说没问题。结果被毛庆祥知道了，说戴老板挖侍从室专责电讯密码破译的技术研究室的墙脚，告到了委员长那里，搞得戴老板挨了校长一顿训斥，灰头土脸。最后还是侍从室主任、我们的挂名局长贺耀祖出面斡旋，才平息了风波。校长说为了保护军工国防的血脉，要情报共享，同心同德，同仇敌忾，毛、温二人才同意我们可以借用陈勤勤。"

"这陈勤勤背景可真深啊！"肖仲义惊叹道。

"所以，戴老板批评我连她的来路背景都没搞清楚，就找他去要人，真是丢人现眼，军统是干什么吃的！"叶云翔边说边摇头。

"都是我的责任、我的错。"肖仲义连连道歉认错，"让处座代我受过，我真是无地自容啊！"

"你也是破敌心切，急于寻找密电破译高手帮助嘛！"叶云翔安慰道，"这事过去了，不要对其他人提起。你明天去找陈勤勤，估计她已接到上峰的指令，会满足我们的要求的。哦，仲义啊，你先前说了一大堆王木然、李山他们的辛苦功劳，把他们几个叫上，去鱼棚子酒楼好好喝几杯，我的肚子早就咕咕叫了。"

"他们早就在门房候着呢！"

"哈哈哈……"叶云翔终于发出了爽朗的笑声。

来到大门口，王木然向肖仲义耳语报告："张仁礼去蓝田兵站，行动队的人是跟了过去的，但不便进去，就电话通知了里面我们的人看他和谁接触，的确是去给汤站长送绸缎，这些绸缎好像是汤要送给联勤司令部来的副官的，三人有过接触。另外，我电话问了贾守正这两天为什么没报告监视对象的情况，他说一切正常。"肖仲义说："调查一下那个副官和汤站长的背景，以及副官来干什么。告诉贾守正，无论情况正常还是不正常，每天都得例行报告，不得有误！"

随后，众人分乘几辆黄包车，往鱼棚子酒楼去了。

3

叶云翔、肖仲义他们奔赴鱼棚子酒楼时，贾守正在罗汉场硬拉着曾广荣吃火锅，饭局已近尾声。

曾广荣是行动队第二组的副组长，为了增强对二三兵工厂及其专家的保卫、监视力量，军统"川江保卫行动"泸城工作组，经与厂方反复沟通协商，在厂里和高家大院加派了人手，曾广荣就是元旦前派驻高家大院负责厂区外围工作的。这日下午，曾广荣带着两个手下来罗汉场采买食物和生活用品，回去路过通达旅社时，不期然和坐在大门口晒太阳的贾守正相遇，贾守正说他乡见老乡，心中喜得慌，无论如何要拉上曾广荣去吃火锅。曾广荣推说自己才到这边几天，怕喝酒误事，工作任务上出了差池，担待不起。贾守正说："没事，我来泸城好几个月了，也没见有什么异动。喝完酒，我在马行给你雇一匹马，你再回去不就好了。择日不如撞日，你我是成都老乡，又是蓉训班的同学，今日罗汉场相逢，再推辞就是看不上我贾某了。"话说到这份儿上，曾广荣不好再推脱，心想喝喝酒、叙叙旧，也耽误不了什么大事，就应了，当下打发两个手下去马行雇马先回高坝去了。

这真是偶然相遇？其实先前曾广荣他们经过旅社时，店里的贾守正就看见了。虽说他这里是军统的一个据点，但他对高坝，对二三兵工厂，对吴厂长和专家们的情况一无所知，拿什么来给汪洪、吴智丽提供情报？看见曾广荣，他心中大喜，计上心来，决定要好生招待这个同学加老乡。

镇上的八方客火锅味道真是好，从热腾腾、闹哄哄的满座现场就可知晓。两人涮毛肚，烫麻辣牛肉，煮黄辣丁、青波鱼片、岩鲤坨坨鱼……一瓶纯高粱老白干红枣枸杞泡酒下肚，曾广荣已显醉意。人多眼杂，贾守正只是和他说友情，谈过往，拉家常，绝口不提彼此的职责任务。

"曾兄，我们哥俩换个清静的地方再聊聊。这里闹麻麻的，聊不畅快。"见曾广荣喝得差不多了，贾守正笑道。

"客随主安排。不过，得换个有意思的地方才够哥们儿！"曾广荣借着酒性提出了暧昧的要求，吐字还算清楚。

"一定一定。"贾守正边说边叫小二结账，然后两人去了夜来香妓院。

随着战时商圈经济的日益发达，罗汉镇有了"四川的小上海"之称。离镇北头五百米开外的山丘下，十几座砖木结构的庭院拔地而起，错落有致，形成了一条新的街市，现在我们叫"红灯区"，彼时人们沿用上海四马路的称谓呼之为"小四马路"。夜来香妓院收费高，名气大，美女如云，时有成渝和上海等地见过大世面的美女来客串坐台，一时让泸城的达官贵人、商贾巨富们趋之若鹜，欣欣然、悄悄然前来享乐。

鸨母将二人迎进厅房，叫人茶水伺候，又赔着笑脸道："两位爷，不好意思，今晚已经客满了，要不我给你们整点酒菜，先喝着？"

贾守正说："算了，我们去别处。"

曾广荣的酒劲上来了，从衣兜里摸出钱夹子，掏出一沓法币，连钱夹子一起往桌上一拍："啥子满员了？你以为老子没钱？"

贾守正瞄了一眼桌面，曾广荣从钱夹子里面掏钱时居然抖落出了一张男人的照片！正待劝解，鸨母赔笑说："这位爷，莫生气。姑娘倒还有一个，只是，只是……"

"只是什么？"贾守正见鸨母欲言又止，板着脸问。

"这姑娘是给警署的丰署长预留的。"鸨母虽仍面带笑容，语气中说出"丰署长"时，已然带着威胁了。

贾守正哈哈一笑："老板娘有所不知吧？丰署长下午坐末班船回城去了，我和他碰面打招呼，他亲口说回警局晚上开会，今晚肯定不会回来了！"

"哎呀，这老丰也不差人来知会一声！"鸨母的语气又变得软糯糯的了，"可是现在只有一个姑娘，你们二位爷……"

"只管把我兄弟伺候好就行了。"贾守正笑道。

"贾掌柜，这姑娘是上海妹，只收大洋哦！"鸨母又说。

"晓得了，去叫人吧！"贾守正挥挥手说。

鸨母忸怩作态地上楼去了。

"曾兄，你一个老爷们儿，钱夹子里放一张男人的照片干什么？你家里人？"贾守正一边故作惊讶地问道，一边拿起照片仔细端详，照片上是一个戴宽边眼镜，文质彬彬而又不乏英气的中年男子。

"谁他娘的愿意怀揣一个男人的照片？啥子家里人哦，是兵工厂的吴厂长！"曾广荣打了一个酒嗝，接着说，"我们二组负责保卫兵工厂的人，每个都发了一张，叶处长和肖副组长下了死命令：如发现异常，不惜一切代价保护他！唉，说不定哪天为了保护他，我的命就丢给了杀手！还要多谢贾兄破费让我来快活快活！"

"兄弟不客气。你和吴厂长见过？"

"没见过，也不认识。我是负责厂子外围的保卫工作的，咋可能面见这等大人物？所以才给我们发了照片，让我们做到心中谨记哦！"

说话间，鸨母带着一个妖娆多姿、风情万种的姑娘来了。趁曾广荣和姑娘打情骂俏之机，贾守正将照片悄悄放进了自己的兜里。

第二天一大早，贾守正骑着自行车来到夜来香唤曾广荣，将自行车借给他时把照片又悄悄地放回了曾广荣的衣兜里。

"曾兄昨晚还满意吗？"

"巴适得很！"

"常走动，互通有无。"

"要得！谢了，就此别过。"

贾守正原想借同乡同学之谊，以酒色财气拉拢曾广荣，套取兵工厂和专家的情报，没想到无意中获取了吴厂长的照片，真是"踏破铁鞋无觅处，得来全不费工夫"哦！

贾守正翻拍的吴钦烈的照片，随即到了吴智丽的手里。

4

开完叶云翔主持的加强重点防控布点任务会议，肖仲义骑着自行车来到了邮政电报电话局。

"洋马儿！洋马儿！"一群在大门外等着领报售卖的孩童欢呼着围了上来——那时，被称作"洋马儿"的自行车在泸城还是稀罕物，邮电局也只有三四辆，邮差送信件、电报、报刊，大多靠"11号"（双脚）。肖仲义骑的这个"洋马儿"是一辆崭新锃亮的德国货，引来了报童们的惊呼，纷纷伸出小手去摸。肖仲义边走边笑着说："娃儿们，你们摸摸看看可以，别给我碰倒摔坏了。"

亮明了身份，局长亲自去报机房请来了陈勤勤，原本想让出办公室供他们谈话，肖仲义说："谢谢冯局长的美意，我们还是去陈工的办公室谈吧。我的身份，请冯局长切勿外传。"

"喝咖啡还是茶？"走进房间，陈勤勤莞尔一笑。

关上房门，肖仲义快速扫视了一下屋子，笑道："陈工的办公室真够气派，宽敞明亮，不但有大班桌椅、咖啡机，还有酒柜，比你们局长的办公室还要洋盘！那就劳烦陈工来一杯咖啡吧！"

"当然啦！"陈勤勤边倒咖啡边开玩笑，"局长说我是上边派来的人才，而且是大人才，办公、生活条件要按电政司副司长的级别对待，能不气派、洋盘吗？"

"人才！大人才！"肖仲义落座后，呵呵一笑，"你这个大人才啊，搞得我们局座灰头土脸，让叶处长挨了戴老板的骂哦！"

"怎么讲？"陈勤勤递上咖啡杯，问。

肖仲义将叶云翔昨晚对他说的话择要复述了一遍，引得陈勤勤偷偷地乐，发出了轻微的笑声。

笑过之后，陈勤勤说："这个事情我知道，毛庆祥已来过电话了。我的公开身份是电政司的人，戴笠要人，温毓庆当然乐得做个顺水人情。你们军统去年十一月，也就是我来泸城的那几天，不是从美国请来了密码专家吗？密电检译所为了能在这方面插一手，要求与军统合作，派了杨肆等四名研究、研译人员，参加日本军方密电码破译工作。要不你们戴老板要人，温所长会那么大方放人？我可是人才，拔尖人才哦！"说着，自己都忍不住笑了。

"哎，叶云翔没骂你、责怪你吧？"

"表面上没说什么，心里还是不痛快的。"肖仲义说，"好在我从沦陷后的南京回后方才几个月，我俩也认识不久，对后方和你的情况不太了解，也说得过去——我是反制日特行动心切嘛！"

"你是来协商借调我的？"陈勤勤抿嘴一笑。

"你知道了？毛庆祥通知你的？"

"是的。毛主任和温司长已分别来电，让我全力配合军统破译泸城日特往来密电。"

"先前我给冯局长谈了这事，他说已接到温毓庆的指示，满口答应了。"

"南方局来电，过几天上级将派一名交通员来泸，必要时联络我党地下组织，暗中协助保卫迁川在泸的中国唯一的'三化'——化学兵工厂、化学应用研究所、化学兵试验基地，以保存延续中国抗日的化学军工命脉。"陈勤勤的脸色变得凝重起来，"这也是延安最高层的意见。"

"上级不是让我们不要和地方党组织发生横的联系吗？"肖仲义有些不解。

"记住，是必要时，也就是遇紧急情况迫不得已时才联系！交通员来后，只和地下党联络，并不知道我们是谁，也不和我们联系。必要时，"陈勤勤顿了顿，轻轻笑了一下，"你看，又是必要时，有些像绕口令了，'老邓'不必出面，由'栀子花'和交通员接上关系。"

"明白了。"肖仲义点了点头，又问，"你什么时候去赵园？"

"随时。上级已电示我尽快参与军统的破译工作。不过，我不住你们那边，除非必要时！"陈勤勤故意逗乐子。

"哦，金如故和姚小川已经作为特殊人才被招进了泸训班，经过训练后，我会安排他们去二三兵工厂，参加保卫工作。"肖仲义不接陈勤勤的话，故作一本正经地说。

"我会向上级报告。切记，非必要时，'老邓'和'栀子花'不要和他俩联系，以免暴露身份。"陈勤勤脸色严肃起来。

"老邓"和"栀子花"是肖仲义和陈勤勤的代号。

5

一连几天，肖仲义都有序地忙碌着，一会儿去泸训班履行总教官的职责，一会儿陪叶云翔去收编而来的稽查站军统轮训班训话，一会儿又去高坝二三兵工厂、忠山化学应用研究所、纳溪花背溪化学兵试验基地检查安保工作……一切都得有所准备，查漏补缺，做到严丝合缝！叶云翔告诉肖仲义："戴老板过几天要来泸城，要对泸训班学员讲话。保不准老板心血来潮，突然去三化基地巡视，如果发现什么安保漏洞，不久后我们的公开升格挂牌和晋级可能就泡汤了哦！"肖仲义当然得认真对待，且不说什么升格晋级之类他不关心的事，单是上级党组织下达的保护好抗日工业的命脉之命令，他就得全力以赴，以命相护。

"要出门？"蒙蒙细雨中，肖仲义带着刘朝云等人刚下吉普车，就在赵园大门口遇见了正撑着雨伞的陈勤勤，随口一问。

"哦，仲芸来电话，说多日没见了，约我午餐小聚。"陈勤勤微微一笑。

肖仲义拍了一下自己的脑门："哎呀，不好意思，叶组长早就吩咐我请你这个大专家吃个便饭，以示欢迎和尊重。这几天忙得我焦头烂额，把这事给忘了。哎，你们在哪里吃饭？"

陈勤勤仍然微笑着："在市府路的美美咖啡厅。"

"如果你们没有什么私密之事，这顿饭算我的吧。"

"私密之事倒没有。肖副组长忙，还是忙你的去吧。"

"这会儿不忙。请你，是公事，捎带上我妹妹，算是假公济私一回吧！"

肖仲义挥挥手让刘朝云他们去了，随后开着吉普车，和陈勤勤绝尘而去。

到了市府路，将车停在一巷口旁，两人共打一把伞，似情侣一般挽着手往巷内的美美咖啡厅款款而行。

"这上海人开的洋玩意儿，洋房咋不修在临街处？那多显眼、气派哦！"肖仲义对咖啡厅开在巷子里面，让一般人找不着北，有些不解。

陈勤勤莞尔一笑："亏你还是军统，人家要的就是清静高雅、曲径通幽。哪像泸城的火锅店、饭铺的大堂，人声鼎沸，乱哄哄、闹麻麻的。"

肖仲义想反驳，陈勤勤自知话语有些失体，赶紧岔开话题："其实，车再前行几十米，往右拐两个弯，就可以停在美美咖啡厅的大门外。原来你没来过？我还以为你走这边，是为了让我体验泸城的小巷风情哟！"

肖仲义的确没来过，他是看见巷口墙上贴着的"美美咖啡厅由此去"的指示牌，才停车的，正要答话，不经意间瞥见了从旁边当铺走出来的张仁礼和一个东家模样的人。

跨过高高门槛的张仁礼正抱拳施礼："巫老板，请回吧。谢谢啦，下次再来看那些死当。"

"张老板慢走。"当铺东家巫明亮拱拱手。

早有跟班伙计迎了上来，扶着张仁礼上了停放在屋檐下的专属双人轿，一行人和雨伞下的肖仲义、陈勤勤相向而去。

走出几步，肖仲义感到有些不对劲，回头望着轿子，觉得那闪悠悠的轿子有些轻飘飘的，想起前几天在小关门轮渡码头碰见张仁礼时，那轿子分明显得沉甸甸的。

后来肖仲义才搞清楚，那天张仁礼从蓝田过长江，是为了运送一批枪支进城，枪弹就捆绑在轿椅下；他今天来当铺，就是把这批枪支和兵工厂厂长的照片交给当铺老板巫明亮的。

"仲义，看什么呢？"陈勤勤拉了拉肖仲义的胳膊。

"哦，这人是我们怀疑的对象，我看他的轿子忽轻忽重，感觉可疑。"肖仲义轻声说道。

转过巷子的拐角，迎面有两个便衣和他们擦肩而过，向张仁礼的轿子快步跟了上去。

当晚，王木然将手下监视张仁礼的情况报告给了肖仲义：张仁礼今天只外出了一次，去市府路巫家当铺送了一箱东西，箱子里的内容不详。这就奇怪了，肖仲义想："一个绸缎庄老板去当铺典当什么？他不是大户人家吗？扯淡！"肖仲义命令王木然："派人查清楚当铺老板巫明亮的背景根源，看看这人究竟是干什么吃的！"

军统泸城组密电破译顾问陈勤勤，经过几天的侦听，终于捕获到了一条神秘的电波。

这条电波的频率和信号虽从未在泸城出现过且又混杂于泸城众多的商用电台、军用电台和电报局民用电台之中，只在使用频率高的白天时段倏忽出现，但还是被长期战斗在电检所、侍从室机要室密电组对日破译工作的高手陈勤勤侦知了。电报是潜伏在泸城的日特发往南京日军驻华司令部的，内容是："请派军机无差别轰炸泸城，配合猎鹰行动，十一日。山本寿夫。"

密电破译出来，陈勤勤看了看手表，已是第二天早上七时四十分。拉开厚厚的窗帘，天才麻麻亮。她对"十一"二字有些迷惑：电报明明是昨天，也就是九日下午五时发出的，十一日是什么意思？来不及细想，事关重大，事关泸城百姓安危——单是那句无差别轰炸，就让人不寒而栗，这将对泸城造成怎样的惨烈后果？她立马拨通了叶云翔寝室的电话，报告情况。

好在都住赵园，叶云翔叫上住楼下的肖仲义，匆匆赶到办公室，电讯室主任谢娜和陈勤勤已在门外等候着了。

"什么情况？"叶云翔边问边翻着桌上的台历，这是他的一个习惯，每天一到办公室，就要翻开当天的台历。

十日！陈勤勤瞄了一眼叶云翔翻开的日历，恍然大悟：十一日，就是明天！她将译电递给叶云翔："叶处长，事关重大，不得不叫醒您。"

叶云翔并不答话，看完电文，递给肖仲义，倒吸了一口冷气，骂道："无差别轰炸！他们在重庆就是这样干的！狗娘养的畜生！"

　　"处座息怒！"肖仲义看了电文，说了一句，转问谢娜和陈勤勤，"谢主任和陈顾问，猎鹰行动和十一日是什么意思？十一日，是指十一天之内还是十一天之后开始轰炸配合行动？"

　　谢娜苦笑了一下："这个，刚才我和陈顾问讨论了一下，还真不清楚。"

　　陈勤勤接过话茬："谢主任，我已明白了十一日所指。你看叶处长翻开的台历，今天是十日，电报是昨天也就是九日发出的，十一日指的就是明天。对，明天日机将对泸城实施轰炸！"见众人惊愕的样子，陈勤勤接着往下说，"猎鹰行动，我判断是日军'川江骇浪行动'在泸城的代称，目标是二三兵工厂等重要军工基地和暗杀名单上的主要人物！之所以要实施无差别轰炸，极有可能是潜伏的日特还没有搞清楚重要兵工基地的准确位置。至于这次暗杀目标都有谁，那就有待叶处长查清楚了。"

　　叶云翔点头称赞："分析判断得极是，不愧是温毓庆、毛庆祥手下的高手！"随即下达命令，"为了迷惑在泸城潜伏的日特，不让他们知晓我们已经破获了他们的密电，将此电立即上报重庆，让局本部通知泸城各机要和地方，做好防空准备。仲义，你立刻查询各方，看看二三兵工厂的吴厂长、化学兵总队总队长李忍涛等暗杀名单上的人这两天，特别是明天有什么动向没有，加强保卫工作！同时，通知各队、股、室和外勤组，立即进入一级戒备状态！"

　　肖仲义等人说了声"是"，正要离去，叶云翔叫住陈勤勤和谢娜："陈顾问、谢主任，你们要密切监视敌台动向，随时报告！"

第五章

1

雨歇了，天终于放晴了。连绵几天的凄风苦雨，让大街上行人稀少。当旭日从川江南岸的山峦中喷薄而出时，许多在家避风雨的人，又出现在泸城的大街小巷，享受温暖的阳光，采办年货，割肉，打酒，腌制腊肉、香肠——年关近了。

江边，号子声声，那是拉船的纤夫吼叫出的声响；汽笛阵阵，那是长途短途客货轮和运兵船忙碌的乐章；打鱼船上传出阵阵川江小调，这一切让人感受到川江晨曦的美妙。

川江之畔，忠山之巅，泸城，在温煦的阳光下，这个冬天似乎不再寒冷，洋溢着年关来临前的祥和兴旺，展现着抗战大后方的挺拔坚强。

这一天，是民国二十八年，公元1939年1月11日，农历十一月二十一日，是一个让泸城人民永不忘却的日子。

当钟鼓楼的钟声在悠扬的乐曲声中鸣响了八下，一群鸽子从钟楼上扑棱棱地飞上天空，沐浴着阳光盘旋了几圈，有的又回到钟楼的鸽巢，有的降落于地面，漫步在钟楼基座和台阶上晒太阳的男女老少之间。东门口码头民生公司开往重庆的客轮即将起航，趸船上送别的人们不断向轮船上的亲朋好友挥手告别，一个青年男子突然从轮船上跳了下来，和一个姑娘紧紧拥抱，在水手的吆喝呼喊声中，他才依依不舍地再次上船。而城南、城北、小市、蓝田坝和市中心的学堂，学生们已开始了朝课，那生机勃勃的晨读声，是这个清晨最美妙的华章。街巷里弄的各式早点铺中，已然热气腾腾，顾客济济。茶馆里早有三五成群的茶客围桌而坐，冲壳子（聊天）、摆龙门阵。长江、沱江的河岸边，棒槌的音调此起彼伏，那是妇人姑娘们趁着晴天，在浣洗铺笼被罩……

一切都是日常，岁月静好，仿佛战争还远，那些报上登载的消息或小道谣传，关乎战事的情况，的确在夔门之外，最近的也在重庆上空——日军的空袭轰炸。就在人们一如往昔过着日常生活时，几辆安装有电喇叭的卡车穿梭往来于泸城的市区和城厢，开始不断重复广播："重庆传来消息，今日日机将轰炸泸城，请市民注意空袭警报，躲避防范！"

尽管很多人不信，但不间断的广播声，还是让空气一下子紧张了起来。

赵园的空间里，电话铃声，电报的嘀嗒声，跌宕起伏。

接打了几通电话，肖仲义快步来到叶云翔办公室，报告情况。

"处座，刚才从高坝、罗汉方向传来消息，二三兵工厂厂长吴钦烈将军已带着十几个兵工化武专家和卫兵，乘坐他们专属的炮艇驶离罗汉码头，向城里开来。"肖仲义语气急速。

叶云翔瞬间眼睛瞪得像牛眼："他们这时进城，添什么乱？"

肖仲义也不作答，继续报告："还有，驻安富双河场的化学兵总队总队长李忍涛将军，一大早带人从驻地出发，就在刚才，他们的吉普车和卡车各一辆，已在蓝田登上汽车轮渡，进城。"

"这帮宝贝搞什么名堂！他们不知道日机今天要空袭泸城？"叶云翔气不打一处来，声音失去了平时的冷峻威严，近乎咆哮道，"昨天我就让你带人查清他们这几天的行踪，特别是今天有什么活动没有，现在出现了此等状况，干什么吃的？！"

"职部失职！请处座惩处！"肖仲义脸带愧色，立正作答。

"惩处？李忍涛被委员长称为'中国化学兵部队之父'，吴钦烈也是中国化学兵工武器的开拓者和奠基人之一，"叶云翔说到这里，语气已缓和了许多，"仲义啊，如果他们在我们保卫组的辖区内出了事，我们是不好向上面交代的！撤职查办事小，脑袋搬家也是可能的！"

肖仲义垂首道："是！"

看着毕恭毕敬的肖仲义，叶云翔的脸色、语气恢复了正常："唉，这个也不能全怪你。仲义啊，你也别怪我刚才语气粗糙。我知道他们是核心保密单位，我们派驻进去的人不可能那么轻易靠近并掌握他们的工作和行踪。这是个问题，回头得想办法解决！现在要搞清楚的是，他们进城要干什么？"

"接到吴、李他们将进城的消息后，我研判他们有可能是去忠山的化学应用研究所。我给我们派驻化研所的组长孔忠打电话询问，他说化研所最近研制出了一种新的化学试剂，半个小时前，所里接到通知，身兼二三兵工厂厂长和军政部应用化学研究所所长的吴钦烈将军，将到所里和有关方面进行试剂交接。"末了，肖仲义又补充了一句，"据我判断，这个有关方面，肯定是李忍涛将军。他还是离双河场几里，位于花背溪的化学兵试验基地的负责人。"

叶云翔点点头："嗯，应该是这样，立即采取措施，加强保卫！"

肖仲义道："向处座报告之前，职部已经安排下去了。命王木然率行动队本部所有人员，前往忠山，加强戒备；李山率侦查股和泸训班部分学员，已至小关门码头沿线，防止日特汉奸刺杀李将军；刘朝云带着泸训班的一半学员和几个特勤队队员前往东门口码头，迎接保护吴将军。我汇报完后，立即前去和刘朝云会合。"

"很好！注意……"叶云翔话未说完，孙雨露喊着"报告"进来了。

"报告叶处长，防空司令部打来电话，他们接重庆方面来电，"孙雨露报告道，"鬼子轰炸机群一部已经飞过重庆，正朝泸城方向扑来。"

叶云翔和肖仲义不禁都看了看手表：上午九时一刻。

吴钦烈他们途经罗汉镇的时候，被吴智丽发现了。哑巴孙登辉经过一路远远的跟踪，眼见他们上了炮艇，向泸城方向驶去，便疾速折回茶号，将情况禀报给了吴智丽。吴智丽即刻通过电话，用密语将这一情报传递给了汪洪。

就在肖仲义忙于加强对吴钦烈、李忍涛等人的安保措施，带人奔向东门口码头的时候，张仁礼应汪洪的紧急约见，来到了位于沱江边的汪记茶号，密谋趁轰炸混乱，实施刺杀行动。

"老K突然进城，搞得我们措手不及啊！"汪洪在屋里踱着步说。

张仁礼端起盖碗茶，呷了一口，声音平静："老A、老K他们的行踪都很诡异，我们平时一点线索都没有，正因为突然出现，我们才有机会！"

汪洪张仁礼说的"老A""老K"，是日军暗杀目标的代号，"老A"代指李忍涛，"老K"代指吴钦烈……

"学长，不，"汪洪顿了顿，"表哥有什么好主意了？"

张仁礼点上一支烟后说："老K的照片，我早已交给了'牧师'，让他发给浪里风波号的大小头目，这伙江匪在各码头、车站的眼线多得很。一旦目标出现，即刻行动！"

汪洪笑了笑，坐下道："这帮中国匪贼，会为我们大日本帝国卖命？"

张仁礼吐出一串烟圈："哪有那么容易？他们根本不知道我们是皇军！我也没和他们见过面。"顿了顿又道，"'牧师'和浪里风波的'惊堂木'，大名叫唐木森的头领是结拜兄弟，'牧师'说老K和他的亲戚有杀父之仇，向浪里风波许以五十根金条，除掉老K！"

"嗯，明白了，重赏之下，必有勇夫！"汪洪点点头，"不过，我听说这伙江匪对军统和正规军挺害怕、挺怵的，他们能成事吗？这可不是绑票那么简单哦！"

"这就需要看时机、胆量和运气了。"

"所以，我想请求军部，回头派一批特攻队队员过来，加强力量——支那人只可利用，大日本帝国的事情，还是要靠我们自己解决！"

"说得极是！我完全赞同！"

汪洪看了看手表："差五分就十点了，我们的轰炸机怎么还没飞临？"

张仁礼笑着站了起来："表弟心急了。我计算过时间，大约十一点，我们的飞机将会出现在泸城上空！"

"那，老K不是早就没了踪影？"汪洪这下真的有些焦急了。

"没关系，我们这次是无差别轰炸，是一次超强火力侦察！炸得着就炸，炸不着重要目标、人物，或许也可以找到一些中国'三化'和其他军机要津的线索！"张仁礼眼神阴鸷地说，"我这就去找'牧师'，如果混迹于各码头的浪里风波的弟兄对老K没有得手，请务必查清老K的炮艇停靠什么码头，密切监视，待机下手！"

这时，第一次防空警报拉响了，随即大街小巷传来了忽高忽低的重复的广播声："日机已飞过江津，市民们注意防空！"

随着敌机临近和一阵紧似一阵的警报嘶鸣，泸城人民开始了第一次"跑警报"——以此为始，长达五年！满街沿路都是张皇、凄厉的呼儿唤女、哭爹喊娘声，人们纷纷就近向忠山、凤凰山、龙透关、排风山、蓝田坝、桂圆林等树林密集处奔跑，或跑进防空洞，或拥向四处城垣坚固的门洞，躲避鬼子的空袭。

上午十一时许，当钟鼓楼的警报凄厉地拉响，日本鬼子的机群出现在泸城上空，开始实施无差别大轰炸！

泸城，顿时浓烟滚滚，火光一片，百姓死伤无数，许多泸人、川人、川外人流离失所，啼饥号寒……

2

空袭过后的当天下午，叶云翔听取完部属们的情况汇报，准备向重庆局本部上报。

"仲义,我们重点保卫的军机要津都安然吧?"叶云翔问肖仲义。

"根据各地传来的消息,由于日机没有发现目标,我们和各机要地的安保、保密工作做得好,让潜伏于泸城的日特伪谍无法侦知其确切位置,"肖仲义顿了顿,想了一下措辞,"暂时一切安全。"

叶云翔笑了笑:"暂时?那以后就不一定安全喽?"

肖仲义正色回答:"是的,首座……"

不待肖仲义说下去,原本肃静的会议室突然传出了一阵笑声。大家忍俊不禁,是因为"首座"一词,第一次从肖仲义的嘴里不经意间吐出,看来人都有从众心理,受环境的影响,习惯成自然,连叶云翔也笑了。

"你们笑啥?"大家突然间的笑声让肖仲义一时丈二和尚摸不着头脑。

孙雨露打趣道:"笑啥?笑你也跟着我们叫叶处长'首座'呗!"又玩笑了一句,"肖副组长,副座!"

见严肃的会议可能搞成笑场,叶云翔着意干咳了两声,笑声霎时没了踪影。叶云翔让肖仲义继续说。

"根据陈顾问和谢主任他们破获的日军轰炸时间,"肖仲义看了一眼坐在斜对面的陈勤勤和谢娜,颔首致意,继续道,"和今天上午敌机临近泸城时她们破获的又一条日特密电,即明示了方位坐标——锁定东门口码头实施轰炸等情报来看,日伪特务在泸城的活动很猖獗,到处都有他们的眼线!吴将军的小炮艇前脚刚停靠民生公司的趸船,日特就侦知了这一消息,敌机后脚就来定点轰炸!炸沉了民生公司的两条趸船……"

话未说完,王木然插话:"首座,幸好肖副组长让船开到了上游的五渡溪隐匿起来,否则,那艘小炮艇就被炸沉了。"

叶云翔点点头:"嗯,有前瞻性。仲义,说说你有何想法?"

肖仲义直腰挺胸:"想法只有一个:尽快侦破日伪在泸城的特务组织,方能确保军机要地和重点保护人员的安全!下来向首座详细汇报!"

"很好!"叶云翔点头首肯,转问孙雨露,"雨露,专署和防空司令部那边,将敌机轰炸泸城后的损毁情况通报过来没有?"

"还没有。"孙雨露满脸严肃地回答，"根据您的指示，我打电话问了，他们说初步了解的情况是，有两三百间房屋被炸毁，几十号居民死伤。具体数字还在调查统计中。损失最严重的，"孙雨露顿了顿，转向肖仲义，"是大北街一带……"

肖家就住在那边哦！见肖仲义急得眼睛都瞪大了，叶云翔关切地说道："仲义，令尊、令堂没事吧？要不你赶回家去看看吧！"

心急如焚的肖仲义，没了平常的冷静持重，匆匆忙忙地收拾桌面，起身要走。

"肖副组长，"孙雨露叫住了他，笑道，"你家里没事，伯父、伯母都安然无恙。"

见肖仲义眼含疑惑，孙雨露一副铁肩道义的样子："中午我去过你们家，以单位的名义，看望了伯父、伯母，表示慰问。"

"做得好！我们就是要对同僚及其家庭给予关心帮助！"叶云翔边说边带头鼓起掌来。

待掌声停落，叶云翔问肖仲义："听说在东门口码头，为了让吴厂长他们快速离开，你们差点和中统的人干起来了？"

"这，"肖仲义顿了顿，"我正要向您汇报……"

叶云翔摆手："不用了，情况我都清楚。中统的张功建已经给我打过电话，告你的状。哼，什么玩意儿！共产党该不该抓？那是肯定的！可是大敌当前，吴厂长和那些专家，保不准正处在日特的枪口下，他张功建不识大体，不顾大局，让我给顶回去了！我问过刘朝云了，仲义，幸好你及时赶到，处置得当！保护目标人物是第一位的，其他诸如对付共产党的事可以暂缓，待机行事，秘密侦查、秘密逮捕嘛！"

肖仲义作毕恭毕敬状："谢谢首座撑腰！"

上午肖仲义赶到东门口码头的时候，张功建正带着中统的人拦着吴钦烈一行的去路。荷枪实弹的卫兵和军统的人员将吴钦烈和几个专家团团护卫着，刘朝云和张功建激烈地争执着，跑至近前，只听见吴钦烈的声音冷冷传出："谁要动我的人，拿兵工署和军委会的手令来，否则就是扯淡！"

肖仲义拨开人群走上前，向吴钦烈行了一个军礼："报告吴将军，日军就要轰炸泸城，军统肖仲义奉命前来执行对你们的保卫任务！"

"保卫？"吴钦烈冷笑了一声，"我连码头都上不去，何谈保卫？在这里等着挨鬼子的炸弹吧！"

"职下失职，惊扰了吴将军！请稍等！"肖仲义说完，转身将刘朝云叫到一边，问，"什么情况？"

刘朝云回道："中统不知道从哪里得到吴厂长他们进城的消息，刚下船，张功建就带人来了，说吴厂长的卫兵里有共党分子钱剑飞，拦路抓人。"

肖仲义气不打一处来："扯淡！都什么时候了，还在这里内讧！朝云，命令兄弟伙，准备火力开路，武力护送，让吴厂长他们尽快离开这里！说不定岸上哪扇窗户后面，就有鬼子的枪口对着专家们呢！"

"是！"刘朝云立马招呼军统人员，空气中霎时充满了火药味，杀气十足。吴钦烈的卫兵们也纷纷拉动枪栓。

肖仲义快步走向张功建："张主任，你说吴将军的警卫里有共党钱剑飞，辨认出来了吗？"

张功建摇摇头："还没有。我在等人，等他来了，保准抓获钱剑飞！"

"等人？等那个共产党的叛徒吧？"肖仲义尽量平和语气，压低声音，"张大主任，我看你人没等到，鬼子的轰炸机群就来了！"

"我不管！"张功建语气坚定，"今天我一定要逮着钱剑飞，才能放行！"

肖仲义火了："张功建，保护专家们的生命安全，是我们的第一要务！现在是国共合作时期，你这样明目张胆地抓共党，就不怕出了什么乱子，当了替罪羊——落下破坏团结抗日的罪名？我现在明确告诉你，立马闪开，否则枪走了火，子弹不认人！"

"你敢！"

"不信试试看！"

"别忘了你妹妹是我手下！"

"公报私仇，那是你的事！我现在的任务，是护卫吴将军和专家们离开此地！"说到这里，肖仲义唰的一声从大衣内袋里掏出了手枪，转身对全体军统人员喊道，"立即送吴将军走！有阻拦和盯梢吴将军行踪者，格杀勿论！"

说完，肖仲义抬手向天空放了一枪，不知是气的还是吓的，张功建脸色煞白，中统人员让开了道路。

3

散会后，肖仲义走进了电讯室隔壁陈勤勤的顾问办公室兼休息室，随手关上了房门。

"勤勤，鬼子上午的空袭，没吓着你吧？"肖仲义语含关切。

陈勤勤微微一笑："谢谢关心。在重庆那边，跑警报已经习惯了，今天算小菜一碟吧！"见肖仲义关房门的动作，心知肯定有什么重要的事，便问，"说吧，什么事？"

肖仲义在陈勤勤对面隔桌落座后问："上次你说的上级派的联络员，到泸城没有？"

"到了。两天前代号'商人'的他用密语登报联络了我：'沱江女子商店开业志喜！'说明他已经和泸城地下党组织取得了联系，他还留下了一个电话号码，说有需购特殊女性用品的顾客，可以提前电话预订。"陈勤勤顿了顿，说，"这个电话表面上是沱江女子商店的商用电话，其实也是我和'商人'的联络电话。"

"你和'商人'联系过没有？"

"没有。"陈勤勤语气变得严肃起来，"仲义，你是个老地工（地下工作者）了，忘了我传达的上级指示？非特殊紧急情况，不得联系！这也是我们只和上级保持纵的联系，不和地方党组织发生横的关系的铁律！"

"批评得对！"肖仲义的脸红了一下，点头称是后说，"现在有个特殊情况，得想法把消息传过去，以避免我们的同志惨遭中统、军统的毒手！"

"嗯，明白了。"陈勤勤的语气又变得平和了，"你是说钱剑飞吧？"

"聪明！不愧是密电专家，还是情报研判高手！"肖仲义有意缓和了气氛，调侃了一句，继续道，"根据今天上午中统的阵势和上次张功建在罗汉码头所谓的抓捕'江匪'行动来看，钱剑飞已经潜伏进了二三兵工厂，极有可能就在驻厂警卫营，而且就在吴厂长的卫队里。你通过上级了解的情况和军统方面的查实，钱剑飞不但是原永宁河游击队的队长，还是个神枪手。为了保护工厂和吴厂长不被鬼子破坏、暗杀，我估计泸城地下党组织通过厂里的同志，做了如此安排。"

陈勤勤微笑道："这个结论靠谱，我赞同。"

肖仲义笑问："可以抽烟吗？"

陈勤勤从抽屉里拿出一个烟缸，推至肖仲义面前："你随意。"

肖仲义点上香烟，摇了摇头："可是我让李山通过军统驻厂人员查遍了二三兵工厂的所有人员，包括警卫营的花名册，都没有找到钱剑飞的名字，可能是改名换姓了。"

"应该是这样。"陈勤勤点点头，"在大后方，除公开的办事机构外，我党都处于地下秘密状态。现在虽然是国共合作抗日，但蒋介石对我党奉行的仍然是'防共、溶共、限共、反共'政策，我们随时处于危险之中，稍有不慎，就会以莫须有的罪名落入国民党宪特警的魔掌。"

肖仲义摁灭了香烟："所以，我们得把中统已盯死了钱剑飞，他随时有被抓捕的危险这一情报传递给'商人'，让'商人'告诉泸城地下党，通知钱剑飞尽快撤离。哎，我就奇了怪了，这中统的张功建怎么知道钱剑飞在吴厂长的身边？要不是上午他们在码头闹腾，我还不敢确定我的判断。"

陈勤勤神情冷峻："中统和军统一样，眼线众多，在对付我党的手段上一向是无所不用其极。不过，我在重庆听毛庆祥说，徐恩曾曾慨叹过，自从国共第二次合作后，中统对共产党的情报战已显颓势，大不如党务调查科时期，共产党的情报工作，早已更新换代，变化多端。嗯，对了，有次闲聊，仲芸对我说，共产党原永宁河游击队的一名队员，被张功建秘密抓捕后，投靠了中统，这人认识钱剑飞。这个叛徒极少在调查室露面，仲芸也仅在上次罗汉码头的抓捕行动中见过他一面，但不知其姓名。"陈勤勤抿嘴微笑道，"仲芸还是当年的爱国热血青年，对叛徒和抓捕抗日共产党人的行为很是不耻！"

"仲芸认识那个叛徒？"肖仲义来了兴趣，"得想法弄到叛徒的照片。"

"我找仲芸想想办法吧。"陈勤勤点点头。

"这个你不用管，切勿暴露！"肖仲义打断她的话，"办法我来想。当务之急，是把钱剑飞已暴露、有叛徒的消息传出去。"

"好的，我这就回电报局写密信。"

"我开车送你。叶处长让我回家看看父母。"

陈勤勤用显形药水写好密信，又用公用电话联系上了代号"商人"的沱江女子商店的经理高大发，说了几句密语后骑自行车赶去将密信投递进了双方传递情报的一个秘密邮箱。

4

接到上级通知，要求其立即撤离兵工厂的钱剑飞，并不同意撤离。

消息是由中共二三兵工厂地下党负责人任子辉当面传递的。

这天，在警卫室的门口，已经化名为邓一飞的钱剑飞和一名工人抽烟对火时，工人对他说："'技工'紧急约见你，老地方。"

"技工"是任子辉的代号，二三兵工厂的技术工人多了去了，这一代号并不惹人注意，既大众又安全。作为警卫的钱剑飞，对警卫分队长说自己想到水池那边转转，看看有无隐患，获准后，走进一片茂密的香樟林，来到了工程坚固隐秘的自来水厂澄清循环水池边，和水池主任——"技工"任子辉碰头并接受指示。

任子辉领着钱剑飞在循环水池周边的树林里巡查转悠。任子辉说："上级从那边得到情报，你以前的队员中有人已经叛变，你已经暴露了。中统盯上了你，还有军统也知道这事，他们随时准备公开或秘密地抓捕你，上级让你立即撤离。"钱剑飞沉默了半晌，说："从上次张功建抓所谓的江匪实则冲着我来的情况看，我就判断我们内部有人投靠了中统。这个，我已请你向陈李书记做了汇报。鬼子轰炸那天，张功建不顾破坏抗日统一战线之名，明目张胆地要抓我——只是他们不认识我，更不知我已改名为邓一飞——当时张功建在等叛徒前来指认我，要不是军统的人保护吴厂长心切，搅了中统的局，叛徒一出现，我早就趁乱一枪把他崩了！"

任子辉瞪了他一眼："老钱，你说这些是啥意思？如果不是军统急于护走吴厂长，你恐怕早就作无谓的牺牲了！"

钱剑飞嘿嘿一笑："老任，你别生气。我的意思是，不管是中统还是军统，他们都不认识我，不知道我是谁。当务之急是查清楚谁是叛徒，除掉他，以绝后患，而不是我撤不撤走的问题。"

其实两人年龄都不大，二十多岁，彼此在称谓前加个"老"字，是为了表示尊重而已。

"你不想撤离？上级的命令你不执行？"任子辉的脸色严肃起来。

"我做过游击队司令，上级的命令坚决执行！这个我懂得。"钱剑飞收起了笑容，"只是……"

任子辉打断了他的话，语气不容置疑："叛徒当然要清理。根据你提供的线索，上级正对蛰伏于泸城地区的原永宁河游击队的十几个人员进行排查。让你撤离工厂，一是为了你的安全，二是让你出去协助清查叛徒。"

钱剑飞语气变得肃然："我暂时不能撤离。当初上级命令我隐姓埋名进入二三兵工厂，就是为了加强对吴厂长的保卫，严防日特汉奸对他下手。鬼子对泸城的大轰炸才刚刚开始，我想他们混迹于泸城的地面人员，一定会趁乱加紧暗杀行动。老任，你知道我是神枪手，又会些武功，你说，我这时能撤离工厂，离开吴厂长这个化工专家吗？"

任子辉一时语塞，叹了一口气说："这样吧，我把你的想法尽快报告陈李书记。不过这几天他们正在秘密组织各界搞抗敌系列活动，意在唤醒泸人炸不垮、摧不毁的精神和斗志！但是啊，老钱，你要做好随时撤离的准备。"

钱剑飞正欲开口，林子外面有人呼喊："邓一飞，邓班副……"

二人走出树林，一个卫兵向钱剑飞报告："邓班副，分队长让我通知你回去，有警卫任务。"

钱剑飞让卫兵先走，离去时悄悄对任子辉耳语了一句："吴厂长兼顾兵工厂和化研所，这下保不准又要进城，警卫任务叠加，我撤得了吗？"

5

又是一个红日喷薄而出的清晨。蓝天白云下，川流不息的长江依然浮光耀金，轮船、帆船来来往往，川江号子声声阵阵。濒临川江的大校场，已然人喧马嘶，由中共地下党在学校组织的抗日晨呼队的学生们，正整齐响亮地呼喊着"中国必胜，日本必败""抗战必胜，鬼子必败"等抗日口号，让不断从四面八方赶来的各界队伍热血沸腾。任子辉率领的二三兵工厂工人俱乐部演艺队到场后，唱起《大刀进行曲》，周围的人们都跟着唱起来，国仇家恨，随着雄浑铿锵的歌声，迸射而出。由四川各界抗敌后援会泸城分会发起的抗日集会，即将举行。分会总干事、中共地下党员高仰慈，正在忙前忙后地指挥属下，招呼安顿着各路人马。

此次抗日示威万人集会是由中共泸城中心县委通过"泸城各界人民抗敌后援会"中的地下党员精心策划组织的，针对日本帝国主义的侵略和日机轰炸的一次抗议示威活动，以此激发唤起泸城人民炸不垮、摧不毁、誓死抗日的精神和斗志。泸城专署听了后援会的汇报，不但予以肯定，还令所辖各县县长届时带队参加。一时间，请柬遍发各界，迁川来泸的机关、工厂、商、学、兵等也不例外。

赵园也接到了请柬，叶云翔、肖仲义他们重点核查了被邀参加集会的各界代表人员的名单，其中有李忍涛、吴钦烈和应用化学研究所的科学家郦坤厚、周良斡、马贻爱、德国的贝勒女士以及七八个化学、物理、生化、兵工方面的专家——这些人物都是抗战的宝贝，已被列入鬼子的暗杀名单，是"川江保卫行动"的重点保护对象。"胡来！他们是怎么邀请到这些科学家、专家的？"叶云翔气不打一处来，失去了平日的稳重，手擂桌子吼道。他命令肖仲义即刻带人去专署和后援会，查清这些保护对象的名单是谁提供的、谁邀请的，并且向他们建议取消集会。末了，叶云翔缓和了语气："仲义啊，鬼子正愁找不到这些人的踪迹，这岂不给日特汉奸提供了下手的机会？万一这些宝贝在集会上出现什么闪失，你我的罪过就大了！"肖仲义说了声"是"，领命而去。

两小时后，肖仲义带着王木然、孙雨露回来了。

肖仲义向叶云翔汇报如下："参加集会的专家名单，是吴钦烈、李忍涛他们提供的，说是要让科学家、专家们感受民众的抗日热情，加快研制步伐，为前线抗日将士提供有力的武器支持。张专员和后援会不同意取消明天的抗日集会，说一切都已安排布置下去了，鬼子的轰炸让泸城人心惶惶，死气沉沉，搞这个集会，就是要提振军威民心，重新焕发民众的抗日斗志。后援会那个总干事高仰慈还说，百万川军出川抗日，泸城已经送出几万名子弟去前线，明天将有纳溪人段德君在该县组织招募的一百多号义勇军计一个连，在集会上宣誓出川抗日，张专员和驻防泸城、担任后方守备任务的新编第十八师师长周成虎（号啸岚）及民众代表为他们授旗壮行；集会上还要搞响应军委会副委员长冯玉祥倡议的抗日献金运动的捐献活动，以及……"

不待肖仲义汇报完，叶云翔打断了他的话："这些就是他们不取消集会的理由？"

肖仲义回答："是的。理由还有一箩筐，听得我脑壳都大了。首座，是不是通过局本部施压，取消泸城明天的集会？"

叶云翔哼了一声："那要我们这些人干什么吃的？这么大的动静，头天才知道，而且还是他们送请柬过来才晓得。这说明什么？说明我们的情报工作有重大疏漏！"

肖仲义作毕恭毕敬状："属下失职！"

"别什么事都往自己肩上扛。"叶云翔挥了挥手，"对日、对共、对泸城的党政军警宪和工农商学等各界的情报工作，必须强化，要做到严丝合缝！"

"是！"肖仲义起身，双腿一并答道。

"坐下说话。"叶云翔让肖仲义坐下后，语气变得如常，"眼下我们需加强防范的是，控制会场和集会后示威游行的线路制高点和一切有利于暗杀的角落，不给日特汉奸刺杀专家以可乘之机！"

"回来的路上，我和王木然、孙雨露绕道去看了大校场，"肖仲义报告，"已经布置下去了。我这就带人去督导检查。"

"很好！不愧是我的学生！"叶云翔脸上浮起了笑容。

这句表扬的话，肖仲义听起来感到其中更多的是老叶自我表扬的成分——多肯定手下，就是肯定上司自己嘛！兵怂怂一个，将怂怂一窝，强将手下无弱兵嘛！

"哦，对了，"正要起身离去的肖仲义复又归位，"我在张专员那里碰到了张功建。他鼓噪帮腔说中统坚决支持集会，还说……"

"哼！老张心里的那点小九九，"叶云翔插话，"我看就是冲着吴钦烈要出席集会，那个钱姓共党肯定也会出现，想乘机干掉钱剑飞，报杀兄之仇！"

肖仲义脸色凝重："张功建干掉共产党事小，却会造成混乱，给鬼子暗杀专家以可乘之机，给我们的保卫工作带来大麻烦！"

叶云翔站了起来："所以，要警告张功建，不得轻举妄动！派人暗中密切监视中统的行动！明天的集会游行，一切以保卫鬼子的暗杀名单上的人物为中心，如遇危机或发现异动，不管什么人，一律以战时惩办间谍、汉奸罪论处，格杀勿论！"

肖仲义唰地起身："是！我这就传达下去！"顿了顿，斟酌了一下字句后问，"老师，如果明天中统的人当真搅局造成安保混乱，也如此执行吗？"

"仲义啊，刚表扬了你，咋一提中统，你就产生了犹豫？是不是因为仲芸在那边啊？"叶云翔笑眯眯地问，随即神情冷然道，"我说的是不管什么人，只要破坏了安保，让被保护者遇险遇害，就地正法！否则，在这地界上出事，你我小则失责，大则脑袋搬家！中统欺压我们特务处的时代一去不复返了！陈立夫这个中统的创始人已不再兼任我们军统的局长，你还有什么犹疑？我们两家素来不和，明天中统敢拆我们的台搅安保的局，我们就借机打击张功建的嚣张气焰，让他欲哭无泪，告状无门！还有什么不明白的吗？"

"老师，我不是担心我妹妹今后在中统日子不好过。"肖仲义严肃回答，"听了老师的话，属下明白了！"

行过军礼，肖仲义径直忙去了。

肖仲义明知故问，心里要的就是叶云翔这句立决杀伐的话，以便中统如有异动，他才好保护不知是谁的钱剑飞——尽管这不是他的职责，但保护同志是一种责无旁贷的本能。有了叶云翔的口谕，届时上头怪罪下来说军统、中统火拼，自己也好推脱是奉命行事，有利于掩蔽自己的真实身份。

还是回到这个阳光灿烂的早晨。大校场上，喊着"讨还血债，誓死抗日""消灭鬼子，保家卫国""揪出汉奸日特"等的口号声和唱着《义勇军进行曲》《玉门出塞》《大刀进行曲》这全面抗战爆发前的三大杰作的歌声，此起彼伏地响起。校阅台上，各界代表和头面人物陆陆续续地来了。在这连空气似乎也随着人们沸腾的热血颤动着的氛围里，肖仲义在商会队伍里看见了张仁礼，便问身边的王木然："监视张仁礼、汪洪的弟兄们全部撤了？"王木然说："是的，鬼子首次轰炸前后弟兄们没发现他们有何异常和行动，首座和你不是让监视的人全都撤回，加强对重要目标和人物的保护吗？"肖仲义轻叹了一句："这可能是我和首座的一个错误决定。"说完过去和张仁礼打起了招呼。

"张老板，您老也来了？"

正和旁人说话的张仁礼，见是一袭黑呢大衣的肖仲义，满脸笑容地说："哎呀，是仲义贤侄啊！这抗日大事，我能不来吗？你看，我们这些商会成员今天就是来为抗战捐钱、捐物的。"

肖仲义抱拳道："各位老板的仗义之举，令人感佩！"边说边快速睃巡了一下，"哎，张老板，咋没见你表弟汪洪汪老板？"

张仁礼叹了一口气："唉！我这远房表弟，也不知道他东跑西跑忙什么来着，我也是好几天没看见他的踪影了。"

肖仲义明白张仁礼这话留有很多余地，心想："什么远房表弟，好多天不见，不知他在忙什么……什么意思？不是你张仁礼帮汪洪安家置业的吗？这是表示现在疏远了，还是为了撇清什么留下伏笔？只怪我们让监视的弟兄们撤早了，什么也搞不灵醒（清楚）！"来不及细想，抗日集会正式开始了。

第六章

1

集会在群情激昂中结束，随后开始了声势浩大的万人对日示威游行。集会过程中，由于肖仲义布置的安保措施得当，军警宪、中统等严格执行层层盘查和巡视保卫工作，隐迹于各界队伍中的中共地下人员的暗中策应，会场上始终没有出现肖仲义担心的枪击、爆炸、刺杀事件。莫非鬼子事前没有密谋行动，还是因泸城民众激奋的抗日情绪取消了行动？肖仲义当时在心中闪过了这一疑问。所幸的是，被日军列入暗杀名单的科学家、兵工专家等参会人员没有参加示威游行，他们在集会结束之际，在卫兵的保护下，随吴钦烈穿过小巷木匠街，悄然往应用化学研究所所在地——忠山方向去了。这出乎肖仲义的意料，他连忙调拨一队人员，在孙雨露的率领下，随行护送。

游行队伍出发的时候，暗中监视张功建动向的陌生面孔金如故、姚小川前来报告："中统张主任没了踪影，不知去向。"肖仲义心中一惊："这老小子干什么去了？莫非见吴厂长一行离去，跟过去了？"此时各保卫小组人员已经被安排在游行队伍和沿途各哨点、制高点中，他身边只有王木然、刘朝云和刚结业的金如故等几个特训班学员。肖仲义命令刘朝云贴身护卫参加游行的李忍涛将军，王木然代任游行现场保卫指挥，他自己则带着金如故等人，朝检阅台旁边的木匠街奔去。

　　过了一个拐角，瞥见妹妹肖仲芸气呼呼地坐在一住户门前的大鹅板儿（泸城方言，即鹅卵石）上，肖仲义让金如故他们去街口等他，俯身问妹妹："仲芸，咋个了（怎么了）？咋坐在这里？"

　　肖仲芸见是哥哥，有些惊喜："哥！我正要去找你！"接着没好气地说，"共产党那个叛徒今天出现了，说共产党以前的游击队司令钱剑飞就在吴厂长的卫队里。先前在会场上张功建没敢动手，这会儿带人追过去了。哼，这都什么时候了，大敌当前，日谍还没抓着，还在搞内斗！我不敢阻止张功建的行为，又不愿意参加抓捕共产党的行动，只好假装脚崴了走不动，正想找你看这事怎么解决。哥，保护专家才是重中之重，抓共产党事小，鬼子的暗杀事大，切莫由于张功建的闹腾，让鬼子的暗杀阴谋得逞哦！"

　　肖仲义也不回答，直接问："你们的人走了多久？"

　　"什么我们的人？中统是中统，肖仲芸是肖仲芸！"肖仲芸杏眼圆睁地边说边看了下手表，"不到十分钟。"

　　"共产党叛徒叫什么名字？有什么特征？"肖仲义急问。

　　"叫胡莱，左嘴下角长了一颗显眼的黑痣，"说到这里，肖仲芸忍不住笑出了声，"就是我们俗称的好吃痣。那个人的名字和长相好滑稽哟！"

　　"笑什么笑！"肖仲义本来满脸严肃，想了想，自己也忍不住笑了，"胡莱？我看中统这帮吃货就是胡来！"说完，拔脚要走。

　　肖仲芸已经站了起来，一把拉住肖仲义："哥，你问共产党叛徒的姓名、特征干什么？"

　　"平息内斗！上峰有令，有妨害保卫专家公务者，格杀勿论！"肖仲义的话斩钉截铁。

　　"哥，我跟你一起去吧。"

　　"仲芸，你没必要去。"肖仲义拍了拍肖仲芸的肩膀，"这不是军统、中统之争，而是抗日利益至上！你要避开这个漩涡！"说完，大步流星地走了。

　　来到木匠街与前进中路的交会处，金如故他们已经拦下了骑警的三匹马。肖仲义命金如故、姚小川上马，其他人向忠山方向跑步前进，说完率先策马而去。

2

花开两朵，各表一枝。对于集会和游行，泸城的日特是提前得到了消息，并且制定了周密的暗杀行动方案的。

起初，汪记茶号和张记苏杭绸缎庄都收到了泸城抗敌后援会通过商会派发的参加集会游行的请柬，送请柬的人说："专署和后援会希望商会的各位老板为抗战、为前方将士尽其所能多多捐钱、捐粮、捐物资。能收到请柬的老板都是有头有脸的场面上的人，是商会各行业的翘楚哦！"

山本寿夫来到张仁礼的后院，研判情况，商量对策。"捐献我们赚的中国人的钱，去打我们的勇士？！笑话！"山本寿夫一坐下就气冲冲地来了一句。

"表弟息怒，小声点啊！"张仁礼劝解道，"收到请柬，说明他们信任我们，这有哪点不好？你看，跟踪监视我们的人不是已经撤了吗？"

"汪洪一时气不顺，失误了，表哥多多谅解。"听了张仁礼的一番话，山本寿夫觉得颇为在理，像是想起了自己的中国身份，用中国名"汪洪"道歉。

"表弟啊，我们深入敌后潜伏，就得养成对中国政府逆来顺受的技巧，很多事情不装出忍气吞声的样子是不行的哦！"张仁礼笑了笑，继续道，"国民政府腐败无能，现在坊间流传着一句'前方吃紧，后方紧吃'，就是这个官僚体系纸醉金迷、贪污腐朽的真实写照……"

不待张仁礼说完，汪洪不想再听他的教诲，打断道："学长让我过来，不是为了给我上课，而是要研判对付集会游行的事吧？"

张仁礼看了一眼有些急躁的汪洪，从八仙桌上揭开盖碗，端起茶床上的茶盅呷了一口叙永珠兰花茶，语气沉稳中带着冷然："当然不是。你是大佐，我至今还是二十多年前的大尉军衔，但我是帝国在泸城地区的负责人！我要说的是，我们面对的，不仅仅是贪腐机器下的国民党军警宪特，而是如地火般可怕的中共地下党和他们发动组织起来的民众——这才是我们征服支那的最大阻碍和对手！"

汪洪吁了一口气："学长说得极是！这也是我在中国征战多年的感受！山本知错！"

张仁礼语气又变得平和起来："表弟请用茶。请你过来，是有一个好消息要告诉你，'牧师'昨晚从专署那边得到情报：吴钦烈、李忍涛等一些专家也要参加集会游行，这些人都是我们名单上必须清除的！"

"此乃幸事！"汪洪喜形于色，有些激动，"天照大神护佑，真是踏破铁鞋无觅处，得来全不费工夫！我们报效大日本帝国，效忠天皇陛下的机会来了！"

"找你来，就是商量怎么实施计划。"张仁礼神情淡定，从袖筒里掏出一张折叠着的纸，顺着桌面轻轻推给汪洪。

汪洪打开纸仔细看了，问："上面怎么出现了一个德国女专家的名字？她可不在我们的黑名单之列。"

张仁礼呷了口茶："是啊，德日虽然交好，但德国一些人士至今仍在暗中帮助中国人，而且他们还把大使馆迁到了重庆。名单上出现了贝勒女士，会给我们的行动带来麻烦。"

汪洪笑了："表哥，没什么麻烦不麻烦的，把他们一起干掉不就行了？"

"这样做，当然容易。"张仁礼点上纸烟，"我担心的麻烦，是引起日德间的外交纠纷。"

"这个好办。"汪洪有些不以为然，"完事后，推给共产党地下组织或者土匪……"

不待汪洪说完，张仁礼打断他："没人相信的！何况派遣军总部给我们下过命令：凡完成每项炸毁重要目标和暗杀重要人物的任务，都要大肆宣传是我们大日本皇军干的，以震慑、动摇、瓦解支那后方军民的抵抗意志！"见汪洪还要说什么，张仁礼摆摆手又道，"好了，先不说这个事，谈谈行动计划吧。"

二人推演了几套行动方案，都被一一否决。"牧师"提供的情报显示：集会的头天晚上，大校场就要清场；集会当天凌晨五时，出入大校场的各通道、路口将实施戒严，并对进入会场的队伍严格检查。集会有三层保卫：外围暨通道路口，警察局和保安旅设卡；中间由宪兵和中统负责；会场由军统和驻军警戒。如此严防死守，警备森严，搞得张、汪无从下手，焦头烂额。

"唉！"张仁礼叹了一口气，"这么好的机会，既没法放置炸弹，枪支、手榴弹又带不进去，强攻更是缺少人手。要是请求空军前来支援轰炸，造成混乱，就能得手了！"

"空中支援？这不可能！"汪洪回应，"几天前的无差别轰炸，我们是用了在轰炸中确定重点目标，以利我们逐一摧毁的理由，武汉方面才勉强同意的。现在重庆、泸城川江一线是雾季，不便陆航队行动。而且，我们和武汉的往来密电有可能被重庆破获，轰炸那天，泸城不是提前发出了空袭预警吗？"汪洪顿了顿，喝了一口茶，又道，"目前皇军在华北、中南、华东等各战线吃紧，处处需要空中打击力量，此时请求武汉军部轰炸泸城，肯定碰一鼻子灰。"说完，那垂头丧气的样子倒真像碰了一鼻子灰。

张仁礼沉默着点上一支烟，突然抛出一句："机会难得，即使为天皇玉碎，也绝不能坐失良机！"

汪洪像被触碰到了兴奋点："对！会场不行，我们就在游行途中展开突袭！"

"这个，恐怕也不会得手。"张仁礼抖了抖烟灰，"情报显示，沿途的警卫也是里三层外三层。而且，'蝎子'告诉'牧师'，军统的肖仲义已带人沿途踩点，将控制所有制高点。"

"肖仲义？就是你以前那个邻居的儿子？"汪洪问。

"对。自你来泸城和我接上头不久，他就派人盯上了我们。他还以为我不知道他是干什么的，他是军统，他的妹妹是中统——黄口小儿！"张仁礼脸上闪过一丝得意的笑容，"他们能发现什么？还不是一无所获，将盯我们的人撤了！"

汪洪也不搭话，起身踱来踱去，晃得张仁礼有些眼花。停下后，他说："为了天皇陛下，为了大日本帝国的圣战，多田君，我山本寿夫和小泉智丽、松井太郎只有玉碎，提前混入围观游行的人群，身上捆绑炸药、手雷，以自杀式突袭将那些科学家、专家消灭！"

张仁礼不禁站了起来，声音有些激动："这是目前唯一可行的方式，你们不愧是皇军的武士精英！潜伏了这么多年，是该站出来的时候了，我也参加行动吧！"

"你不能参加这次行动！"汪洪说得斩钉截铁，"你是帝国布局在川江的重要棋子。而且，我们在泸城的精英全部玉碎成仁，二三兵工厂等军机要处目标谁来炸毁？策应、指挥即将进川来泸的我方人员，才是多田君的任务！"

见张仁礼不语，汪洪走过来请他坐下后说："刚才我已想好了保全学长之策。你找机会向肖仲义透露，近段时间我们少有走动，这几天也不知我的去向。最重要的一点是，待对专家实施爆炸后，你去向军统揭发我是日特，我会在家里留下一些物证，助你撇清关系。"

多年不曾流泪的张仁礼，此时眼眶里已噙着泪花，他轻声说了一句："这个计划，我请示一下'富士山'再行事吧。"

"请示谁？你不是泸城地区的指挥官吗？"汪洪心中闪过一丝惊疑。

"'富士山'是我的上级，我也不知道他是谁。"

二人说话间，伙计皮五敲响了房门。

原来是"牧师"送来了紧急情报，专署内线"蝎子"刚刚获悉：由于军统肖仲义的介入干预，张专员感到事情重大，怕产生严重后果，电话联系了吴钦烈，在张的劝说下，吴答应专家团队只参加集会，不参加示威游行；李忍涛虽没联系上，但估计也不会参加游行。

张、汪二人顿时像寒冬里被浇了一盆冷水，呆呆地四目相望。

"没有其他内容了？"汪洪心有不甘地问。

张仁礼忙翻看信纸的背面，果然有"牧师"的研判分析：据数次跟踪者提供的线索，吴进城皆前往忠山方向，估计那片山脉之中有其基地。此次如离开会场前往忠山，木匠街、柏杨坪是必经之地。

"天照大神庇护我矣！"汪洪高兴得大叫了一声。

"嘘！"张仁礼连忙阻止。

合计一番后，两人决定由汪洪和孙登辉即松井太郎在通往柏杨坪的山道上的樟树林里化装设伏，刺杀吴钦烈等人，并请"牧师"派人接应。

3

话说肖仲义在策马追赶吴钦烈专家团队的途中，一马当先的他回头大声问紧随其后的金如故、姚小川："你们收到有阻拦妨碍保卫专家者，格杀勿论的命令没有？"

金、姚二人回答："收到了！"

肖仲义有意问这话，是准备如果有机会就干掉那个长着好吃痣的中共叛徒。

这时，不远处的柏杨坪香樟林那边，传来了一阵枪弹声，肖仲义暗叫一声"不好"，拔枪策马沿山道快速奔去。

转过一道山坳，前面就是香樟树浓荫蔽日的柏杨坪。此时枪声已渐稀落，肖仲义从此前激烈的枪声中判断出这绝不是保护专家的卫队和张功建的中统火拼所为，因为里面有日本于1935年试制生产的南部式冲锋枪（1940年定型后改名为百式冲锋枪）和德国毛瑟98K狙击步枪的枪声，肯定有日特在此设伏狙杀！不明树林里的情况，也不知有多少鬼子，来不及细想，肖仲义朝天放了三枪，大喝一声："吴将军，国军的援军来了！"以造声势，随即翻身下马，顺林间小道冲去。

进入林子几十米，枪声已息，孙雨露迎面而来。经过这段时间的历练和培训，这个往昔娇滴滴的女子，已然变得干练果敢。肖仲义问咋回事，孙雨露说他们遭到了鬼子的狙击，好在无大碍，鬼子已经跑了。

"你肯定是小鬼子？有多少人？"

"肯定！他们开枪前，用中国话和日本语大喊大叫：'大日本皇军在此，剿灭你们！'真是猖獗！林子里回声太大，起初无法判明他们的人数，不过从枪声判断，至少有两人。"

"保护对象都没事吧？"

"这回还多亏了中统张功建那帮人，要不是他们追上来拦住了我们的去路，硬要抓什么共党钱剑飞，再往前走二十米，就会碰上鬼子用手雷伪装的绊雷了——那可真会出大事的！在吴将军同张功建的争执中，警卫中有个班副叫邓一飞的，发现前面一棵大樟树上突然有鸟群惊飞，大叫一声有刺客，一把将吴将军推开，树上的鬼子就喊话开枪、掷手雷了。吴将军受了皮外伤，邓一飞被炸成了重伤，激战中牺牲了两个警卫、三个我们的人和一个中统，专家们都安然无恙。"

二人边走边说，一问一答。肖仲义铁青着脸："你以为张功建的捣乱行为帮了我们的忙？都什么时候了，抓什么共产党！我看小鬼子八成就是他们引来的！孙雨露，对阻碍保卫行动者，上峰是怎么命令的？"

孙雨露脸色有些委屈："张功建他们阻拦我们的去路时，弟兄们的枪都上了膛的！可那个共党叛徒在几方争执中，并没有辨认出谁是钱剑飞——警卫们头戴钢盔、防风镜，穿着装备都是一样的。我正要鸣枪警告中统的人，邓一飞就发现了敌情。"

说话间，前面一块空地上传来了争吵声，肖仲义等人快速奔了过去。

"张主任，你的人说这个被炸伤的警卫像什么钱剑飞，我告诉你，这人是我警卫班的副班长邓一飞，根本不是你们要找的人！你们要用冷水冲洗他脸上的血污进行辨认，别说我不答应，他的这帮警卫弟兄也不会答应的！"

这是吴钦烈清冷而威严的声音。

"吴将军，钱剑飞以前是共产党永宁河游击队的头目，不管这人是不是他，今天我都要带回去审讯，审了不就清楚了吗？"这是张功建阴阳怪气的声音。

"现在都国共合作抗日了，抓不惜用生命保护我的人，我不允许！"吴钦烈的声音继续，"张主任，请你的人离开，我要派人送邓一飞去医院！"

就在双方互不相让，拔枪相向的时刻，肖仲义一个箭步窜了过来，并不搭理任何人，大声喝问："谁是胡莱？"

站在张功建身边长着一颗好吃痣、瘦猴模样的人走出一步，点头哈腰道："长官，小的就是胡莱。"

肖仲义仔细看了他一眼，也不搭话，抬手一枪，胡莱应声栽倒。

对于军统"川江保卫行动"泸城组副组长肖仲义这一突然举动，不但张功建吃惊，吴钦烈等人吃惊，连孙雨露也暗吃一惊——行刺的鬼子已经打跑了，还有必要打死投靠中统的共党叛徒吗？不怕引发"两统"之争的祸水吗？究竟是什么意思？

"你……"又惊又急的张功建手指肖仲义，一时气得说不出话来。

"你什么你？我这是为国为民除害！"肖仲义提着手枪，冷笑一声后又道，"这个胡莱，是你们中统的内鬼！是日谍！今天鬼子的暗杀行动，就是他引来的！"

"血口喷人！"张功建气不打一处来，咆哮道，"姓肖的，你栽赃陷害，老子今天一枪崩了你！"

肖仲义"哼"了一声，道："张主任，我劝你赶快把你的人撤走，谨防小鬼子杀回马枪！上峰有令：有阻碍妨害保卫任务者，格杀勿论！"接着，又对应用化学研究所军统保卫小组组长孔忠喊道："孔忠，机枪准备！"

孔忠应了一声"是"，有军统的人端出两挺捷克式轻机枪对准了中统人员。

"肖仲义，你要对我们中统大开杀戒吗？"张功建声高心虚地喊了一句，本想硬将负伤的邓一飞弄回去刑讯，无奈肖仲义要动真格的，此时军统训练班结业的学员已赶到，加上那些卫兵，对方人多势众，又手握保护专家的"尚方宝剑"，他只好吐出一口长气，算是给自己找台阶下，"姓肖的，这事没完，回头找老叶算账！"说罢，带着中统的人撤了。

"吴将军，让您和专家们受惊了！"肖仲义向吴钦烈道歉。

"没事的，快送邓一飞去医院吧！他是为了救我才身负重伤的！"吴钦烈的神情有些焦急。

肖仲义下达命令："孙雨露，你带金如故、姚小川送邓警卫去医院。"又指了指那几个学员，"你们也一块儿去吧！"

孙雨露应声"是"，众人便兵分两路各自行动。

鬼子的暗杀行动，让肖仲义产生了诸多疑问。而他击毙胡莱的行为，为他日后被怀疑是共谍埋下了隐患——此为后话，暂且不表。

4

忠山方向的枪声，被淹没在万人游行队伍一浪高过一浪的"打倒日本帝国主义！""中国不会亡！抗战必胜！"等抗日爱国口号声中，"同学们，大家起来，担负起天下的兴亡！……我们要做主人去拼死在疆场……掀起民族自救的巨浪！""中国不会亡，中国不会亡，你看那民族英雄谢团长；中国不会亡，中国不会亡，你看那八百壮士孤军奋斗守战场……"《毕业歌》《歌八百壮士》等歌声此起彼伏。日军无差别的轰炸，不但没有摧毁泸城民众的抗日意志，反而在中共地下党的组织策划下，借助国民政府泸城专署这一平台，以公开合法的集会游行，在这抗战大后方的中心腹地，掀起了民众救亡图存、保卫河山的抗日爱国巨浪！

护送专家们回到化研所，已近正午。肖仲义正待离去，吴钦烈叫住了他："肖中校，你的人将邓一飞送去医院，不会出什么问题吧？"

肖仲义愣了一下，心想先前只让孙雨露他们送邓一飞，并没下命令让他们在医院守护，万一抢救过程中有个三长两短，或者中统派人去医院将邓一飞抢走，自己岂不是犯下了大错！从中统和胡莱的举动看，这个邓一飞，十之八九就是隐姓埋名的自己的同志钱剑飞！肖仲义摸出手巾擦了一下额上冒出的汗珠，笑道："不会吧，吴将军，您放心，我这就去红会医院看看。"

红会医院，是泸城人对民国六年（1917）万国红十字会在泸城成立分会后，开设的附属红十字医院的简称。

"我也去看看邓一飞。"

"吴将军就不必去了，您劳累了半天，还是先吃饭休息吧。"

"我先前没送邓一飞去医院，是要带专家们回来。现在大家都平安无事，我得去看看救我的警卫，防止中统那帮人捣蛋！"

见吴钦烈说得坚决，肖仲义无奈地摇了摇头，只好和他一道走了。

路上，肖仲义问吴钦烈："吴将军，你们咋突然取消了参加游行的安排？"

吴钦烈感到他问得奇怪："什么突然取消？昨天张专员打电话给我，说你们军统不让我们和李忍涛将军参加今天的集会游行，我不同意，才折中只参加集会，不参加游行的。你们不知道？"

肖仲义心中咯噔一下，不作正面回答，问道："吴将军，您这边还有谁知道这事？"

"没人知道，我是在集会时才临时通知专家们的。"吴钦烈像悟出了什么，"肖中校，怎么了？有日特内鬼？"

肖仲义岔开话题："没什么。吴将军，今天遇袭的事，让你们的人莫对外讲，暂且保密，以免给民众造成恐慌。"心中想的是：专家们不参加游行，这么机密的事，连自己和军统都不知道，小鬼子却提前得到了消息，难道专署那边真的有内鬼？想想今天的险情，额上不知不觉渗出了细密的汗珠。

来到红会医院，肖仲义感到心中一宽：孙雨露居然留下了金如故、姚小川等四名特训班毕业的新军统分子值守！看来孙雨露已经历练出来了，心思缜密，知道弥补上司未想到的遗缺。对这个军统美女，自己今后得小心行事，不能被她看出什么破绽，更不能给她留下关于自己真实身份的蛛丝马迹。

手术室外面，肖仲义问金如故情况怎样，金如故说邓一飞已经进去两个多小时了，手术还在进行。见吴钦烈有些焦急的样子，肖仲义劝慰说邓一飞应该没事的，请他在走廊上的长凳上坐下，又叫来金如故等人，向他介绍。

"吴将军，这几位都是一心抗日的热血知识青年，新军人。这位年长些的，是上海滩大名鼎鼎的中国魔术大家金如故，他曾游学欧美……"肖仲义话未说完，吴钦烈已经站了起来。

"魔术师？还游学过欧美？"吴钦烈的神情有些好奇，"游学欧美就学魔术？"

金如故看了看肖仲义，见上司示意他回答，便挺胸收腹立正答道："报告吴将军，职下在英国学的是数学，魔术是业余爱好，而非专攻。"

"数学专业？"吴钦烈由好奇变得惋惜，"唉，可惜了人才，吃粮当兵！"

金如故正色道："不可惜！现在东北、华北、华东、中南、华南乃至抗战大后方四川，都放不下一张能让人安静读书的桌子，投笔从戎，救亡图存，实乃日本鬼子侵略所逼！将军不也是一名科学家吗？如今不也在冒着鬼子的轰炸、暗杀之险研制新武器杀敌吗？"

吴钦烈一时语塞，只好频频点头。肖仲义心中牢记着陈勤勤此前让他想法将金、姚二人安排进二三兵工厂的话，苦于吴钦烈不同意让军统更多的人驻厂，一时没有良策。现在机会不期而至，他决定顺势而为，让吴钦烈这个尊重科学、爱惜人才的科学家将金如故他们接纳进厂。

"吴将军，金如故在英国留学时，曾向现代魔术之父约翰·马斯基林之孙贾斯帕·马斯基林拜师学艺，贾斯帕可是当今欧洲声名远播的魔术大师哦！"肖仲义侃侃而谈。

吴钦烈插话道："知道。我在德国考察时，看过他的表演，真是变幻莫测，令人眼花缭乱。贾斯帕的父亲奈维尔·马斯基林也是一代魔术大师，一战时效力英国，并替阿拉伯的英军训练了一批懂得魔术技巧的间谍。"

　　见吴钦烈话语间有些得意，肖仲义恭维道："吴将军不但是伟大的化学科学家，而且对市井生活和谍报组织也知之甚详，佩服佩服！"接着话锋一转，"吴将军，您看这四个小知识分子怎么样？"肖仲义说金如故他们是小知识分子，是有意抬高大专家吴钦烈。

　　"他们都是好样的知识青年，热血爱国！"吴钦烈的声音中透着赞许。

　　"吴将军，把这几个人安排进厂里，加强反特保卫，"肖仲义微笑道，"将军可否同意？"

　　"这，"吴钦烈踌躇了一下，忽然笑了，"肖中校是有预谋的啊，让我话赶话赶上了！我看这几个人行。金如故不但可以活跃厂里的文娱气氛，还可以协助搞科研嘛！不过，今后不得再派别的人驻厂了，他们几个，加上原来的人，你们在厂里已经有七八个了吧？我不想生产、科研单位成为军统的天下，扰乱生产、研究秩序！"

　　肖仲义大喜："谨遵吴将军示令！金如故，姚小川，刘亮，江浩！"

　　金如故等人立正回答："到！"

　　肖仲义表情严肃："从现在起，你们归吴将军领导，协助驻厂调查室展开防伪反特保卫工作。"说完，招呼他们到走廊一边，交代具体任务。

　　说话间，手术室的门开了。医生说伤员已经脱离生命危险——邓一飞被抢救过来了。众人一道随医护人员将化名"邓一飞"的钱剑飞推向了病房。

　　这时，刘朝云跑来医院报告："首座有要事，请副座立即回去。"肖仲义也不问是啥要事——问了刘朝云也不会知道。想想今天所有的行动，除了开枪击毙我党叛徒胡莱，显得有些突兀，并无其他失当，莫非是中统的人找上门来了？他未及细想，和吴钦烈道别后，拔脚走了。

5

　　回到赵园，肖仲义才发现自己早已饥肠辘辘。饭点已过，正准备出去买点吃的，陈勤勤从门卫室出来叫住了他，递给他一个牛皮纸袋，里面装着还散发着热气的三线肉包子。肖仲义将纸袋递让给刘朝云，刘朝云说："副座，我已经吃过了，先回侦查股了。"就忙去了。

肖仲义狼吞虎咽地吃了一个包子，边走边问："勤勤，你咋在门卫室等我，知道我没吃午饭？"

陈勤勤微笑道："是叶处长让我向刘朝云传达的找你回来的命令。"

"什么事这么急？"再次吞下一个包子的肖仲义咽了一口唾沫，"莫非是中统告了我的状，兴师问罪来了？"

陈勤勤不作正面回答："听说你击毙了投靠中统的我党叛徒？"

肖仲义不再吃包子，放慢脚步小声道："情急之下，别无良策。况且叛徒不除，我党同志随时会遭到生命威胁，也不利于'川江保卫行动'的工作。请你转告上级，我的处置如有不当，愿意接受党给的任何处分。"

"张功建的电报都发到重庆了，你们戴老板和中统的徐恩曾已经打起了嘴皮子官司。重庆来电，让调查此事，将事情经过上报局本部。不过从电文看，措辞并不严厉，而是有些轻描淡写，只是突出了'事情经过'而已。"陈勤勤停下了脚步，仍然低声却语含坚决地说，"仲义，这事我当然得向上级报告，以应变可能发生的危机。不过，换作是我在现场，我也会这么干的！"

"老叶就为这事急着找我回来？"

"这只是其一吧，更重要的是，我刚刚破获了泸城日特发往南京的密电，说暗杀行动失败是因人手不够，急盼派特训人员潜入四川助战。南京回电说正在集训，稍待时日。叶处长已报告了重庆，请红岩村八办通过我们在日伪的内线调查此事。我想，老叶找你回来，是要和你商量应付鬼子的对策吧。"

"哦！"肖仲义顿了顿，"勤勤，金如故、姚小川他们今天已被成功安排进二三兵工厂，待会儿我还得向叶处长报告一下。另外，从今天中统的阵仗和所有的情势判断，我敢肯定那个名叫邓一飞的警卫班副就是钱剑飞！他现在就住在红会医院三〇五病房，已经脱离了生命危险。虽然有卫兵和特工值守，也有吴将军护着，我还是担心夜长梦多，怕中统侦知老钱住在哪里，张功建硬去抓人，那就危险了。你尽快通知'商人'，让泸城地下党今晚就将老钱转移出去——老钱已经暴露，不能再待在兵工厂了！"

"嗯，这事就交给我了。"陈勤勤点点头。

二人不再说话，肖仲义继续吃着包子，来到了叶云翔办公室。

孙雨露刚好出来，招呼肖仲义："回来了？"

肖仲义竖起大拇指："雨露，今天辛苦你了！"

孙雨露对他意味深长地笑了一下："为抗日效力，应该的。快进去吧，首座等着你们呢。我去叫谢主任。"

见到叶云翔，肖仲义刚要开口汇报击毙胡莱之事，叶云翔摆手制止道："先坐下再说吧。情况雨露都对我说了，没什么大不了的事嘛！我看张功建他们就是恶人先告状，那个胡莱不但招来了日特，还差点暗杀了我们的保卫对象！而且，对这种妨害阻碍保卫行动者格杀勿论的命令，你们以为是我下的？"

见肖、陈二人瞪大眼睛有些不解地望着他，叶云翔笑了："我只是传达，命令是上头下达的。不如此，重点保护目标和人物要是真遭了鬼子的毒手，我们谁也脱不了干系！"

肖仲义还想解释两句，电讯室主任谢娜进来了。叶云翔说："好了好了，仲义，回头你写个情况经过，和孙雨露核对一下，让孔忠等人联名签署，我签批上报局本部就行了。天塌下来，还有我为你顶着；况且，天还塌不下来——我谅张功建那帮小中统也掀不起川江的大浪！"

接着，四人对截获的泸城日特请求日军南京驻华派遣军司令部急速向四川、泸城增派特训队队员的密电，进行了研究分析，随后如此这般地设想出几套应对方案，以待国共双方在南京的卧底将情况侦知核实后，上报重庆总部。叶云翔说这叫未雨绸缪，占得先机。

末了，谢娜问："处座，定向侦测仪器和车辆，什么时候可以到达泸城？有了它们，我们对付敌人的电台时，才有目标可寻哦！"

叶云翔笑道："快了，过几天戴老板要亲自来泸城奖励此次保卫工作的有功人员，他会一并带过来。嗯，截获日军密电和戴老板来泸之事，目前仅

限于我们四人知道，严格保密！陈顾问，谢主任，这段时间要辛苦你们加班
了，严密注视敌台动向！"

陈、谢二人告退了，叶云翔留下肖仲义说事。

孙雨露端来了一杯热气腾腾的清茶，叶云翔让肖仲义就着热茶吃包子，
填饱肚子再说其他。肖仲义瞄了一眼孙雨露离去的背影，吃着包子暗想，这
姑娘已然将击毙胡莱的过程替自己向老叶圆场报告了，是出于对自己的爱慕
之心，还是有其他什么动机？一时不得要领，被茶水烫了嘴巴。

三下五除二地将牛皮纸袋里的包子吞下肚后，肖仲义先将安排金如故等
四人进了二三兵工厂的事做了报告。叶云翔说很好，以后还要不断向这些军
机要处多渗透进军统的人，以利对这些地方进行保卫和掌控。安排进人也
好，击毙胡莱也罢，叶云翔对肖仲义这种见缝插针、临机独断的作风很是欣
赏，觉得他这点颇像自己——严师出高徒嘛！此时的叶云翔还没往另一层面
想：如果肖仲义是共谍，那将是埋在党国里的一颗威力巨大的定时炸弹！当
他后来发现这一点时，已悔之晚矣。

"老师，专家团队不参加游行，"肖仲义接过叶云翔递来的香烟，点燃
后报告，"连您和我都不晓得，这么机密的事，小鬼子怎么知道？而且设伏
时间和地点也选得那么精当！"

"这就是我留下你谈话的重点！"叶云翔的脸色变得肃然，"我已经让
侦查股李山他们展开调查，这事儿主要还是你来办——我们的内部，一定有
汉奸内鬼！"

肖仲义将从吴钦烈处询问到的情况说了，叶云翔说："先从专署那边入
手吧，内鬼不揪出来，我们一天也不得安宁！"

该议的事谈得差不多了，叶云翔笑容可掬地说道："仲义啊，希望你在
戴老板来泸城前，查出内奸，献上一份厚礼！知道吗？'川江保护行动'泸
城组就要对外公开挂牌了，所谓奖励，就是你我军阶晋升一级！"

肖仲义一时愕然，片刻后说道："谢谢老师和戴老板不怪罪之恩，学生
当尽犬马之劳报效民族和国家！"

第七章

1

春节临近了，尽管是战时，抗战大后方的腹地、"川南鱼米之乡"泸城，物价虽比去年翻倍，但当地的家家户户和许多为避战祸涌入泸城的人家，还是将积攒下来的货币用来置办年货，还有什么泡糯米、拍醪糟、做黄粑、推汤圆粑粑啦，用松柏枝熏腊肉、香肠啦，腌制猪排、猪肚、猪心、猪舌、鸡、鸭、鱼、兔啦，烟熏鲫鱼啦……过年，是国人最看重的中华民族的传统节日，俗话说得好："有钱无钱，回家过年。"年味，在孩童们迫不及待燃放的鞭炮声中，正弥漫着涌向1939年的2月19日，这一天是春节，也是雨水节气。河岸边、山峦上、城池中、庭院里，拱土而出的青草、绽放嫩芽的树木和报春花的芳香，在2月5日立春前后，已然散发出早春的气息，为大地增添了亮色和暖意，焕发出蓬勃的生命力，似也昭示着人们对抗日必胜的信念。

在人们忙着贴春联、请门神、挂灯笼的浓浓年味中，走亲访友、来来往往吃年酒的人也多了起来。有钱人和权力机关部门，在相互请客中，谈生意，拉关系，念发财经，寻晋升之道，搞得泸城中诸如川江饭店、泸城酒楼、北宫酒家、蜀南饭庄、江城酒店、八万春等泸人耳熟能详的酒楼、饭店天天爆满，一派"前方吃紧，后方紧吃"的虚假繁荣景象。当然更多的普通人家或勉强糊口的人家，也要从经年累月或从牙缝里节约出来的积蓄中拿出一些，在家里摆上一两桌，以迎接走人户的亲朋好友，同时，借着过年，大人、小孩打打牙祭，欢喜欢喜。倒是"川江保卫行动"军统泸城组，因其立决杀伐的森严性和特殊保密性，显得"门庭冷落鞍马稀"，赵园的楼房、树木、草叶，无不散发着冷清孤寂。唯一让这里的人感到春节来了，是每个人领到了五块银元，那是肖仲义请示叶云翔后，从他们开设的各商铺上缴的盈利和军统特别活动经费中提出并派发给大家的过节费。赵园里这才有了些暗中欢喜、劲头十足的过年气氛。

叶云翔翘首以盼的戴老板没能如期来泸，拖延到现在，也没何时来泸的准信，让他很是失望，也让手下的人白忙活了一阵。戴笠来泸，除了视事，为已经毕业的泸训班学员训话并签发结业证，更重要的，是为"川江保卫行动"泸城组公开挂牌，并代表军委会为叶云翔、肖仲义等人授衔：叶云翔晋升为少将，肖仲义晋升为上校；叶、肖以下保卫工作中的有功人员，都晋衔一级。这种风光体面、扬眉吐气的事，戴老板没来，他老叶就只有空欢喜一场了。不过，这倒让肖仲义暗自松了一口气，叶云翔原本希望他在戴老板来泸之际，查出内奸，破获日谍伏击刺杀专家案，虽经过多方排查，重点已锁定了专署的三个人，但没有证据，不敢确定谁是内鬼，何谈破案？

肖仲义从那天知晓吴钦烈等专家不参加游行的人员中锁定了三个人，分别是泸城专署的张专员、专署秘书谷正黄、总务科科长吕凉。张专员打电话时，谷、吕二人正好在专员办公室，只有这三人第一时间直接知道了专家团队将不参加游行。

经过王木然、李山等各路人马的侦查和局本部提供的情报，在叶云翔主持的情报分析会上，最后将张专员和吕凉排除了。叶云翔说："种种迹象判明，如果张专员是汉奸，那么上次日军的轰炸，就不仅仅是无差别，而是有目标了。张专员对我们重点保护的各军机要处的地理位置虽然不是完全了解，但还是略知一二的。而且，张专员是党国元老，中央政治会议秘书长，行政院副院长，四川省主席张岳军（张群）先生推荐任泸城专员的，具有颇多上层背景，此人基本可以排除日特嫌疑。至于专署总务科科长吕凉，这人不用查了。"

吕凉不用查了？众人心中打了一个问号。什么原因，叶云翔没说，也没人敢问——不说原因就是有原因、有隐情，规矩是上峰的命令，执行就是了，问那么多干什么？吃饱了撑的！当然，叶云翔心知肚明，吕凉是戴老板直接安插在泸城专署的军统卧底，为了破获日特案，这两天才把关系转交给他——军统在重要的党政军机关都有卧底，泸城地处川、滇、黔、渝军事交通要冲，由戴笠亲自掌握泸城专署的军统潜伏人员，没啥稀奇的。

最后锁定的目标就只剩下一个了——专署秘书谷正黄，贵州人，"署衙"里无形中的二把手。"此人早年留学日本，有半年不知去向，归国后曾在北平、南京工作过一段时间，全面抗战爆发后回到四川，在重庆政府部门就职，去年前来泸城专署任秘书。"侦查股长李山将谷正黄的资料念了一遍。

"首座，副座，"王木然站了起来，"那不如将谷正黄抓来，直接刑讯逼供让他招了，不就得了！"

叶云翔用手势让他坐下："没脑子！这谷正黄不但是何应钦的老乡，还是张群政学系的一员。我要的是铁证！好了，具体怎么行动，由肖副组长给各部门下达命令。仲义，你说两句？"

肖仲义挺胸收腹，笑道："在此就不用多说了，下来按您的指示，给他们分头布置。"这话是在恭维叶云翔。行动方案是肖仲义搞的——如果大功告成，功劳属于领导嘛。

随着叶云翔起身，大家都站了起来。叶云翔说道："今天召集各队股室负责人开这个会，就算是年前工作安排吧。在此，我要提醒诸位，从乡下弄来的年猪，大家刨猪汤也吃了，银洋也发了，应该有过年的精气神了吧？所以大家务必提高警惕，切莫陶醉在春节的欢娱中，收起心来，投入到侦破日特汉奸案中！"

众人异口同声道："是！"

叶云翔继续说道："诸位，戴老板来电，明天我就要回重庆述职。我不在泸城，由肖仲义代行组长之职，他的命令就是我的命令，听明白了吗？"

众答："明白！"

"散会。各司其职，各尽其责，互相配合！"叶云翔说完这话，大家就散了。

叶云翔的家眷在重庆，戴笠此时让他回局本部述职，也有让他这个老资格的原特务处"十三太保"之一与家人团聚的体恤之意。肖仲义的父亲将十坛五斤装的银沟头大曲酒，作为年酒送给叶云翔，随船去了重庆——戴笠曾当面说过："四川天气潮湿，泸城大曲是除湿气的好东西！"叶云翔记住了，每次回重庆，都要给戴老板整两坛去，所以对肖老爷子这次送的十坛年酒，不再作任何客套推辞。

2

按祖上的惯例，每年的腊月二十八日，肖家都要整上十桌八桌的，或在饭馆，或在家里，以宴请亲朋好友和生意上有往来的人，名曰团年，以图来年平安顺利、生意兴隆。现在是抗战时期，光景不好，肖义天老爷子将要宴请的人数减了又减，压缩到了两桌，原本定在老字号的北宫饭店，却在肖仲义的要求下，改到了川江饭店。

叶云翔离泸前，将泸城专署的军统卧底、总务科科长吕凉秘密介绍给了肖仲义，希望他们联手拿到谷正黄是日谍的证据，一举抓获潜伏在泸城的日谍汉奸和相关人员。前天吕凉那边传来消息：和仁典当行老板巫明亮将于腊月二十八日请他和谷秘书在川江饭店团年。吕凉说，根据种种迹象，他怀疑巫老板是谷正黄的上线，经调查了解，谷正黄现在同居的女朋友曹佳莉，就是巫明亮介绍的。哪有正经姑娘不结婚就和男人同居的？况且对方还是一个大她近十岁的男人。于是，肖仲义请求父亲将吃饭的地点改了，以便近距离亲自观察一番巫明亮、谷正黄他们的行为——虽然有老吕盯着，但只要有机会，肖仲义还是习惯亲力亲为上一线，用眼睛和脑子增强自己的判断。

吕凉的话，让肖仲义脑壳里灵光一闪：在小关门码头，从蓝田兵站乘汽车轮渡过长江的张仁礼坐的那沉甸甸的轿子；在市府路小巷里，从和仁当铺出来的张仁礼坐的那轻盈的轿子——当时他就想过，一个绸缎布匹行的老板去当铺干什么？肖仲义坐在办公室里思考，如果确证谷正黄是日谍，巫明亮是他的上线，那么，和巫明亮来往的张仁礼扮演的又是什么角色呢？还有他的表弟汪洪……想到这里，肖仲义长长地吐了一口气，有些兴奋地续上一支烟，起身走来走去。

这时，电话响了。肖仲芸在电话里告诉他，她这就回家接父母，准备去川江饭店斜对面刚开业不久的上海照相馆拍全家福照片，拍完照就去吃团年饭，让他赶过去，还叮嘱他别忘了叫上陈勤勤和孙雨露。上海照相馆？这不是一周前老叶让他开办的军统的一个新的秘密据点，作为监视川江饭店里的特殊人物的备用场所吗？肖仲义放下电话，笑了笑，看看手表：下午四时半。他刚要出门，陈勤勤来了。

见她掩上房门的样子，肖仲义明知有要事，嘴上却笑道："勤勤，刚才仲芸来电话，我正要叫你和小孙吃团年饭去，有事儿？"

"孙雨露不在。"陈勤勤神情严肃，"电讯室刚给她送电文的人没找着她，我直接给你送来。"

原来是叶云翔从重庆发来的密电。电报云："经中统泸城调查室多方查获，邓一飞即是共党前永宁河游击队司令钱剑飞确凿无疑。鉴于陈立夫、徐恩曾出面协调，戴老板命令：可让中统泸城调查室秘密抓捕之，在不影响安保工作的前提下，我方人员不予阻拦，并提供必要的线索。"

看完电文，肖仲义倒吸一口冷气：国民党要对共产党动手了！

"现在，我们的抗战已进入战略相持阶段。"陈勤勤低沉的声音带着愤怒，"蒋介石害怕我们的抗日力量不断壮大，在晋东南，在华北，在苏北，在江南，不断和八路军、新四军搞摩擦并袭扰我们的根据地。而在国统区，他们不但对我们的公开机构人员进行跟踪、盯梢，甚至侵袭、捕杀，而且对我们的地下组织更是大肆捣毁破坏，尽干些让亲者痛，仇者快的事——让小鬼子睡着了都会笑醒。真是可恶！"

"所以，我们今后得更加小心谨慎！"肖仲义轻轻擂了擂桌子，点燃一支烟平复了一下心绪，"勤勤，那天我请你通知'商人'，让泸城党组织将老钱转移出医院，事情办好了吗？"

"没有。我通知了'商人'，可泸城地下党的同志还是迟了一步，他们深夜行动时，老钱已被吴厂长当晚提前转送回了厂医务所。"陈勤勤语含惋惜，声音却很平静。

"怎么会这样？吴厂长搞什么名堂？你为什么不早说？"肖仲义语气有些急促，目光中交织着担忧和责备。

陈勤勤却不看他，在屋里踱了几步后说："我和'商人'平时并无联系，除非遇到紧急情况和上级指示。今天中午我和'商人'交接情报时才知道这事的。"说完，定定地看着肖仲义。

肖仲义愣了一下，他心里清楚，上级派"商人"来泸城充当他们的联络员，其主要目的是向南方局暨八路军重庆办事处传递"川江保卫行动"泸城组的情报，以及万不得已确需川南地下党组织配合保卫行动时进行联络，一般情况下，不得联系。上级给他俩的铁律是：既要坚决打击日伪汉奸特务的破坏活动，保护好中国仅有的二三化学兵工厂、应用化学研究所、防化学兵总队及试验基地，这三个内迁于泸的共同担负起中国防化学战剂的研制、生产、试验和对日作战任务的简称"三化"的军工单位和专家，以期有效阻遏日军化学部队发起的各种攻击；又要保护好自己，深潜于军统，以备不时之需，并要求他们不得与地方党组织发生横的关系——包括四川省委等。

"哦，勤勤，我不该责备你。"想到这里，肖仲义脸上露出真诚的笑容，"我刚才为老叶让中统抓捕老钱的事着急，真对不起哈！上级有什么指示？"

"上级批评我们营救钱剑飞同志的行动莽撞，说你击毙叛徒胡莱的行为冲动，一度让中统甚至军统某要人怀疑你是共产党。"陈勤勤顿了顿，看见肖仲义的脸一下红了，轻声笑道，"不过呢，上级说，鉴于当时情况紧急，你如果不那样临机处置，不但钱剑飞会被中统抓了去，而且吴钦烈和那些专家也可能会在暗枪或火拼中白白死去，造成抗日宝贵人才的巨大损失，又有军统上上下下为你开脱，暂时撇清了你的嫌疑，所以就不给予你处分了。"

肖仲义松了一口气，笑问："就这些？"

陈勤勤却收敛了脸上的笑容，语气严肃地说："上级再次告诫我们，万万不可粗心大意，一定要谨慎行事，隐蔽好自己，不与地方党组织发生横的关系，做好分内工作，不要节外生枝！"

"明白！"

接着，陈勤勤将南方局经延安传来的情报说了：侵华日军南京总部从各地抽调了一批有防化知识的精干人员，组成"神勇特攻队总队"并在南京集结，进行各种特工技能强化训练，其训练目标指向内迁于长江上游即川江沿线和大西南后方的兵工厂，而其重中之重就是隐藏于泸城川江之畔的中国唯一"三化"军工。

肖仲义倒吸了一口冷气："看来小鬼子要孤注一掷啊！这个情况我要不要向戴笠和叶云翔报告？"

陈勤勤笑了笑："不用。上级向我们通报这个情况，是要求我们提高警惕，提前做好防范。这几天八办会通报给重庆国民党军委会的。哦，仲义，老钱这事现在咋办呢？"

肖仲义用手揉了揉额头，笑嘻嘻地说："勤勤，你这不是为难我吗？如果我让你通知'商人'让老钱转移出二三兵工厂，上级不会又批评我莽撞行事吧？"

"还来劲了？"陈勤勤笑道，"情况紧急，这份电文还没签收，我看得立即通知'商人'让老钱转移。"

"对头！你马上用这个外线直拨电话通知'商人'。"肖仲义如释重负般吐出一口长气。

待陈勤勤拨通电话，轻敲话筒，用摩尔斯电码把险情传递给代号"商人"的高大发，又将叶云翔的密电放回电讯室后，二人驾车前往军统新开办的上海照相馆。

3

肖仲义他们走进上海照相馆的时候，厅堂里已有三四拨，共二十来号人或坐或站着边聊天边等着照相。

肖仲芸和孙雨露迎了上来。肖仲芸笑道："哥，勤勤，你们来得正巧，刚好要到我们的号了。"

陈勤勤微笑着对孙雨露轻声说："雨露什么时候来的？怪不得先前电讯室的人给你送电文，你没在办公室，就拿回电讯室了。"

机要文件或电文，按军统泸城组的程序，要先送已晋升为办公室副主任（主任暂缺）并且仍兼机要秘书的孙雨露登记备案，再送相关密级的人员阅看，特殊情况除外，这是规矩。

孙雨露对陈勤勤暗含责备的轻言细语并不介意，反而笑着对陈勤勤耳语："只兴你来，就不许我先到啊？肖家今天吃团年饭，也是请了我的哦！我先来这里，是检查照相馆的保密工作，看有无什么遗漏，并不知道肖家要来照全家福哦。"

陈勤勤正要答话，肖仲芸见她俩表面亲热心里嘀咕的样子，双手拍了拍两人的肩膀："两位说啥呢？这么亲热。走，该我们照相了，里面的人都出来了。"

果然，一位伙计喊出他们的号码。

肖仲义说："二位一起吧！"陈勤勤道："你家照全家福，我就不参加了。"孙雨露说："不参与也可以进去看看嘛。"于是几人一起陪着肖父、肖母进了拍照室。

　　"咔嚓！"随着镁光灯一闪，一张肖氏一家四口的全家福照片完成。

　　肖父正要起身，却听肖母对站在摄影师后面的陈勤勤、孙雨露喊道："陈姑娘，孙姑娘，你们过来，我们一起照一张吧，好有念想。"

　　见两位作不好意思状，肖仲芸笑道："勤勤，雨露，来吧，我妈喜欢你俩，把你们当一家人，快过来哦！"

　　"恭敬不如从命！等一下，我和陈勤勤补一下妆哈！"孙雨露笑着回应。

　　趁着她俩对着镜子描眉、抹口红的当儿，肖仲义过来问摄影师："小许，没发现什么异常情况吧？"

　　"没有，就是这几天来照相的人特别多，我已经向孙主任汇报了。"小许低声回道。

　　小许是从罗汉镇军统的通达旅社据点调过来主持上海照相馆的，他的拍照技术在泸城组属于一流水平，又是下江人，还会上海话，在城里尚属陌生面孔。

　　"嗯。年关春节期间，来照相的人自然多，这很正常。"肖仲义忽然放低了声音，"小许，回头抽空向我单独汇报一下罗汉场那边的情况，别让别人知道。"

　　"是，肖掌柜。"

　　仍然是肖父肖母坐在前排，后面中间一左一右站着陈勤勤、孙雨露，肖氏兄妹站在两边。

　　刚照完相，外面厅堂里传来了对喊号伙计的嚷嚷声："里面什么人这么磨蹭？照了老半天还没完没了。小伙计，我有你们相馆送给专署的免费券，让里面的人出来，我们先照！"

　　见怒气从小许的脸上升腾上来，肖仲义快步走过去，一手按着他的肩膀笑道："许老板，和气生财，况且外面那人是官家，小心得罪了砸了你的相馆。"接着耳语了一句，"这人是专署秘书谷正黄，给他多拍几张照片留下。"

　　"仲义，我们快出去吧，别耽误人家照相，影响了生意。"肖父早已起身，招呼大家快出去。

"哦，原来是肖老板肖老爷子啊，失敬失敬。"几人刚一出来，刚才嚷叫的人愣了一下，连忙打着哈哈抱拳施礼。

走在后面的肖仲义快步上前，回之以"哈哈"："哪里哪里，刚才我们多照了两张，耽误谷秘书的时间了。"

"没有没有，肖副……"

不待谷正黄说完，肖仲义指着他旁边的女人笑问："这位漂亮的女士是嫂夫人吧？"

谷正黄略微有些尴尬："女朋友，曹佳莉。"

这时，柜台那边传来了伙计佯装不认识的喊声："哪位是肖先生？接电话。"肖仲义对谷正黄做了一个礼让的请的手势，朝柜台走去。

电话是王木然打来的。他说行动队和侦查股趁谷正黄出门的时候，搜查了谷家，发现其家里有大量的美钞和日币，还有一部电台，问抓不抓人。肖仲义说："人现在就在这里，证据还不充分，不抓；就是证据确凿了，也不能抓——这是首座和我的意思，明白吗？"王木然那边说："明白，放长线钓大鱼嘛！"肖仲义说："聪明！但你们和侦查股的人不可掉以轻心，要做到内紧外松，密切监视和他接触的人，盯死了！"那边说"是"，电话就挂了。

肖仲义看看手表，已经下午五点了，便让仲芸、勤勤陪父母先过街去川江饭店喝茶歇着，他和孙雨露要到这条街上也是新近开张的两家照相馆看看。其实他并不知道，这两家相馆中名叫川江照相馆的，是中共泸城地下组织开办的；而另一家名为紫藤相馆的，是潜伏于泸城的日本特务组织经营的。肖仲义之所以要去看看，是觉得奇怪，虽然这条街属于泸城商圈的繁华地段，却为啥突然又冒出了两家相馆？

4

暮霭涌动，华灯初上，川江饭店的中餐厅从大厅到包间，都已是高朋满座，热气腾腾，没有一点寒意。倒是偌大的西餐厅那边，只有稀稀落落十几个喜欢玩"洋盘"的顾客，人比平常少了许多，显得有些冷清。毕竟，作为中国人传统节日的春节，吃团年饭，喝年酒，大家还是首选中餐，更多的人对西餐避而远之。

肖仲义的父亲肖义天是川江以诚实守信经营闻名的食为天粮行的东家。春节前后，川江饭店的"席口儿"（桌席）要提前一星期预订，肖义天前天才打电话来订餐，还真难为了川江饭店的经理老孔。鉴于饭店的粮油平常都是由食为天粮行供应，不好开罪肖老爷子，老孔还是将为泸城要员们预留的以备他们不时之需的二楼的最后一间包房让给了肖义天，并在里面加了一张桌子。两桌人，虽然显得有些拥挤，却也增添了热闹的气氛。

客人们陆续来了，最后进来的是苏杭绸缎庄的老板张仁礼夫妇和他们还在读中学的孩子。这让孙雨露有些意外。肖仲义悄悄对她说："是我让我爸请他们来的，我们以前是邻居，你好生观察。"说完，满面笑容地迎了上去。

先来的人，肖父已给肖仲义他们介绍过了，都是粮帮其他几家粮行的老板和家眷。张仁礼夫妇是唯一带孩子赴宴的客人，母子俩自然坐眷属那桌。肖义天向众人介绍了张仁礼，然后说了几句"来年大家平安""生意兴隆"之类的祝酒词，就开席了。席间，肖仲义与邻座的张仁礼碰杯敬酒的时候，张仁礼问："对面那二位漂亮的姑娘是干什么的？"肖仲义说："左边那位是陈勤勤，在电话电报邮局公干，是仲芸的大学同学；另一位叫孙雨露，是我军统的同事。"后一句话，肖仲义说得很重，像有意为之。

两位姑娘笑着对张仁礼点了点头。

众人听见"军统"二字，停下了杯筷，一时寂然。

张仁礼却举杯站了起来："肖老爷子，诸位仁兄，军统我听说过一些，他们不但对赤色分子冷酷无情，而且抗日有功！我们大家敬肖老爷子和抗日的军统仲义、孙姑娘一杯！"

说到抗日，大家举杯一饮而尽，对沾染着血腥气的"军统"二字的畏惧心理似乎随着也泸城大曲的下肚而消散了，气氛又活跃了起来。

对张仁礼亮明自己的军统身份，是肖仲义有意而为，他想借此敲山震虎，观察这个长期怀疑对象的反应。这也是他让父亲请张仁礼吃年酒的原因。老张却镇定自若，毫无不良反应，做到了滴水不漏。

席间，传菜的伙计进进出出。第四次举着托盘进来放下清蒸江团后，伙计对肖仲义使了个眼色。

肖仲义会意地站起，叫住了正要离去的伙计："服务生，洗手间在哪里？"

伙计："走廊尽头。先生，我领您去吧。"

伙计挟着托盘，躬身为肖仲义打开了房门。

川江饭店集住宿、餐饮、娱乐（舞厅）为一体，是泸城最高、最大的中西合璧式饭店，四楼一底，呈"凸"字形排开，是抗战前由英美传教会和"四川王"刘湘共同出资修建的。全面抗战爆发后，这里成了大后方川江的一个各方人马搜集、交换、贩卖情报的中心。为肖仲义做向导的伙计，实为军统"川江保卫行动"泸城组成立后，安排进川江饭店的潜伏人员，这样的潜伏者在客房部、舞厅和西餐厅还有好几个。

来到楼梯处，伙计小伍对肖仲义说："肖掌柜，李山队长让我告诉你，当铺巫老板请的客人，除了专署的谷正黄、吕凉外，还有中统的张功建，他们就在你隔壁的包间。"

还有张功建？肖仲义感到颇为诡异，这老小子咋和一个当铺老板扯上关系了？而且还是被初步判定有日特嫌疑的巫明亮！来不及细想，肖仲义问："小伍，李山他们在上边吗？"

小伍指了指楼上："在。李队长他们还从巫老板等人的谈话中窃听到他们已经知道你们在隔壁聚餐。"

肖仲义思索着点了点头："知道了。告诉李队长，密切监听他们的谈话，一个字也不要落下。"说完，转身走向自己的包房。

肖仲义和肖仲芸向邻桌的母亲和众女宾敬酒后，正要归位，肖父叫住了他们，打趣道："你们是公事人，今天才让你们俩坐主桌。你们替我敬敬各位长辈，也敬敬陈姑娘、孙姑娘，两位姑娘也是公事人哦！"说完，乐呵呵地笑了。

在一片"岂敢岂敢"和"多关照"声中，肖氏兄妹的酒快敬完了，轮到陈勤勤和孙雨露时，刚把酒斟上，伙计小伍敲门并领着端着酒杯的张功建、谷正黄、吕凉进来了。

"肖老爷子，肖副组长，各位老板，新年好！"张功建满面笑容，"听说肖老爷子在这里吃年酒，我们过来敬您一杯！"

"你是？"肖义天觉得莫名其妙，这个有些酒糟鼻的人，他并不认识，倒是紧随其后的专署秘书谷正黄和总务科科长吕凉，他们少不了有事打照面。

肖仲芸连忙向父亲介绍："爸，这是我们调查室的张主任。"

"哦，是芸儿的顶头上司啊，客气客气！"肖义天从街头里弄、酒肆茶楼等坊间和别的渠道听说过军统、中统向来不和，儿子肖仲义好像又和张功建有过节，今天人家主动过来敬酒，似乎有和解之意，便缓缓地站了起来——冤家宜解不宜结，何况仲芸还在人家手下干事嘛！他继续笑道："张主任敬酒，客气客气。新春同喜，新春同喜！"

敬了肖老爷子酒，张功建等人又敬了大家一杯。肖仲义问："张主任在哪个包间啊？一会儿我过来敬你们。"张功建说："就在隔壁，我现在和肖兄单独碰一杯。"

碰杯的时候，张功建悄声耳语："肖兄，一会儿我找你单独说个事儿。"

"现在不行吗？"肖仲义故意瞪大了眼睛。

"当然不行。肖兄，别装醉。"说完，张功建等人和众人打过招呼，出去了。

对于张功建要说什么事，肖仲义心知肚明，无非就是让他协助诱捕化名"邓一飞"的钱剑飞，但他却装作什么都不知道，他得拖延时间，以确保老钱安全撤离出二三兵工厂。这边的酒回敬得差不多了，肖仲义又带着妹妹和孙雨露去那边回敬张功建他们——陈勤勤不用去，她的身份还挂在电报局，外人包括张功建并不知道她早已被军统借用。

进了巫明亮的包间，肖仲义瞄了一眼在座的人员：老巫、老张夫妇、谷正黄和他的女友、老吕以及罗汉镇警署的丰署长夫妇。其他人他以前都认识或打过照面，只是这巫明亮，非常眼熟，让肖仲义想起了那次和陈勤勤由市府路去美美咖啡厅消遣，穿过小巷时遇见这个老巫同张仁礼拱手作别的情景，于是故意侧头问张功建："这位是？"

"肖组长，他是大名鼎鼎的和仁典当行老板——巫明亮。"张功建笑着站起来介绍，"巫老板可是泸城典当行业的大佬，在上川江好几座城里都设有分号。"

肖仲义笑着应酬道："哦！久仰久仰！第一次见面，我先敬巫老板一杯！"

巫明亮忙笑着站起，二人碰杯干了。

接着，肖仲义兄妹单独敬了张功建。肖仲义笑道："张主任，春节就要到了，那些老皇历就让它过去了吧，来年我们精诚合作，共同抗日！干杯！"后一句说得很重，似乎是故意说给大家听的。

张功建一反往日趾高气扬、油盐不进的样子，点了点头："那是那是。"

"张主任，"肖仲义忽然放低了声音，对张功建耳语，"我妹妹在你们中统，还望老兄多多提携栽培哦！"

"好说好说，我们应该彼此照应嘛。"

和大家一起碰了一杯，肖仲义三人告辞了，张功建追了出来。

"老弟，借一步说话。"张功建边说边递上一支香烟，二人来到走廊尽头的露台上。

两支香烟在夜色中忽明忽暗。张功建先开口了："老弟，你接到你们上峰的指示没有？"

"什么指示？"肖仲义的语气有些莫名其妙。

"当真没有？"

"哎，张兄，我觉得你问得莫名堂。难道我们军统有啥命令，连我都不知道，你中统先晓得了？"

不知是肖仲义装蒜，还是真的没接到叶云翔的密电，张功建只好单刀直入："老弟啊，我直说了吧，经过委员长侍从室主任，也就是你们挂名的局长贺耀祖先生协调，陈立夫先生和戴局长达成了谅解，同意我们中统抓捕潜藏在二三兵工厂的前中共永宁河游击队司令，化名'邓一飞'的钱剑飞，让你们泸城军统'川江保卫行动'组协助诱捕之！"

"真有这事？我咋没接到命令？"肖仲义一脸惊讶，继续道，"可能是春节期间，叶处长在重庆那边忙于其他事务，电令还没有发过来吧。"

"可能吧。我也是下午才收到徐（恩曾）局长发来的密电。"

"张兄，这样吧，待我回去看看有没有叶处长的电文，一旦收到，全力配合！"

"嗯，也只好如此。不过，我已经派人去高坝那边监视，一旦钱剑飞出现，立刻抓捕！希望老弟的人届时不要阻拦。"

"一定一定，但有个前提……"

不待肖仲义说完，张功建打断了他的话："老弟还要讲前提？这不是变相阻拦吗？什么意思？"

肖仲义笑道："张兄误会了。我说的前提，是不能危及吴钦烈和专家们的安全，否则，我得提头去见戴老板。"

张功建笑了："这个理所当然。陈先生和徐局长也是这个意思，他们向上面保证过。"说完，就准备走了。

肖仲义叫住了他："哎，张兄，一个当铺老板，你们咋就熟络起来了？"

张功建感到他问得奇怪，停下了脚步："老弟这话是什么意思？有什么问题吗？"

肖仲义摆出一副笑脸："张兄别误会，我就是随口一问，看看有什么发财的门道没有。"

"扯淡！你们家老爷子开的粮行赚得还少吗？"张功建的表情变得有些皮笑肉不笑，"老弟啊，实不相瞒，这个巫老板开的当铺，死当很多，宝贝也很多。我和他熟络，是因为我在他那里淘到不少古董字画，这算不算发财之道？老弟，我说清楚了吧？"说完，转身而去。

第二天一早，当肖仲义将他已收到叶云翔的密电之事电话告知了张功建，并命令兵工厂的军统人员配合中统抓捕钱剑飞时，那个化名"邓一飞"的警卫早已没了踪影。

5

因为鬼子一个月前无差别的轰炸，这个春节对于居住在泸城的人来说，喜庆中多了几分悲戚，但日子还得往前过，还得为打败鬼子多做准备。随着炮竹声逐渐稀落，春节很快就过去了，人们又如往常一般忙碌起来。

叶云翔回到泸城那天，肖仲义向他汇报了这段时间的工作情况。叶云翔带回了他在重庆那边调查谷正黄和其女友曹佳莉所得的材料。材料显示，谷正黄全面抗战前，与日本人往来密切；他是去年12月18日叛逃河内的汪精卫在重庆时成立的"和平运动"秘密组织"低调俱乐部"的成员，其就任泸城专署机要主任秘书，是去年汪精卫向陈公博推荐的。曹佳莉乃巫明亮从重庆一妓院赎出的，并认其为干女儿，年前介绍给谷正黄做女友，实为姘头。

"看来巫明亮的日特嫌疑颇大，他可能就是谷正黄的上线？可李山他们暗中去和仁典当行搜查了几次，均未发现可疑物证，无法指证他是日特啊！"肖仲义语含疑问地说。

"不要说可不可能的，要找到铁证！让兄弟们盯死了，抓紧查出代号'牧师'的日特和在泸城活动的所有日特、汉奸！"叶云翔的话斩钉截铁。

"是！"肖仲义毕恭毕敬。

"仲义啊，辛苦了！"叶云翔微笑道，接着收敛了笑容，话锋一转，

"中统没有在兵工厂抓到钱剑飞，咋回事儿？"

肖仲义愣了一下，还是作毕恭毕敬状："老师，我也不知道咋回事儿，请您明示！"

"腊月二十八日那天下午，你没有收到协助中统诱捕钱剑飞的电文？"

"没有。那天下午，我陪父母去上海照相馆拍全家福去了，晚上在川江饭店碰到张功建，从他那里才知道这事的。"

"电报是三点半发出的，可门卫说你是四点十分离开大院的，还有陈勤勤和你在一起。"

"是的，老师。"

"按时间推算，你应该看到密电了。"

"老师，当时我还真没看到，这封密电并未署我亲译，按照机要规定，电讯室要先把密电送给机要秘书兼办公室副主任孙雨露登记备查，可孙主任那天先到上海照相馆检查工作去了。"

"陈勤勤没有告诉你密电内容？"

"没有。老师，您是知道的，作为我们的密码破译顾问，非日特汉奸的重大动向，陈勤勤一般不会直接向您或我报告电文内容，而是按部就班地走程序。"

见叶云翔一副公事公办、不置可否的样子，肖仲义直了直腰："老师，您怀疑我事先看了密电，将情报泄露了出去？怀疑我对党国的忠诚？"

这一问，让叶云翔木着的脸变得松弛，他笑了笑："仲义啊，我不怀疑你对党国的忠诚。我已经问过孙雨露和谢娜了，谢主任说电报一直在电讯室，第二天上午才送达小孙的。我跟你对质，是因为张功建向上面告了状，说是你放跑了钱剑飞。现在情况搞清楚了，我看那老小子就是诬告，想引起我们内斗，让我们损兵折将，真是扯淡！"说到最后，叶云翔作气不打一处来的样子，狠狠地骂了一句。

"对于钱剑飞的逃离，我还是有责任的。"肖仲义作诚恳检讨状，"据新调任二三兵工厂驻厂调查室主任刘朝云和金如故他们报告，那天黄昏，吴厂长突然坐专用炮艇去永宁河畔双河场的化学兵总队，当晚就不见了邓一飞也就是钱剑飞的踪影。也怪我事先没有让他们盯紧那个共党。"

"不要把责任揽在自己头上。"叶云翔摆了摆手，"此前我们并未搞清楚邓一飞就是共党钱剑飞嘛！盯什么盯？何况人家还救过老吴的命，属于亲兵护卫。嗯，不会是老吴故意放跑钱剑飞的吧？"

肖仲义摇了摇头："应该不会。那天吴厂长是携带着应用化学研究所研制、化学兵工厂小批量生产的新型炸药氯酸钾去防化学兵总队，准备第二天搞实验的。可能是中统那边有人走漏了风声，钱剑飞才乘此机会从永宁河跑了——他以前可是共产党永宁河游击队司令，永宁河对他来说，轻车熟路，如鱼得水。"

叶云翔起身踱了几步："对，肯定是中统走漏了消息！仲义，这事儿我们这边就过去了，不要再提了，我会把皮球给中统踢回去的！"

"谢谢老师的信任，还我清白！"肖仲义起身立正。

"不要那么严肃嘛！"叶云翔笑道，"不把你的关系撇清，怀疑你，就是怀疑我自己嘛。谁叫我是你的教官、老师呢？"

通过对钱剑飞脱逃事件前因后果的串联和肖仲义的诸多表现，叶云翔心里对肖仲义的真实身份还是产生了疑问。这一点肖仲义心知肚明，暗暗告诫自己一定要恪守谨慎，万事小心。

末了，叶云翔指示肖仲义：当前重中之重，就是把侦破日特案件和保护氯酸钾的试验工作结合起来，即打防结合，确保新型弹药试验的顺利进行和专家的人身安全。肖仲义临出门时，叶云翔神秘兮兮地告诉他，戴老板最近将来泸城视事。

第八章

1

春分前夕，春风早已吹绿了川江两岸，泸城大地一派葱茏。一条不公开的喜讯通过电波传到了重庆，也悄然传到了延安：由应用化学研究所、二三化学兵工厂研发的氯酸钾新型炸药，经防化学兵总队试验，已成功投产！这些新型弹药被源源不断地运往前线，以强大的杀伤力给予日军巨大打击。

侵华日军派遣军司令部震怒，除了大骂在四川、在川江两岸，特别是川南泸城的潜伏特务组织和人员是无能的饭桶、混蛋外，电饬他们务必迅速查清中国仅有的"三化"的具体位置并加紧实施"川江骇浪行动"，对长江上游的兵工厂及其重要设施，特别是"三化"和列入黑名单的人员，实施破坏、爆炸、暗杀，务必使中国的抗日化学军工全面瘫痪，否则，严惩不贷！当然，空军将继续轰炸，随时支援他们。

潜伏在四川的日特们，一时如热锅上的蚂蚁，躁动不安；一时又如没头的苍蝇，四处乱窜，企图碰撞到目标的踪迹。而汪洪、张仁礼他们翘首期盼的神攻敢死队却无下文。

重庆方面，对有功人员予以升官、晋级、加薪等奖励。

延安方面，通过南方局和八办，对参加研发和保卫工作的中共地下人员，进行了精神上的嘉奖。这使肖仲义、陈勤勤他们颇为欣慰——比饥饿的人得到了几斤米饭或一个猪头还高兴。

这天上午，春光明媚，位于长江、沱江交汇处的馆驿嘴码头，人喧马嘶，一片繁忙。江边码头上，肖义天正向几位船老大派发着纸烟，交谈着什么。这时，一列车队开到了码头上，叶云翔带着一帮军统人员和士兵来了。从大、小河街的入口到码头、江边，立马戒备森严，三步一岗，五步一哨，一派肃杀之气。

"爸，运粮船队咋还没走？不是告诉您要清场吗？"肖仲义趋前招呼父亲，语气有些生硬。

肖义天并不看肖仲义，而是对他身后的叶云翔说："叶长官，王队长通知我这里十点起禁靠船只，要搞什么清场，这不还有二十多分钟吗？莫非提前了？"

叶云翔看了看手表，果真离十点还有二十三分钟，是他提前率队到了。他上前笑道："哥老倌，你们抓紧装船吧。"随后侧头对肖仲义语气严厉地说："仲义，你怎能对你父亲这样说话？肖老爷子可是为流落泸城的难民和前方抗日将士捐赠过难以计数的粮、油、盐，连戴老板都知道他，称老爷子是爱国义士、善人！学规矩点！"

连戴笠都知道他父亲？肖仲义心想，这一定是叶云翔向戴笠禀报他的家庭背景，为他即将晋升上校说好话时所为。他直了直腰，满含恭敬地说："首座批评得对！爸，我因公务在身，说话生硬，请您老原谅。"

肖义天笑了："没事的，你们执行公务，我完全理解。船已装好，马上起航，不碍你们的事。"

叶云翔点点头，笑问："哥老倌，你这装着米、油、盐的几大艘柏木船，要运往哪里啊？"

"由于鬼子的轰炸，很多学校和政府机关都搬到城外去了。这几船货物是送到弥陀镇的，那里有搬迁去的几所中学和师范校。这几天都往那里送，就要进入青黄不接的时节了，不能饿着学生娃们，给他们多储备点儿，他们可是国家以后教育兴国的栋梁哦！告辞！"说完，和几个船老大上船去了。

　　叶云翔他们搞戒严清场，是为了迎接一个非常重要的人物，并确保他的安全。他安全了，他们才安全，否则就得脑袋搬家！

　　来人就是戴笠，他将于中午十二点乘江防炮艇莅临泸城。

　　戴笠的到来，给神秘的赵园里的神秘的人们带来了喜讯。因保卫迁川来泸的"三化"有功，"川江保卫行动"泸城组升级为中华民国军事委员会调查统计局泸城安保工作处，这一由组为处的变更，不仅赋予了泸城处反制日特汉奸的特权，而且使其有了调查川南和上川江沿线一切党、政、军、警、宪及中共秘密组织，乃至必要时调动驻军的权力——戴笠如是对叶云翔传达了蒋介石的口谕。叶云翔由上校晋升为少将，肖仲义由中校晋升为上校，王木然、李山、谢娜等由少校升为中校，刘朝云、孙雨露、贾守正等由尉官晋级为少校。戴笠亲自为上述人员授衔，并讲了一通忠于领袖、忠于校长蒋委员长的训令。其间，叶云翔插话："还要忠于戴老板戴局长。"其余晋升的尉官，由叶云翔改日在处里举行仪式并宣布。人人或加官晋级，或领银元，都得了封赏。那两天，连赵园树林里的鸟雀们都在叽叽喳喳地欢叫。

　　唯一没有得到上峰奖励的，是陈勤勤。戴笠说："她不属于我们的序列，她是电检室和侍从室机要室的人，像她这种多重身份的人，我反而不好向校长为她请功。"叶云翔说："老板，我们能不能想法把她调过来，让她正式加入军统？她对破译日军的密电功不可没，是个难得的密码天才哦！"戴笠说："哪有那么容易？你以为温毓庆、毛庆祥是吃素的，不懂得抓住人才不放？能调早就调过来了，回渝后我再找老贺通融通融吧。"戴笠说的老贺，是委员长侍从室主任贺耀祖，其时兼着军统局的挂名局长。

　　授衔仪式结束后戴笠又在叶云翔、肖仲义等人的陪同下，来到了特训基地，他这个挂名校长要亲自为已毕业几个月的泸训班学员补发毕业证，并训话。戴笠要学他的老校长蒋介石，凡是以前复兴社、特务处和现在军统各地的特训班，他都要兼任校长或其他主持一方的名头，委员长的黄埔系学生遍布天下，只有忠于蒋校长的嫡系才能担任军机要职；他戴雨农也要门生众多，让军统成为他的家天下，忠心于他，听命于他。

"欢迎戴局长莅临本所视事！"在横亘于长江、沱江的泸城主峰——忠山的隐秘处，由东岳庙改建而成的名叫洽庐的大门前，吴钦烈面带微笑不卑不亢地对军统之首戴笠说道。

"视事不敢当，我是代表委员长来看望你们这些科学家、兵工专家的！"一向在外人眼里面无表情、冷漠高深的戴笠，露出了难得的笑容，"也是来参观学习的。"

"这位是防化学兵总队……"叶云翔靠前半步，伸出左手向戴笠介绍吴钦烈一侧的李忍涛。

"知道，防化学兵总队总队长兼试验基地主任李忍涛将军。"戴笠微笑着打断了叶云翔的话，"在军委会确保中国唯有的'三化'会议上，我们见过。"

说完，戴笠和吴钦烈、李忍涛握了握手，转对身后的叶云翔、肖仲义冷然道："吴将军和李将军是中国抗日的干臣，连委员长都称他们一个是中国化武的开创者，一个是防化兵的奠基人。他们的大名如雷贯耳，是倭寇的眼中钉、肉中刺，必欲除之而后快，因此，确保他们的生命安全，甚于你们的生命！否则，提头来见！"

这番话，既是说给叶、肖听的，也是说给吴、李听的，意思是告诫吴、李二人不要自以为是，不受约束，妨碍保卫工作，否则，保卫方面真的出了什么意外，那就要牵扯到许多人命了。

进了山门，一行人去更衣室穿上防化制服，开始参观。吴钦烈向众人介绍洽庐研究科目中的各种军用产品。

"好，好！"戴笠边参观边点头，"吴将军、李将军，你们一定要多研制、试验、生产，为我们即将开始的对日随（县）枣（阳）会战，提供充足的武器弹药！这也是我奉委员长之命，来看望你们的使命之一。"

"是！"吴、李二人朗声应答。

戴笠所言奉蒋介石之命看望专家、科学家啦，希望他们加紧生产炸药啦，等等，并非虚假，但他视事应用化学研究所、二三兵工厂和防化学兵总队暨化学试验基地的真正目的，却是为了实地察看这"三化"必经之地沿途的地形地势和"三化"的内部环境、布局，为或将前来视察的蒋介石打前站，以便做好周密详细的安保工作——蒋介石或将莅泸的想法，目前只有他和侍从室主任贺耀祖知道，属于最高机密，泸城、重庆、川江沿线，乃至整个四川和大西南，日谍伪特耳目众多，眼线密布，绝不可掉以轻心！叶云翔、吴钦烈、李忍涛他们还满以为他戴老板是对新型炸药来了兴趣，看来老板就是老板，一招瞒天过海之术，将所有人都蒙在了鼓里。

随后两天，戴笠一干人又先后去了双河场、花背溪和高坝，让泸城处绘制了"三化"沿途的详图，最后带着泸城大曲等特产，回重庆去了。

临行前，戴笠和叶云翔进行了一次密谈，主要内容是，既要防日，更要防共；要严防共产党趁国共合作，一致抗日的局面，渗透进来，发现一起，秘密处置！末了，戴笠让叶云翔通知肖仲义，选派得力人员，跟随即将前往随枣前线了解自行研制的各种武器的实效情况的吴钦烈、李忍涛两位将军，做好安全保卫工作。

2

"勤勤，我去前线的这段日子，你要加倍小心，保护好自己。"肖仲义的神情充满关切。

"嗯，谢谢，我会隐蔽好自己的。"陈勤勤啜了一口咖啡，放下杯子后低声说，"你去前线，在完成保护专家任务的同时，也要保护好自己，切勿暴露真实身份——这是南方局来电叮嘱的。"

肖仲义点上一支烟，点了点头："谢谢首长，谢谢周副主席的关心。哦，对了，那份新型炸药的配方，发出去了没有？"

陈勤勤微笑了一下："我找金如故核对了一下，完全无误。老金不但是

学数学的，也懂化学。昨天重庆八办让我直接发给延安了。总部很高兴，回
电说这下可解决了我八路军、新四军兵工厂生产炸药的关键性技术问题，特
予以川江'老邓'小组秘密电令嘉奖。"

　　"这是我们应该做的。"肖仲义吸了一口烟，神色平静，"我们守护的
泸城'三化'研制生产的弹药，与敌人战斗的八路军、新四军却得不到配给
应用，真是岂有此理！"

　　见肖仲义有些生气的样子，陈勤勤轻轻笑了："仲义，你的神情出现火
花了，还是老练的地工呢！"

　　肖仲义愣了一下，继续抽烟以掩饰失态。

　　"你是知道的，老蒋早就在对我们的队伍断饷、断粮、断武器弹药了，
延安根本不指望他们。要不然南方局指示我们搞这个情报干什么？"陈勤勤
继续微笑道，"不说这个了，我给你说说姚小川的情况吧。"

　　"姚小川？金如故耍魔术的那个助手？她不是泸训班的学员吗？"肖仲
义轻轻地连发三问。

　　微笑仍然挂在陈勤勤的脸上："是的。"

　　肖仲义接上一支烟，静待下文。

　　"是这样的，姚小川一直在暗中寻找我党。她从上海一路追随金如故来
四川，原想在重庆去找八路军办事处，被老金阻止了。经老金长期考察，拟
同意将她吸收进我们的组织。"陈勤勤语调平静，端起咖啡杯轻啜了一口，
"仲义，你看可行吗？"

　　肖仲义沉默了一会儿，反问道："你的意思是让金如故和姚小川加入我
们小组？"

　　陈勤勤点点头："你做最后决定。"

　　肖仲义摇了摇头："这个决定我不能做。上级要求我们利用公开的身份
完成保卫抗日军工血脉的任务，并没有让我们发展组织，吸收新党员，而是
要求我们深潜，切忌和其他党组织、小组发生横向联系。"

　　一抹羞赧的红云在陈勤勤的脸上倏忽而逝。这是一个阳光明媚的暮春下

午，美美咖啡厅外面那棵碧绿锃亮的香樟树上，麻雀、画眉、白头翁、黑八哥等鸟类鸣唱着，轻柔的音乐在咖啡厅里飘荡。因为就要去即将打响的随枣战役前线，肖仲义约陈勤勤来这里见面，二人似情侣般约会，在军统和中统那帮人看来，实属正常。

肖仲义注意到了陈勤勤脸上的反应，微笑道："勤勤，'商人'和金如故他们知道我们是谁吗？"

从愣怔中缓过神来，陈勤勤轻声回应："不知道。按照接头和交接情报工作的原则、纪律，我和代号'商人'的老高从未谋面，他虽是上级给我们派来的交通联络员，却只知道在泸城有'老邓'小组，和我的代号'栀子花'，但他并不晓得'老邓'和'栀子花'是谁。至于老金，八办安排他们来泸事宜，是通过'商人'转告我们的。姚小川的请求，也是经'商人'转达的。"

"这就好。勤勤，不是我们贪生怕死怕暴露，而是好钢要用在刀刃上。老蒋成天整日地在'防共、溶共、反共'，万一不小心暴露了，岂不辜负了党对我们多年的培养！"

"明白，所以我事先征求你的意见。"

"如果如老金所说，姚小川真的可靠，我看得向上级报告。"

"'商人'已经报告了。"

"上级怎么说？"

"上级指示说：一定要在确保'老邓'小组安全的前提下，请'老邓''栀子花'对金如故、姚小川再度深入考察后，再由'老邓'决定。"

"嗯，原来是这样，明白了。我这次去随枣前线，老金和姚小川都要随行，正好可以观察了解他们。"肖仲义边说边又点上一支香烟。

陈勤勤用手扇了扇飘浮过来的烟："仲义，少抽点烟，对肺不好。"

"不好意思。"肖仲义将燃着的烟摁灭了。

陈勤勤莞尔一笑："谢谢。哦，仲义，'商人'那边还传来一个消息，老金说他和姚小川合谋了一个保护二三兵工厂不被日机炸毁的计策。"

肖仲义来了兴致："什么计策？"

"搬移工厂。"陈勤勤故意卖关子。

"扯淡！现在的厂址是专家们多方考察，精心选择的。"肖仲义兴致全无，不禁又要去掏烟盒，见陈勤勤微笑着望着他，将伸出的手放了下来。

"这个搬移，不是指真要搬迁工厂，而是采用魔幻之术。"陈勤勤继续微笑。

"嗯，魔术？幻术？"肖仲义一脸狐疑，"我倒听说过以前欧洲战场上有人用过此招，但面对日机的轰炸，魔术怎能瞒天过海？这岂不是编神话吗？！"

"你不要急着否定嘛。"陈勤勤依旧轻言细语，"凡事皆有可能。'商人'说老金他们正准备向叶云翔和你汇报。"

肖仲义终于忍不住还是摸出一支烟点上："在军统，老金这种级别还够不上向叶处长汇报。这样吧，你转告'商人'，让老金随我去前线的时候，择机向我汇报。如真的靠谱，我再向老叶报告，这样才符合身份、程序，方可通盘考虑。"

第二天，肖仲义带着"川江保卫行动"泸城处的二十多名队员，去了随枣会战前线，执行保卫专家们的任务。

随枣会战发生于1939年4月30日至5月23日，作战地区为湖北省随县（今随州）、枣阳地区和河南省南阳、唐河地区及大洪山、桐柏山地区。中方由第五战区司令长官李宗仁担纲总指挥，日军由第十一军冈村宁次任司令官。

这次会战的基本情况，曹剑浪在其编著的《中国国民党军简史》中，作了如下表述：

日军攻占武汉后，即陷入国民党军第5、第9战区军队的三面包围之中。特别是由于豫南、鄂西地区的第5战区从北、西两个方向威胁着日军控制平汉路，武汉三镇和长江水道的安全，亦对日军南下粤汉路和浙赣路构成侧后的严重威胁。故日军驻武汉的第11军决心集中第3、第13、第16师团和骑兵第

4旅团共10万余人的兵力对驻守枣阳、宜城、随县地区的国民党军第5战区主力实施战役性进攻，求歼其一部，以巩固武汉占领区，任务达成后即撤回原防。国民党在这一地区驻守的部队主要是李仙洲、张自忠之第11、第33集团军和配属该战区作战的汤恩伯第31集团军（该集团军直隶军委会）。4月30日，日军第3师团兵分三路由信阳、应山以西地区出发，向枣阳东北方向进攻，以切断国民党军第5战区与第1战区的联系；第16师团和骑兵第4旅团于5月5日由钟祥出发沿汉水东岸向宜城、枣阳方向进攻，与第3师团共同对国民党军主力达成战役合围；第13师团亦于5月5日由钟祥以东地区出发，从正面向枣阳方向进攻，协同第3师团夹击汤恩伯集团军。经过12天的激烈交战，日军先后攻占了塔儿湾、高城、随县、唐河、南阳等地，并对大洪山、桐柏山地区的国民党军达成了合围之势。国民党军在作战中边打边撤，予日军大量杀伤后亦主动放弃了一些要地，使日军战线延长，兵力分散，战斗力严重削弱。5月14日，国民党军增调第1战区之孙连仲第2集团军参战后转入反击。15日，国民党军转入全面进攻，又经过三天激战，日军因苦战多日，疲惫不堪，受到中国军队的重创，被迫于18日开始交替掩护撤退。至23日，国民党军先后收复了唐河、南阳、桐柏、枣阳、随县等地，恢复到战前态势。

……

随枣会战中，共产党领导的诸多游击队和发动起来的民众，给予了国民党军积极的配合和有力支持。由泸城"三化"研发、试验、生产的氯酸钾新型炸药装填的手榴弹、枪榴弹、炮弹等，在战场上发挥了巨大威力。消息传来，极力大地鼓舞了中国人民抗日的意志和决心，给投降派重重一击！

肖仲义等人在随枣战役中浴血奋战，出生入死，历经战火洗礼。在战场上，肖仲义还遇到了意外之喜——碰到了一个完全没想到会是自己人的人，并与其接上了关系，获得了一份重要情报。

3

温柔之乡好不惬意！贾守正和吴智丽正在颠鸾倒凤之际，几支黑洞洞的枪口突然伸进蚊帐，对准了他们。

"可恶的汉奸，你们被捕了！"这是肖仲义充满杀气而又冰冷的声音。

"副座饶命！"贾守正央求道，"你让我们穿戴整齐，我们跟你走。"

肖仲义使了一个眼色，一便衣从枕头下摸出两支手枪。众人退出时，王木然撂下几句话："老贾，跑得脱，马脑壳！前后门都被堵上了，你知道军统的手段，你在成都的家人已经被我们控制！"这话，分明是让他们别作逃跑的幻想，乖乖束手就擒！

贾守正清楚地记得，5月6日立夏那天夜晚，自己做的一场被肖仲义抓捕的噩梦，现在想起仍感后怕。一阵山风吹来，他的后背感到嗖嗖发凉。

吴智丽从汪洪那边传来的消息不是说自己没有暴露吗？咋还那么提心吊胆？一有风吹草动，就搞得那么草木皆兵的！自己是军统，可不是汉奸日特，莫非真应了那句话：做了亏心事，就怕鬼敲门？梦中还牵扯到自己的家人，看来自己真是不配做特工！此刻，贾守正身处距叙永县城大几十里之遥，名为向林场的群山中的桂花湾。这里是沈家大院之沈酒坊所在，又名象鼻子，从场上望去，群山像大象伸出鼻子到河里吸水似的。他终于吐出了一口长气，点上一支烟，在心中梳理着自己被"发配"到这里的前因后果。

贾守正从感觉到被肖仲义怀疑那天起，虽然表面上和平时没有什么两样，说话行事依然如故，但着实开始提心吊胆。由上尉晋升少校后，他心里很是高兴了一阵子，吴智丽对他更加千娇百媚。汪洪通过吴智丽对他进行了奖赏，除活动经费外，还额外送了他一百大洋的贺礼，但同时命令他在一个月之内，务必搞清楚二三兵工厂的准确厂址、厂区并提供坐标等详图，任务完成后，另有重赏，否则的话……可要提供详图谈何容易！他虽是军统罗汉据点的负责人，可连兵工厂的大门也没见过。就在他以酒肉美色极力拉拢兵工厂外围驻高家大院的军统行动队第二组副组长曾广荣以套取情报，却毫无进展时，一个让他可以暂时摆脱汪洪、吴智丽视线和暂不考虑"否则"后面严重后果的机会来了——他被肖仲义挑选为赴随枣前线的保卫队成员。

正当贾守正舒出一口长气，一展愁眉，心花怒放地感到可以脱离汪洪、吴智丽（他至今还不知道这两个鬼子的真实姓名）的魔爪时，就在出发的头一天晚上，他的名字被肖仲义从名单中划掉了。这如同冬天里兜头给他浇了一盆冷水，让他内心生疑，惴惴不安起来。

"老贾，这次去前线执行任务，你就不用去了。"那天傍晚，当贾守正兴致勃勃地来到出发地——训练基地报到时，肖仲义面无表情地对他说道。

"为什么？"贾守正一脸茫然。

"首座命令，因你有家室，让你回罗汉据点待命，另有任用！"肖仲义依然面无表情，挥挥手不再言语。

贾守正只好悻悻而去。军统的规矩，没有为什么，命令就是命令，执行就是了。

已有家室，另有任用？似乎是体恤，又似乎要堪以大任，细细想来，好像也说得过去，但贾守正心中更多的是疑惧，是不是自己被汪洪、吴智丽收买投敌的事情败露了？为什么临时将自己撤下来？悻悻而去的贾守正走出训练基地的大门后，不由惊出了一身冷汗。好在已是暮春，走路的人额上冒出汗珠已是常见。

回到罗汉的贾守正，将他被"踢"出保卫队和担心自己是不是暴露了的事情对吴智丽说了。吴智丽将情况报告给了汪洪，二人经过一番研判，觉得贾守正并未暴露，可临时将他从保卫队的名单中划掉，是何缘由？莫非真的另有任用？吴智丽传达了汪洪给贾守正的指令："静心以待，同时抓紧搞到二三兵工厂的相关情报！"

立夏这天，贾守正接到孙雨露打来的电话，通知他明天去赵园报到，罗汉据点的工作，交由刘朝云处理。

"孙主任，什么任务？"末了，贾守正内心隐约不安起来，忍不住问了一句，"能不能透露一点消息？"

"什么任务？"电话那端孙雨露的声音有些矜持，不置可否地回应，"老贾，明天你见了首座和王队长，不就知道了？"说完将电话挂了。

才提心吊胆了好几天的贾守正，一时又如热锅上的蚂蚁，惶惶不安。白天他没有时间和吴智丽相见，晚上一头扎进了她的软被窝，是夜便做了肖仲义抓捕他的那个噩梦。

翌日上午来到赵园，见了叶云翔和王木然后，贾守正那颗悬着的心才放了下来。

"贾守正啊，知道为什么没让你去随枣前线吗？"叶云翔端坐在办公桌后的太师椅上，笑问。

贾守正心中一惊，瞟了一眼站立在办公桌旁的王木然，连忙双脚一并，平视着叶云翔回答："报告首座，不知道。军统的规矩，卑职也不能打听。"

"嗯。"叶云翔站了起来，踱到贾守正身边，"临阵换将，本是大忌，但有一个秘密任务，经肖副处长请示，你们行动队王队长推荐，权衡再三，决定由你率队执行，所以将你换了下来。"

贾守正心中一喜：果真如肖仲义所说"另有任用"？但他依然面色平静，等待叶云翔的下文。

然而，叶云翔却没了下文，掉头重新走向太师椅，坐下后指了指王木然，抛下一句话："具体任务由王队长向你交代，务必给我办好，办漂亮！"

虽然还不知道是什么任务，贾守正仍然立正敬礼："是！卑职一定不辜负首座的期望！"

叶云翔挥了挥手："去吧。"

王木然和贾守正退了出去。

王木然向贾守正交代了所谓的秘密任务，是让贾守正带领小莫等行动队的十几个弟兄,即刻出发,前往叙永山区的向林场沈家酒坊,专事寻找一种酒,一种在中国乃至海外都独一无二的酒——沉香酒。

得知这个任务的内容,贾守正愣住了。

这是什么秘密任务?为了一种香型独特卓然的酒,竟然如此大动干戈,费此等人力财力?尽管是在抗战大后方,但毕竟仍是战时哦!而且,从泸城到叙永,此时川滇公路还未完全贯通,得先从泸城乘客轮沿长江而上至纳溪,再从那里的沙嘴上大码头换乘木帆船溯永宁河到叙永城,中途得在渠坝驿或大洲驿或江门峡的上马场宿夜,要两天时间才能赶至。至于那个不说泸城人,连叙永人都极少知道的什么向林场,还得赶一天的山路!这不是变相发配自己去边远山区吗?难道自己附逆鬼子的事,老叶、老肖他们真的发现了什么蛛丝马迹?闪念到这里,贾守正眼珠骨碌一转,连忙摸出手帕擦拭着额上冒出的汗珠。

"泸城这天气,刚立过夏,就闷热得很。"平时不苟言笑的王木然,见贾守正的窘态,竟打起了哈哈,"老贾,你也别不情愿,听说那边山里凉快得很呢!而且,比起派你去前线,还无性命之忧哦!"

"是的是的,多谢队长推荐!"贾守正定住了神,稳住了气,掏出香烟,"队长,抽支烟,我就出发。"

二人点上香烟,一时无语。

王木然吸了两口后,先开口了:"老贾,肖副座走前知道你接到任务后,肯定会有这是不是将你发配'边陲'的想法,我给你透露两句,此次秘密任务特殊重大,完成得好,立功晋升的机会不比其他任务差!"

贾守正脸上挤出一丝笑容:"队长,此话怎讲?"

"我给你透露一点吧。"王木然故作神秘地压低了声音,"你知道接替陈公博任四川省党部主任的人是谁吗?"

"陈公博我知道,去年12月从成都经昆明叛逃到河内去追随卖国贼汪精卫的可耻大汉奸!"骂起汉奸、卖国贼来,贾守正面不改色心不跳,还显得义愤填膺,"现在四川省党部主任,好像叫黄什么陆吧?"

王木然点了点头："叫黄季陆，是叙永兴隆场的人。"

这同这次任务有何干系？还扯出了叛逃的陈公博和现任的黄季陆两任四川省党部主任，贾守正心中嘀咕。

"嘿嘿，我知道你心存疑问，不得要领。"见他狐疑的神情，王木然突然笑了，"去深山寻酒，其实和黄主任关系大着呢——都是他有一次宴请戴老板引起的！听首座讲……"

于是，王木然将此前叶云翔和肖仲义向他布置任务时讲的一些话对贾守正说了。原来黄季陆在成都履新时，宴请过到蓉公干的戴笠，地方大员请军统之首，这是平常之事，戴笠也不会记在心上。只是黄季陆拿出的那坛五斤装的土陶老酒，刚一打开，立马沉香之气四溢，引起了戴笠的兴趣，待喝过之后，更是赞不绝口，念念不忘。黄季陆告诉戴笠："中国的浓香、酱香、清香、兼香和绍兴女儿红黄酒乃至海外的各种洋酒，想必戴老板都尝遍了，唯独这款别具特色的沉香酒，雨农兄是第一次喝吧？"一向内敛老成的戴笠点点头，说："这沉香酒的确独一无二，香入心脾，韵味悠长，是哪里产的？以前我还真不知道有这种香型的酒。"黄季陆说这是离他老家大几十里山区的向林场桂花湾的沈家酒坊烤制的，清代就有了，由于交通不便，只好养在深山人未识，还未被外界所知。

后来，戴笠来泸视事之际，貌似随意地对叶云翔、肖仲义提起了这事，因此，才有了这为老板深山寻酒以示恭敬之举。

"这个秘密任务，非堪大任者，不足以担当矣！"末了，王木然表情严肃地说，"老贾，我向首座和副座推荐你，是因为我信任你，我们是好兄弟！任务完成后，上头肯定还要提拔重用你！"

贾守正作满脸欣然状，去总务科领了一笔买酒等的经费，来不及和汪洪、吴智丽联系，就带着小莫等人，在王木然的亲自送行下，出发了。

来这深山十几天了，先期送信去泸城的兄弟伙还没回来，也不知道外面的情况咋样了，正坐着发呆的贾守正，有恍若隔世之感，难免不东想西想。

"贾组长，吃午饭了！"小莫过来招呼他。

又过了半个月，贾守正一行终于接到命令，武装押运着由马帮驮着的沉香酒，撤回了泸城。此刻政府就要进行剿匪战事了。

4

一个雨后天晴的下午，栀子花、茉莉花的清香随着流动的空气四处飘荡。肖仲义和陈勤勤走出美美咖啡厅，沿着小巷边交谈边往市府路走去。他们刚才享用了咖啡、牛排，表面上是小聚聊天，实则交谈随枣战事和后方的情况。这是肖仲义从前线回来后第一次和陈勤勤单独见面，两人都有久别重逢不甚欣喜亲切之感。

路过和仁典当行门前，迎面走来了谷正黄和他的女朋友曹佳莉。

"谷秘书陪曹美女轧马路啊？"肖仲义笑容可掬地抢先打起招呼。

四人面对面地停下脚步，谷正黄笑道："轧什么马路，肖副处长莫说笑了。我和佳莉快要结婚了，她喜欢翡翠玉器，当铺巫老板说他这里正好有一件上等的死当玉镯，我陪她来看看。"说完，摊开手掌朝向陈勤勤，"这位美女好面熟，是……"

肖仲义回道："陈勤勤，邮电局的工程师，我的未婚妻。"

肖仲义的后半句话，让陈勤勤的脸色霎时变得绯红。

"哦，难怪面熟，春节前我们在川江饭店碰见过。"谷正黄继续搭讪。

"就不打搅二位看玉镯了。仲义，我们走吧。"陈勤勤颔首笑道，和肖仲义移步而去。肖仲义突然发现拐弯处有一个熟悉的身影闪进了一家杂食铺，极像肖仲芸，似乎在盯谷正黄两人的梢。莫非中统也盯上了谷正黄？肖仲义暗想，一边伸出胳膊搂着陈勤勤的肩膀，若无其事地走了。

谷正黄和曹佳莉走进当铺，但见店堂高大，窗户却开得又高又小，光线昏暗；店堂横门处是一溜青砖砌的高柜台，差不多高出中等个子的人一头，来典当的人，只有仰着脸、踮着脚，举着双手才能交货接钱。

"佳莉,你看柜台里那朝奉高高在上的嘴脸,难怪'高柜台'成了当铺的别称。我们只能仰视这等尖嘴猴腮的人物,哈……"谷正黄仰着脸对同样仰着脸的曹佳莉开玩笑,差点笑出了声。

听见有人说话,昏昏欲睡的朝奉睁开眼,居高临下地睥睨着他们:"二位要当什么东西?"

谷正黄正色道:"我们不当东西,是来看东西的,和巫老板约好了的!"

"哦,是这样啊,客官稍等。"朝奉脸上露出了笑容,通报去了。

片刻工夫,巫明亮带着专司金银首饰保管的被称为饰房的老王从内堂出来了。

"哎呀,谷先生亲自光临,令敝号蓬荜生辉啊!"巫明亮双手抱拳,打着哈哈。

"哪里哪里。巫老板玉成良缘,正黄却未曾到贵号道过谢,失礼失礼。听说你这里有上等的死当玉器首饰,我陪佳莉来选购两件,多有叨扰啊!"谷正黄作揖笑道。

所谓死当,即一旦典当成交,由当铺付给典当人现钱(当铺对抵押品的估价,最多只能估到抵押物品实际价值的一半,通常情况下还要低得多),坐收二分高利,押期一般为三个月至一年时间,到期不赎,或不缴清利钱办理续当手续,抵押品便归当铺所有。

巫明亮让饰房老王领着曹佳莉去看首饰,自己陪着谷正黄到内堂喝茶等候。

刚一坐定,谷正黄便从遮阳帽里掏出一个微型胶卷递给巫明亮:"你要的清剿山匪江贼的作战计划搞到了,行动定于6月20日端午节那天开始,名叫'端午行动'。情况紧急,我只好亲自送过来了。"

巫明亮将胶卷藏进了袖筒里,点点头:"很好。正黄老弟辛苦了。"

谷正黄有些不解地问道:"巫老板,你说泸城专署清剿土匪的战事,和我们的'川江骇浪行动'有何关系?为何非要冒险搞到这份军事部署计划不可?万一我暴露了,丢掉谷某的小命事小,就怕牵扯出一片,破坏了'川江骇浪行动'事大哦!"

"莫担心。来，抽根儿烟。"二人点上烟后，巫明亮继续道，"务必搞到这个剿匪计划，是上头的意思。一是通知我们掌控的，或跟我们有交情、交道的山头、码头（即山匪、江贼的据点），避免损失，保存实力，以备长期扰乱后方的社会秩序，造成人心恐慌，更重要的是，让他们为我们下一步的行动所用！二来等剿匪战事一开，就让我们掌控的土匪棒老二们派出得力人手，化装成山民渔夫，浑水摸鱼，侦察出我们的目标——'三化'和其他重要设施的具体位置！正黄老弟啊，你想想，我们为这些土匪提供了这么重要的情报，加上枪械、金钱，他们当然会感恩戴德地为我们效命！"末了，巫明亮伸出大拇指，"所以，你的功劳大大的！"

两人继续嘀咕着，不一会儿，选好戒指、玉镯的曹佳莉走了进来。

5

泸城将要对盘踞境内长江两岸山头水寨的土匪进行清剿的消息，最先是由贾守正对吴智丽说出的。

为了防范小鬼子趁驻军和保安旅进山沿江剿匪致后防空虚之际，趁机升级"川江骇浪行动"，兴风作浪，军统"川江保卫行动"泸城工作处连忙召回撒向各地执行杂七杂八任务如深山寻酒、倒腾粮油物资等的各路人马，以加强泸城以"三化"为首的重要设施等日军目标的外围保卫工作。贾守正率领满载美酒的驮队，乘木帆船回来了，叶云翔亲自对他进行了嘉勉："任务完成得很好，戴老板很满意，但现在匪事猖獗，你暂且先回罗汉据点继续负责，加强戒备，不给匪特以可乘之机！"不管老叶的话是真心还是假意，在深山老林里待了一个多月的贾守正，对外界的形势，犹如不知魏晋，听说还回罗汉场，如遇大赦一般点头称是。同他一起回去的，还有小莫——肖仲义去随枣前线前就安排好的暗中监视贾守正动向的不二人选。

回到通达旅社，刘朝云早已安排好了酒席，为执行任务归来的贾守正等人接风洗尘。交接完工作，吃好喝好后，刘朝云告辞回高坝去了。贾守正让弟兄们继续，说很久没看到罗汉的夜景了，想上街溜达溜达，便一个人走出了大门。

一个弟兄借着酒性说："贾掌柜莫不是想姑娘想得慌，溜达去'小上海'那边了？"小莫说："莫乱说，当心被贾掌柜听见，撕烂你的嘴巴！"见众人浪笑着说着荤话，小莫借故走了出去，远远地暗中跟着贾守正。

其时天色已暗，灯火闪烁，镇上主街上晚饭后散步闲逛的各色人等不少。跟了一圈，小莫瞅见贾守正从小巷后门溜进了汪记茶号，便回了旅社——果真如他早已料到的那样。

肖仲义对贾守正的怀疑，从春天就开始了。军统春节前在川江饭店大街对面开办了上海照相馆，摄影技术颇佳的小许从罗汉被调了过来。起初，肖仲义在同小许的两次谈话中，问及通达旅社联络站人员的表现情况，并未发现贾守正有什么问题，因此挑选去随枣前线的保卫队成员时，开始有贾守正，也有小许。眼看就要去前线，副座又对自己如此信任，小许思虑再三，才将贾守正英雄救美，与汪记茶号老板娘吴智丽有瓜葛的情况对肖仲义说了。

"这么重要的情况，你为什么不早报告？"当时肖仲义脸色铁青，声音肃然地发问。

"贾组长那天晚上对我们说，擅自从土匪手中救人的事，上面知道了，按军统的家规，可能会脑袋搬家，让我们守口如瓶。"小许立正回答。

"那为什么现在要报告？"

"虽然我不知道贾组长有没有问题，也不知道吴智丽究竟是什么人，但贾组长和我们的重点监视对象之一有染。"小许顿了顿，边想措辞边继续道，"副座对小许越来越信任器重，就要去前线了，我怕在前方的保卫工作出什么乱子，对不起副座的信任，也对不起自己的良心，所以今天斗胆向您报告，任凭发落！"

"发什么落？亡羊补牢，犹未迟也！"肖仲义面无表情，又叮嘱了一句，"此事不可为第三人知道！好好准备照相器材去吧！"

　　肖仲义又找来小莫核实，情况果真如此。他立即向叶云翔进行了汇报，大怒的叶云翔要立马抓了贾守正毙了，肖仲义劝解说："虽然汪洪、吴智丽是我们的重点怀疑对象，但现在还没有充分的证据证明他们是日本特务，如果抓了老贾，打草惊蛇，鬼子还会派人过来，不利于我们后续的行动计划。而且，如果吴智丽不是日谍，老贾和她苟合，也罪不至死。处座，肯定不能让老贾去前线参加保卫工作了，不是要为戴老板寻找沉香酒吗？不如先让老贾消失一段时间，切断他与外界的联系，暗中监视他，并继续观察汪记茶号等处的反应。"

　　肖仲义的建议得到了叶云翔的首肯，于是，便有了命贾守正去深山寻酒之举。

　　"你怎么才来啊？天还没黑，我就瞅见你回旅社了。"

　　这晚，借口想看久违了的罗汉夜景的贾守正刚一溜进吴智丽的房间，就迎来了她的劈面问话。

　　"想我了吧？"心急火燎的贾守正不当她的质问是一回事，上前一把抱住了她，"刘朝云给我交接工作，为我接风，脱不了身哦！"

　　"让开！"吴智丽猛地推开了他，低声冷冷道，"这一个多月你都干什么去了？说清楚！"

　　贾守正就将到叙永向林山区执行任务的经过说了。

　　吴智丽听了，脸上终于露出了微笑："原来是这样啊！我和老汪都为你担心死了。你一走就是一个多月，杳无音信，我们还以为你暴露了，被军统秘密抓去为天皇尽忠了。我和老汪都做好了撤离的准备。"

　　"这下放心了吧？我的大美人儿！"贾守正涎着脸，意欲上前搂抱她。

　　吴智丽伸掌挡住了他："你突然奉命重回罗汉场，是不是有新的任务？"

　　贾守正怔了一下，点点头："是的，泸城专署即将进行清剿土匪的军事行动，上峰让我们回来加强后方守备，以防你们趁机行动。"

　　当晚，吴智丽通过电话用密语将剿匪行动的消息上报给了汪洪，汪洪连夜传递给了张仁礼。最终，巫明亮通过谷正黄，搞到了泸城剿匪军事部署行动计划。情报很快被送到了浪里风波号匪首"惊堂木"——唐木森手里。

6

对和谷正黄、曹佳莉在仁和典当行门前不期而遇，肖仲义并不感到意外。尽管随枣战役结束前，他又率队陪同吴钦烈、李忍涛前往云南昆明、贵州贵阳和缅甸、印度诸地考察了一圈，回到泸城才三天，但对什么老巫、老汪、老谷、老贾的行为举动，都了如指掌——一切都在掌握中，正所谓放长线，钓大鱼也！而三天后，也就是和谷正黄邂逅的那个中午，他才约请陈勤勤，因为这是他回泸后第一次公开在赵园露面，于情于理都说得过去，而且，有诸多情况，他需要和勤勤通气，报告上级。

"在枣阳，我们化装进城侦察，我和'老鹰'同志接上了关系。"肖仲义切着牛排，低声道。

"真的吗？就是那位打入南京日军司令部的传奇人物？"陈勤勤放下咖啡杯，语含兴奋地问。

肖仲义点点头："是的。他的情况，原本由周副主席和克农部长直接掌握。鬼子的'川江骇浪行动'，就是他将情报提供给延安，由重庆八办转给国民政府军委会的。现在鬼子加紧实施该计划，'老鹰'奉日军之命和一批谍报人员将分散潜入四川，和先期潜伏在川的日特会合，以策应即将派遣来川的日军特攻队，破坏、瘫痪、暗杀我重要兵工设施和人员。所以，路过重庆时，八办徐冰主任秘密找我谈话，上级命令我在随枣前线与'老鹰'接头。目前，他的身份扩大到徐主任、我和你都知晓了，上级要求仅限于此，密级等同于生命。"神情严肃地说完，肖仲义从银质烟盒里拿出一根香烟撕烂，将藏在里面的小纸条递给陈勤勤，"这是'老鹰'回川后的电台频率和呼号，注意监听——只向我报告。"

陈勤勤默记后，用打火机将字条烧毁了。

窗外雨声哗哗，美美咖啡厅内灯光柔和，音乐曼妙。

　　嚼咽下一小块牛排，喝了一口红酒后，陈勤勤微笑道："姚小川的表现怎么样？"

　　"机智，勇敢，也很热血。"肖仲义用手指顶着自己的太阳穴说，"可能是受了老金潜移默化的影响吧，思想进步——但这是个值得引起高度警觉的问题，需要你通过'商人'转告老金：在大后方的军统部门，一切倾向我党的激进言论和行为，都不能有丝毫苗头出现，这样才能不被彼方发现，被他们顺藤摸瓜连锅端了。深潜隐蔽，保护好自己和同志，这是一个优秀的特工人员必须做到的！"

　　国共合作全面抗战时期，肖仲义不能说"敌人"，只能用"彼方""他们"此类称谓来代指国民党政权及其军统等机关。

　　陈勤勤点点头："好的。听你的意思，姚小川通过你的考察了？"

　　肖仲义点上一支烟，笑了："当初你向我推荐她的时候，我就知道你已经对她做过深入考察。我相信你的眼光！"

　　陈勤勤莞尔一笑："谢谢夸奖。"

　　"这叫默契。"肖仲义也玩笑了一句，"哦，对了，老金说的关键时刻保护工厂的魔术障眼法，我看其招甚妙。我已经向叶云翔汇报了，处座非常感兴趣，让我通知老金拿出具体的方案。"

　　"太好了！"陈勤勤兴奋地说。

　　二人继续交谈着，直至外面的雨歇了，阳光再现，他们才走出美美咖啡厅，在栀子花香中漫步而去，随后便在和仁典当行门外，巧遇谷正黄和曹佳莉。

　　其实，"老鹰"在枣阳县城，还告诉了肖仲义泸城日特组织的一些情况，泸城还隐藏着一个更高级别的日特头子，至于张仁礼是不是日谍，'老鹰'说他暂时也没有摸清楚。所以，回到泸城的肖仲义只好按原计划行事——暂且按兵不动，以免打草惊蛇，防止鬼子另外派遣不可知的特务潜入泸城。

　　针对土匪为期一个多月的"端午行动"，很快打响了。剿匪行动战果颇丰，然而，重点清剿对象之一的浪里风波号的匪首和水匪们，却化整为零，消失得无影无踪。

第九章

1

秋水盈盈，川江浩荡。随着白露来临，泸城炎热的天气，开始透露出清凉。1939年9月8日21点38分，农历己卯兔年七月二十五日，是为白露，谚云："鸿雁来，玄鸟归，群鸟养羞。"

头天下午，陈勤勤从泸城众多的各类电台中，捕获到了那个许久不曾出现的神秘日谍电波，破获的内容仅有八个字："万事俱备，只欠东风。"

叶云翔当即召开了情报分析会。

"这是什么意思？"虽然只有八个字，肖仲义还是看了很久，百思不得其解地问坐他对面的陈勤勤和电讯室主任谢娜。

谢娜表情严肃地说道："我和陈顾问分析了半天，研判出这份电文的情况可能有两种：一是请求空中轰炸泸城，二是潜伏于泸城的日谍汉奸已做好接应鬼子特攻队队员的准备。"

肖仲义用眼神问询陈勤勤，陈勤勤点了点头："应该是这样的。"

"首座……"肖仲义转头面向端坐于条桌上首一直没有说话的叶云翔，见他正用手帕擦拭额头上冒出的细密汗珠，打住了话头。

见众人望着自己，擦拭完汗珠的叶云翔端起茶杯呷了一口茶水以镇定心神，然后问肖仲义："你有什么想法？"

　　肖仲义说道："谢娜和陈勤勤分析得有道理。前段时间鬼子在夔门之外战事吃紧，空中力量紧张，除对重庆、成都时有轰炸外，放松了对川江岸线城市特别是泸城的袭扰。在这段表面相对平静的日子，潜伏于泸城的日伪间谍可能已侦知了他们想要的军机之地；情报显示，日军的神勇特攻队早已集训完毕，除少部分已从水路、陆路以各种渠道潜入四川外，还有相当部分正集结待命，拟空降入川。雾季就要来临，所以鬼子将在此前以轰炸为掩护来空投人员，抓紧实施'川江骇浪行动'。"

　　叶云翔点了点头："嗯。情报的核心应该就是这样。种种迹象表明，鬼子最近将在泸城有大动作，所以十天前我就让你们对'三化'加强安保工作，"说到这里，叶云翔站了起来，铁青着脸语气变得冷硬，"现在，我命令……"

　　众人唰地起立，听候命令。

　　"本处所有人员，从现在起进入一级戒备状态，重点保卫二三兵工厂、应用化学研究所、防化学兵试验基地。对'三化'及其周边重要高地、道路等要津，设点设卡，二十四小时值守巡查，发现可疑人物，立即抓捕或击毙！肖仲义任前敌总指挥，我负总责。各位按照既定方案各司其职，各尽其责，要有牺牲自我的必死决心，完成安保任务，谁出了问题，军法处置！行动吧！"

　　各科、队、室众人答"是"，会议就散了。

　　末了，叶云翔叫孙雨露将速记的内容要点整理好，让电讯室电告重庆局本部，最后留下肖仲义到自己办公室说话。

　　"仲义啊，你刚才在会议室，是不是看到我擦汗焦虑的样子？你知道是为什么吗？"叶云翔点燃一支香烟，问肖仲义。

　　"不知道。"肖仲义作诚实状答。见叶云翔欲言又止，抽着烟踱步思考的样子，肖仲义心想老叶先前听到日军将轰炸泸城并空降特攻队队员，就焦急地额上冒汗，这对于经历过大风大浪临危不惧的叶云翔来说，是从未有过的现象！当时就觉得很奇怪，预感到叶云翔有什么大事隐藏于心，但他不说，自己当然也不能问。

叶云翔终于停止了踱步，摁灭了烟头："还是告诉你吧！此事是最高机密，目前泸城仅限于你我二人知道，我们要以命相护，完成好保卫任务，绝对不能有丝毫闪失！"

原来是蒋介石要莅泸视察"三化"！难怪十天前叶云翔就对他们下达了二级戒备的命令，忙得大家成天跑"三化"查看地形地势，命令只说是为了防范鬼子对"三化"的破坏，实战演练。

"莫非是重庆那边走漏了委员长要来泸视察的消息，泸城潜伏的日谍才有所举动？"听了叶云翔的话，肖仲义心中一惊，不安地问。

叶云翔摇摇头："有没有关联，这个还不清楚。我让电讯室将我们的情报研判和那封截获的日谍密电电告重庆，也有这个意思，供戴老板判断。"

"是否电告戴老板，请他劝说委员长取消来泸视察？"肖仲义小心翼翼地问。

"嘿，这话，我们是没资格说的！戴老板自有分寸。"叶云翔觉得肖仲义怎么提出这样幼稚的建议，本想说"人微言轻懂不懂"，但看他小心而不安的样子，只好换了措辞。"先不管这个，当务之急，明天起，你随我亲自去通往'三化'之沿途查看，如果委员长真的来了，立即启动避险紧急预案！"

"是！"肖仲义目光坚定地回答。

翌日，也就是白露这天下午，当叶云翔率队在外面巡查完毕刚回到赵园，就收到了重庆的来电，云："电悉，你部要加强防备，确保10日校长莅泸之安全。侍从室已电饬泸城专署和驻军，做好迎接委员长视察泸城之准备。"

看完电文，叶云翔和肖仲义都大吃一惊，摸不清楚蒋校长的心思和戴老板的想法。肖仲义着急地说："首座，侍从室通知泸城驻军和专署，委员长来泸的消息将会迅速扩散，还谈什么最高机密？"

铁青着脸的叶云翔近乎咆哮道："戴老板搞什么名堂？！这不是要命的事嘛？！还是军统之王呢！"

二人沉默了一会儿，还是叶云翔先开了口："可能戴老板已有高明的主意。仲义，把洽庐、廖家花园、潘寅九公馆的结构图拿来，再仔细研究，查漏补缺，切实加强安保措施，届时委员长来了，不管他住这三个临时行辕中的哪一个，都要确保他的安全万无一失！"

二人就着房屋结构图，认真推演起来。

蒋介石要来泸城视察的消息，很快在泸城上层和头面人物中传播开来。

2

忙完了对几处临时行辕、通往"三化"的道路及关隘要津安保方面的查漏补缺，将一应细化任务布置下去，已是9月10日凌晨2时许。松了一口气的叶云翔感到饥肠辘辘，叫孙雨露让厨房煮了两碗杂酱面，和肖仲义一起狼吞虎咽起来。

吃完面，肖仲义问叶云翔："老师，电报说校长今日莅泸，可没说是走陆路、水路或空中，我们去哪里迎接护驾？"

叶云翔点燃香烟，吸了两口后道："这个，我也感到奇怪，可能是为了对行进路线保密吧，但为什么又通知了新编十八师和专署？不怕校长来泸的消息被潜伏的日谍组织侦悉？"抽着烟略沉思后，叹了一口气，道，"唉，也许戴老板另有高招吧，如果我们现在能猜出这个谜，戴老板就不是戴老板了！"

肖仲义对戴笠心思缜密，行事诡计多端，阴一套、阳一套的为人及行事风格还是了解一些的。此刻，他对叶云翔的话深以为然，点了点头，请示道："老师，为了确保校长在泸期间的安全，是不是立即对已掌握的潜伏日特伪谍实施抓捕？斩断他们的魔掌？"

"不是说还未发现更高级别的潜伏日谍的线索吗？"叶云翔撚灭了烟头，起身踱步，"这样，你先做好抓捕行动的准备，容我想想再说。"

肖仲义正要答话，叶云翔办公桌上的外线、内线两部电话同时骤然响起。

叶云翔先接内线电话，总机话务员报告说："处座，新十八师周师长打进电话，转不转过来？"

"让他五分钟后再打来。"叶云翔放下话筒，接起了外线电话。

电话是专署张专员打来的。其时，专署主任秘书谷正黄、总务科科长吕凉和两个月前新晋的泸城警察局局长丰大谷、保安旅李副旅长、中统泸城调查室张功建等人就在张专员打电话的会议室里。丰大谷——原罗汉镇警署署长，因能力强，又会走门子托关系，舍得向上司和方方面面使银洋、金条，春节过后被提拔为副局长，两个月前，原来的局长高升后，他便坐上了局长的宝座。

"叶处长啊，向你打听一下，"电话那端传来了张专员有些焦急的声音，"我们这边研究讨论出迎接委座的几套方案，结果张主任、丰局长他们发现，侍从室的电文并没有说明白委座是从陆路、水路还是空中来泸，而且，只说了今天来，也没说清楚是上午还是下午，我们组织各界到哪里去欢迎啊？你晓得委座的具体行程吗？"

听着张专员电话那端的话，叶云翔眼珠骨碌一转，联想到先前和肖仲义的对话，心中豁然开朗：戴老板一定在使瞒天过海之术，重庆方面肯定有什么大动作！否则，委员长莅泸视察的消息乃是最高机密，泸城原来只有他知道，昨天却让地方和驻军知晓，而且确定了具体日期，如此半公开，就不怕消息走漏，危及委员长的安全吗？看来自己想多了，和戴笠相比，姜还是老的辣，作为老牌特务的自己真是幼稚可笑！

"喂，叶处长，你在听我说话吗？"见这边默不作声，那端张专员提高了声音急问。

"哦，张专员，在听。"叶云翔回过神来，说道，"你的问题，也是我的问题。我也想知道具体的时间、地点，但这是最高机密，我又去问谁呢？我又敢问吗？"顿了顿，他换了安慰的语气，"不过，张专员，高层行事虽神妙莫测，但在到达泸城前，一定会电示在何处迎接。现在你们，当然也包括我们要做的是：加强戒备，高度保密，不给潜伏日特汉奸以可乘之机，做好各方面充分的准备，迎接委座的到来！"

放下电话，周师长那边的电话又转接过来了。周师长问了同样的问题，叶云翔作了同样的答复。末了叶云翔对周成虎说："周师长，新编十八师担任后方守备任务，现在日特汉奸活动猖獗，气焰嚣张，最近我们要从你师抽调两个营的兵力，望老兄挑选精兵强将，届时配合泸保处，给小鬼子致命一击！回头我让肖副处长找你接洽。"

抽调两个营的兵力？抓几个潜伏的日特汉奸，用得着这样大的阵势？"川江保卫行动"泸城处的人员就已绰绰有余，搞什么名堂？周师长对叶云翔抽调兵力的言辞，听得云里雾里。

"老师，没什么事，我去再琢磨琢磨抓捕方案。"见接完电话的叶云翔皮笑肉不笑地双手叉腰似在沉思，肖仲义轻声说道。

叶云翔回过神来："去吧，听候我的命令。我在办公室眯一会儿，有事叫我。"

肖仲义回答："好的。"便告退回了自己的办公室。

三更时分，正是人们熟睡之时，一条黑影一闪，越墙进入了和仁典当行的后院。来人是谷正黄，他轻车熟路地敲开了巫明亮的卧房。见代号"蝎子"的谷正黄深夜来访，巫明亮吃了一惊。

"'蝎子'，半夜三更的，你咋打破规矩，贸然来了？"吃惊不小的巫明亮心知老谷可能有重要情报传递，但心中还是犯了嘀咕——怕他打破情报传递的规矩，引来军统、中统或其他军警宪特的跟踪抓捕，那他们不就全完了？！

"'牧师'，我有特急情报。专署和家里的电话不能用，泸保处安了窃听器，我可能被肖仲义盯上了，所以冒险甚至冒死也要将这份情报传递出来。"谷正黄说完，端起桌上巫明亮的茶盅，喝了几口。

"有没有'尾巴'？"

"没有。专署的紧急会议散后，我是坐警察局局长丰大谷的车出来的。我私下对丰局长说曹佳莉生病住院了，我得到红会医院看看，他就将我捎带至医院门前。我转了两圈，确信没有'尾巴'，才来你这里的。"

巫明亮松了一口气："很好。什么紧急情报？"

　　谷正黄低声道："蒋介石今天要来泸城！"

　　"什么？！"巫明亮又惊又喜，神情显示出内心的激动。

　　二人如此这般地密谈了一番，包括紧急情况下不惜用电话谜语联系，甚至用电台明码发报。对于这两个日谍汉奸来说，若能在泸城干掉蒋介石，中国抗日战争战略相持阶段和后方的抗日形势将发生颠覆性的转变，他们二人便"居功至伟"！冒死一搏又算得了什么呢？

　　"等我消息吧！"巫明亮说完这句话，二人就分头行事去了。

　　必须与时间赛跑！否则一切都来不及了！很快，巫明亮将蒋介石今日将来泸的消息当面报告给了张仁礼，张仁礼火速叫来汪洪商量对策。事关重大，苦心经营多年、潜伏于川江之畔泸城的日特张仁礼小组，一切都不按秘密战线的规矩出牌了，其怀着迫不及待的心态，不惜铤而走险。

　　"立即给军部发报！"张仁礼下达完命令，不禁得意地笑了，这是他经年累月少有过的。他对汪洪、巫明亮得意扬扬地说道："两天前我们致电军部——'万事俱备，只欠东风'，今天蒋介石要来泸，才真正是万事俱备！我们不仅要摧毁他们的二三化学兵工厂、应用化学研究所、防化学兵总队和试验基地，更要从肉体上消灭他们的首脑，让中国的政府军统统投降！为我大日本建立大东亚共荣圈建功立业！"他忽然停顿了下来，沉默了片刻，神色不再那么得意，语气也不再那么坚定，"只盼军部的东风快点刮过来啊！大家分头准备去吧，做好接应的一切准备！"

　　汪洪和巫明亮是第一次见面，二人相互说了声"多多关照"，就分头走了。

　　尽管敲门声很轻，叶云翔还是被惊醒了。他习惯性地看了看手表，已是早上七点二十分了，一骨碌从沙发上起来，说了声"进"，便去拉开窗帘，阳光霎时倾泻而来。

　　敲门人是肖仲义和陈勤勤。陈勤勤向他报告，刚刚截获了一封日特发往南京的密电，委座来泸的事，已被敌人侦知，他们请求军部派飞机轰炸泸城。

　　看完电报，叶云翔沉吟半晌后说立即将这封电文转发戴老板并询问他有何指示。陈勤勤说了声"是"，正要离去，被叶云翔叫住了。

"谢娜怎么没来？"

"报告叶处长，自你前天下达进入一级戒备状态后，"陈勤勤因睡眠不足，声音有些沙哑，"我和谢主任每隔八个小时轮班值守电讯室，现在是我当班。"

"哦，很好很好。"叶云翔点了点头，"辛苦陈顾问了！告诉谢娜，这段时间，你们的工作重点就是严密监视日台，不放过蛛丝马迹，发现敌情，立即向肖副处长和我直接报告！"

陈勤勤目光坚定地点点头，去电讯室了。

"首座，这是此前制定的抓捕日特的行动方案，我又增加了一些新的内容，请您过目定夺。"肖仲义打开卷宗，放在叶云翔的办公桌上。

"仲义啊，你制定的方案，我就不用看了，届时临机执行就是了。"叶云翔合上卷宗，退还给肖仲义。

肖仲义请示道："我们是不是立即采取抓捕行动，以确保校长莅泸时的安全？"

叶云翔摇了摇头："不忙，等戴老板回电后再说。"

"明白。"肖仲义回答后，退下了。其实他对最高机密扩散之事心中也有颇多狐疑，但在听了叶云翔对张专员、周师长的电话问询的回应后，串联起刚才和此前叶云翔的言行，他已悟出了门道，只不过不可为他人道矣！

戴笠的回电，到下午也没来。

3

午饭时分，谢娜来电讯室接替陈勤勤值守。肖仲义下楼叫上陈勤勤，去食堂午餐。

"'老鹰'那边有什么消息没有？"肖仲义凑近陈勤勤低声说。

"我留意着的，但一直没有动静。"陈勤勤摇摇头。

"那人要来泸城，原本是绝密的事，却搞出这么大的动静，也不知重庆方面和戴是啥真实意图。"肖仲义边走边说，接着将他从所见所闻中分析判断出蒋介石来泸视察之事是假的，可能是戴笠使的虚晃一枪或瞒天过海之术，以此挖出深潜于川江流域更高层次的日谍，给鬼子的"川江骇浪行动"以致命的打击，扼要地对陈勤勤讲了。

沿途不断有人向他们问好，两人时而亲密耳语，时而说说笑笑，在旁人看来，就是一对恩爱的情侣。很快就到了食堂门前，肖仲义借故点烟停下，轻声说道："勤勤，吃过午饭，我要去公路和码头巡查。你在监听日台的同时，要特别留意'老鹰'的那部电台。我估计日军这两天肯定有大动作，'老鹰'会有情报传出的。"

陈勤勤微微一笑："明白。"

二人走进食堂，用起简餐。他们有几天没时间也没机会单独交流了，预感到将有大事发生，哪怕只有一小会儿的时间谈谈情报分析，也可松松胸中的块垒，理理心中的疑惑。

"这都几点了，咋还没委员长抵泸的准信？"张专员指着怀表，环视着房间里的政军警宪特一干人发问。

没有人能回答。时间已过了下午四时，被征用的东门口码头望江茶楼，不但新增加了两部电话，还架设了电台，成了泸城迎接蒋介石的临时指挥部。望尽千帆皆不是，张专员等人产生了望眼欲穿的焦虑。

"张专员，先前往上游去的江防军的舰船编队，不会是护驾委员长的吧？"丰大谷以这拿捏不准的话，算是回应张专员。

众人有的点点头，有的摇摇头。这时电话响了，谷正黄接起后叫周师长："你的电话。"

电话是担负公路警戒任务的一名团长打来的，报告说有一列重庆方向来的车队，刚过了沱江浮桥，向城区驶去，汽车共有五辆。周师长问什么来头，团长那端说来头很大，卫兵们都是清一色的美制汤姆式冲锋枪，不让检查，他们只好放行。

周师长向众人简要说了这个情况，大家面面相觑，对蒋介石是否已经到泸了，更是猜测不透——犹如丈二和尚摸不着头脑。

有人打破了沉默。张功建奇怪地问："哎，怎么没见军统的人来？莫非……"

对蒋介石的行踪，众人是不便也不敢公开议论的。张功建本身就是中统特务，这一点他心知肚明。

大家又陷入了沉思，喝着茶水，想着心事。有两个烟瘾大的，也强忍着不敢抽烟——怕万一有近身面见委员长的机遇，不抽烟的蒋介石闻到自己那满嘴的烟味，心里一句"娘希匹"，岂不玩儿完了？！

约莫五点半光景，肖仲义来了，通知大家："刚接到命令，委员长已经抵达泸城。提倡新生活运动的委员长，免除一切迎来送往的繁文缛节。各位回去要各司其职，强化社会治安，特别是防范日特汉奸的破坏暗杀。上峰说委员长可能要分头接见驻军和地方首脑，各位听候通知。"

大家被搞得云里雾里，将码头上欢迎的人群和警戒的军警宪特撤了。

其实，蒋介石根本没有来泸城。散布委员长今日莅泸的消息，是戴笠设的一个弥天大局，为的是将潜伏于渝、泸两地的日特"川江骇浪行动"的组织捣毁，将其人员一网打尽，以斩断他们同鬼子或将来临的轰炸和空降特攻队队员的联系。

就在那一列由两辆带篷卡车、两辆中吉普车和一辆轿车组成的车队驶进赵园的时候，谢娜给叶云翔送来了一封由她亲译的戴笠来电。

原来，重庆局本部和戴笠收到泸城破译的日特第一封"万事俱备，只欠东风"的电文后，联想到十天前曾给叶云翔下达过委员长近期可能将莅泸视察"三化"的消息，让泸城方面采取最高等级的安保措施，做好一应防范日特行动的准备，戴笠猜想委员长或将莅泸视察的消息是不是泄露了？委员长十天前在军委会专题研究布置兵工生产任务的会议上，就是随口一说想到泸城去看看"三化"的研制生产，以鼓舞军心民意，提振化学兵工专家和技工们加速研制生产打击倭寇的利器之热情。参加会议的人员都是高层人物，对于委员长这一说，大都将信将疑，摸不透他的心思和真实想法——无论大小事，他都不可捉摸。当然，这些人里面虽也有亲日派，但据戴笠自己掌握的情况看，他们不会把这种飘忽不定的信息泄露给日军。泸城那边更不会有问题，只有忠实可靠、守口如瓶、办事滴水不漏的叶云翔一人知道！问题出在哪里？莫非那天参会的高官大员们，身边潜伏着汉奸日谍，是某高官不经意间说漏了嘴，无意中被身边的潜伏日谍获悉了情报？中国有句俗话："树上有枣没枣，先打一竿子再说！"难道泸城潜伏的日谍组织已做好了行动准备，才向日军军部发报？当戴笠陷入沉思的时候，白露这天，军统在武汉的潜伏人员和八路军驻重庆办事处分别传来情报："日军将对泸城有大行动，具体目标不明。"

具体目标？当然是蒋委员长啦！肯定是参会的某高官身边的潜伏日谍，将委员长去泸城的想法打算密报了日军，日军密令泸城日特摸清情况，做好准备，以待委员长出现在泸城时，对他予以空中和地面打击！戴笠研判出这个结论，不禁心惊肉跳了几下，冷静下来，便想出了瞒天过海、引蛇出洞之策。他召来几大"金刚"，对几个重要高官身边的重点人物实行悄无声息的布控，对日军和可疑电台二十四小时全天候监控侦听；又立马去找了委员长侍从室主任、军统局局长，也即自己的挂名上司贺耀祖，将他欲假借委员长莅泸之名，挖出渝、泸两地"川江骇浪行动"日特组织并一网打尽的计策说了，在征得委员长首肯后，便有了侍从室致电泸城专署和驻军，做好迎候委员长的准备之举。

当晚和第二天，该消息就通过电波，从重庆和泸城传到了南京侵华日军司令部。

此刻，叶云翔看着戴笠的密电，大大地松了一口气。不过，看了后面的电文，他那颗放下的心又提了起来："据中共传来的消息，日军11日将对泸城实施大轰炸，针对目标是城市、委员长和'三化'。务必切实加强"三化"的保卫工作。"电报最后说："根据中共方面的要求，为了保护他们的情报源，也是为了今后获取更多的日方情报，渝、泸两地抓捕日特汉奸的行动，务必等到日军给两地的潜伏组织回电后方可实施。哪边电文先至，哪边即可行动，务必不使一人漏网。"

虽然蒋介石来泸是虚晃一枪，只为引蛇出洞，但日军明天的大轰炸应是真的，泸城堪忧！而保卫"三化"的重任，尤其艰巨！叶云翔叫来了肖仲义，让他去望江茶馆通知张专员他们，委员长已经到泸城了。快去快回的肖仲义，和叶云翔再一次研究起抓捕日特、保卫"三化"的方案。

晚上十点，陈勤勤送来了刚破译的日军给泸城"鱼鹰小组"明日轰炸的回电。陈勤勤说几十分钟前，发现一部以前从未出现过的神秘电台，其内容尚未破译。

此时，叶云翔正焦急等待行动，只对陈勤勤说了句"密切监听，抓紧破译"，陈勤勤就去了。

看完电文，叶云翔喜上眉梢，招呼肖仲义："走，到院里去，集合所有人，展开抓捕行动！"

肖仲义问："首座，院里的那个车队是咋回事？"

叶云翔笑道："那是为了迷惑日特而装扮的委员长卫队，其实是戴老板集训的特训队队员，他抽调了一个加强排来支援我们。"

刚走出房间门，那部直通重庆局本部的专线电话骤然响起，叶云翔快步返回，抓起了话筒。

4

电话是戴笠亲自打来的。他告诉叶云翔，重庆这边破获了三个潜伏日特组织，其中有一名某要人的亲信，官至陆军少将，遗憾的是，联勤司令部的副官王飞漏网了，其被那个少将派出联络不久前潜入重庆、即将前往泸城的代号"鲇鱼"的日特，至今下落不明。据分析判断，王飞极有可能陪同"鲇鱼"去泸，一旦在泸城出现，立即抓捕归案！

"你们那边的情况怎么样？"末了，戴笠问。

"局座，我们这边刚刚破获了日谍来电，正准备行动。"叶云翔答。

"祝你们马到成功！"说完戴笠将电话挂了。

叶云翔打开房门，却不见了肖仲义的身影，正要叫人，肖仲义从自己的办公室大步流星地奔了出来。

"首座，就在你接电话的当口，我办公室的电话也响了。"肖仲义解释道。

"什么情况？"

"警察局的内线报告，谷正黄的姘头曹佳莉去警局向丰大谷局长告发，说谷正黄是日本特务。这会儿丰局长正带人去抓捕谷正黄。"

"这不是扯淡吗？！"叶云翔大怒，"警察去抓人，岂不是会打乱我们的通盘部署？！立即通知各小组，全面展开抓捕行动！让专署那边蹲守的兄弟拦住丰大谷那帮混蛋，让吕凉带人逮捕谷正黄！"

"首座，按照您的意思，职部已经布置下去了。"肖仲义毕恭毕敬地回答。

叶云翔眼神有些奇怪地看着肖仲义，突然哈哈一笑："不愧是我的学生！做得好！这样，你率队伍去增援，我坐镇赵园指挥。"

肖仲义领命而去。

经此前多方深入调查，开通过跟踪、监视、监听、排查等侦查手段，谷正黄的身份已被军统掌握。然而，是夜当吕凉赶到谷正黄房间时，谷正黄早已饮弹自尽，手枪上安装了消声器。但奇怪的是，此前王木然他们秘密搜查时发现的那部电台却不见了，夹壁里只剩下那些日元、法币、日特证件，一面日军军旗挂在已死的谷正黄对面的墙上。

"曹佳莉怎么没在屋里？"吕凉问一名布控队队员。

"她是在谷正黄回来后不久，大约晚上七点过出去的。我们的人一直跟着，见她去了泸城电影院，散场后却不见了踪影。"

"有没有带皮箱什么的？"

"没有，随身就一小挎包。"

说话间，肖仲义来了。吕凉给他说了大致情况，铁青着脸的肖仲义让他们拍照，提取物证，将谷正黄的尸体送回法医室验尸。

"报告副座，"外面一名警戒队队员进来报告，"警察局局长丰大谷求见。"

丰大谷？曹佳莉为什么要向他举报谷正黄？他为什么要迫不及待地前来抓人？为什么不事先和自己通气？一见到丰大谷，肖仲义就将心中瞬间的疑问直截了当地说了，两目定定地观察他的神色。

"为什么向我举报？老弟啊，"丰大谷笑了，神情淡定，"我可是保一方平安，维护社会治安秩序的警察局局长哦！曹佳莉一进警局大门，就嚷着要向我告发谷正黄。我也问过她为什么不向你们举报，她说倒是听说过军统'川江保卫行动'泸城处，但是你们的门开在哪里，她一个小女子不知道啊！老弟，你说的'迫不及待'，这个词用得好！委员长莅临泸城，他的生命安全高于一切！发现了日特，我能不迫不及待地抓捕吗？至于没有第一时间和你们沟通，是因为我不知道你们早已对谷正黄布控了哦！唉……"

丰大谷说得头头是道，无可挑剔，肖仲义突然打断了他的话："丰局长，曹佳莉是怎么发现谷正黄是日特的？"

"她说谷正黄晚上回家后，像变了一个人似的，喃喃自语，还说要为天皇尽忠什么的，又从夹壁里拿出一面日本军旗挂在墙上，吓得她赶紧溜了出来，看了场电影，犹豫了半天，才下定决心告发谷正黄。"

肖仲义还要说什么，一名便衣跑来报告："副座，首座电话。"

叶云翔将电话打到监视点，告诉肖仲义，今夜的抓捕行动失败！不但张仁礼、汪洪、巫明亮的住处早已人去楼空，连罗汉镇的吴智丽、哑巴也已不知去向，只抓获了几个小喽啰。叶云翔让他赶紧去忠山化研所——贾守正消失了！

　　陈勤勤破译日军发往泸城"鱼鹰"即张仁礼潜伏小组的密电前，发现的那个极少出现的神秘电波，其实是侵华日军南京司令部发给泸城乃至上川江潜伏日特组织最高指挥官"富士山"的绝密电文："潜伏于重庆的三个小组已经暴露，军统正实施抓捕行动。你部'鱼鹰小组'的密电码已被中方掌控，迅即安排他们撤离隐蔽，确保明日的轰炸成功。"

　　看完电文，"富士山"倒吸了一口冷气。尽管此前种种迹象表明，"鱼鹰小组"的张仁礼、汪洪、巫明亮、谷正黄等人可能已经暴露，但军统的监视跟踪时断时续，一时让他无法做出准确的判断。自谷正黄发现自己住所和办公室的电话被军统安装上了窃听器后，他才确信代号"蝎子"的自己已被军统锁定。这个小组都是单线联系，谷正黄只知道他的上线是"牧师"，即巫明亮，但不管怎样，"富士山"还是准备了几套应急方案，以确保日军对中国化学兵工的摧毁！现在而今眼目下，既然"蝎子"已经暴露，那这个投靠他们的支那人，就必须死，以此搅局，扰乱军统的视线，掩护"鱼鹰小组"其他成员撤离到安全地带，明日趁轰炸时恐慌混乱的局面，浑水摸鱼，展开行动。于是，"富士山"通过特殊渠道，紧急召见自己在泸城唯一的助手、并无代号的曹佳莉，让她立马通知"鱼鹰小组"转移，而后潜回住所处决谷正黄，并做成其自杀的假象，再到警局告发他是日特汉奸。

　　曹佳莉，日本名三口惠子，满铁特务机构成员，全面抗战爆发后，以东北难民的身份，奉军部之命潜入重庆。为了日本帝国主义的利益，她不惜自己到供国民党高官显贵玩乐的高档妓院"人间天堂"里卖身，以期在那里套取军事、政治、经济情报。日军实施"川江骇浪行动"后，"富士山"命令张仁礼，派巫明亮去重庆将她"赎出"，并介绍给谷正黄为女友。张仁礼和巫明亮一直以为此举是为了继续色诱掌控谷正黄，根本就不知道曹佳莉的真实身份，更不晓得她是他们从未见过面的"富士山"的助手。

　　当晚，黑衣蒙面的曹佳莉将紧急情报送到了张仁礼手里，同时送达的，还有谷正黄家里的那部已经暴露的电台。日特"鱼鹰小组"的几个主要成员迅速转移了。

5

　　暗夜森森，一阵急促的马蹄声，向着忠山深处而去。

　　贾守正不见了，这可要出大事！

　　两个月前，贾守正向顶头上司、行动队队长王木然坦白交代：自己色迷心窍，和汪氏茶号女掌柜吴智丽有染，有违军统的家规，也有负成都的家庭。他那副痛心疾首、痛哭流涕的样子，似乎是想痛改前非、悔过自新的。那时肖仲义还在云南等地陪着吴钦烈、李忍涛两位将军和专家们考察，王木然将贾守正的情况报告了叶云翔，为他求情道："现在还没有确凿的证据证明汪洪、吴智丽是日特，监视贾守正的小莫等人，也没有发现他出卖过什么情报，贾守正可能就是色迷心窍，念及他自参加军统以来对党国还算忠心耿耿，当下又正是用人之际，首座可否对他网开一面，从轻发落？"叶云翔问怎么个从轻发落，王木然建议将贾守正调离罗汉镇据点，断了他对吴智丽的念想。叶云翔默想片刻，说："既然不能确定吴智丽是日特，你说贾守正也不知道她究竟是什么身份，我看就将他的组长撤了，再次派到叙永的向林沈家酒坊，专事押运沉香酒。"末了，叶云翔笑眯眯地问："王木然，你这么上心地替贾守正求情，不是得了他什么好处吧？"王木然说："职下不敢，绝对没有！替有功劳的部下求情，是作为长官的应有之义。"

　　就这样，贾守正被调离了罗汉据点，去了向林场。不久，他又被王木然安排进了位于忠山的应用化学研究所。王木然命令小莫继续监视他，并告诉组长孔忠，对贾守正进行内部控制，三个月内不准其离所进城。

　　为贾守正求情，王木然是收了他一千美金的。贾守正主动向王木然坦白他和吴智丽有染时，就送上了信封，谎称是两年前在上海破获共产党地下组织时，缴获后私自截留的。贾守正乱搞女人，或者说监视对象的事，可大可小，连戴老板都情人无数，下面的人去偷偷情又怎么了？上梁不正下梁歪嘛！

　　当然，刑不上大夫，上面可行之事，你下面就不准许，否则，要治你的罪，枪毙也是可以的。王木然和贾守正并不交恶，想着自己的老婆还在重庆等着他凑钱汇过去以期尽早前往医院动手术，看在那沓花花绿绿的美钞的份上，他同意为贾守正求情。至于贾守正是否知道自己老婆需动手术而缺钱的困境，王木然不想问，也不想弄清楚，先解了燃眉之急再说，所谓"得人钱财，与人消灾"嘛！

　　贾守正向王木然主动交代他和吴智丽的男女之事，内心深处的确有几分悔不该当初贪恋美色和金钱，跌入日特的陷阱而不能自拔的歉疚，但更多的因素是为了摆脱汪洪、吴智丽的视线和掌控。吴智丽在给他风情的同时，还给他重新下达了任务——限期侦知二三兵工厂的厂址坐标。对于作为军统外围据点负责人的贾守正来说，这是个不可能完成的任务！因为兵工厂就是一个代号，他连工厂大门开在哪里也不知道，连留守高家大院的第三行动组副组长曾广荣，这个他刻意走近的老乡，也对厂里的情况知之甚少。任务完不成，他将成为弃子，吴智丽会要了他的小命；而他已经发现，军统除了小莫，还不知道有多少双眼睛在暗中盯着他呢！事情一旦败露，军统也会让他脑袋搬家，而且，还会累及家人，让他们背上万人唾弃的汉奸家属的骂名，千夫所指！眼看汪洪给的期限已过半，吴智丽催逼得急，贾守正对兵工厂的情报却一无所获，整日提心吊胆的他忽然计上心来，向王木然坦白交代——哪怕再次去到崇山峻岭，也比在这里等死强！也许会被叶云翔枪毙，但如果王木然替他求情说项呢？王队长可是老叶的心腹爱将哦！行动队的一个弟兄前不久向他透露，王队长心情不好，因为他老婆在重庆被鬼子的飞机炸伤了，正凑钱动手术取弹片呢。对，向王木然行贿！于是贾守正在见王木然时，奉上了装有一千美元的信封。

　　肖仲义回到泸城后，得知贾守正降职调离的情况，心知不好，但为了不打草惊蛇，只暗中增派人手对贾守正加强戒备。还好，这老贾自从向林场来到化研所后极少走出洽庐，更没有下过忠山，似乎的确是为了悔过自新，一点和外界联系的迹象也没有。

　　此刻，行进中的马队不时看见一把把火炬、一束束电筒光在山间晃动。

来到戒备森严的洽庐山门前，翻身下马的肖仲义问等候在此的孔忠："找到贾守正没有？"

"没有，还在继续搜山。"孔忠小心翼翼地回答。因为内控对象贾守正突然失踪，他知道自己这个负责洽庐安保工作的军统组长，负有不可推诿的责任。他已做好了挨肖副座劈头盖脑的臭骂、扇耳光、踹腿的准备。

肖仲义看了看表，已是11日凌晨2点过了，便命令道："将搜查人员撤回，抓紧休息，天亮后继续搜山。"他想这个时间段，正是人瞌睡迷兮的时候，神志不清地搜山找人，岂不事倍功半？说不定这会儿贾守正正躲在哪个旮旯角角看这些同事和士兵们白忙活的笑话呢。

"是。"孔忠说。

"贾守正是怎么失踪的？最近，特别是昨天，他有什么异常情况没有？"

"小莫，"孔忠回头对身后的小莫道，"你把对我说的情况给副座再详细报告一遍。"

小莫上前一步，从兜里掏出一个记事本，双手递给肖仲义，低声报告道："副座，贾守正的活动轨迹、言谈举止都记录在上面……"

"屋里说吧。"肖仲义摆摆手。

十天前，也就是处里下达提升警备等级为二级的命令的那天上午，贾守正突然对小莫说许久不曾下山去城里，这警备等级一提升，也不知道什么时候才能结束，说不定还会加码升级，想进城给成都的家里汇点钱，顺道买些香烟和日用品以备不时之需。小莫将贾守正的请求报告给了孔忠。孔忠想处里也没给老贾定个实性，仅仅交代他对老贾内部控制，自来化研所近两个月，贾守正也挺守规矩，从未乱说乱动，更不摆曾是少校组长的臭谱。虽然山上的日常生活用度由处里供应，但那都是大众化的大路货，个人爱好所需的烟、酒、香皂之类物品，还得自掏腰包托驻所加强警卫排的后勤或送物品上山的处里弟兄购买。孔忠是重庆人，他想，自己和成都人贾守正毕竟是川渝老乡，而且，虽说贾守正现在是内控人员，但仍然还是同事，连这点想进城汇钱、买烟酒的人之常情都不予准允，万一他哪天咸鱼翻身，自己怎么下得了台？反正有小莫盯着，再加派两个人跟着进城，不就得了！于是，贾守正如愿去了市中心。

小莫当然不知道彼时孔忠的心思。

"那天在邮局时，我看见了一个疑似汪洪的人。"小莫继续报告，"由于寄邮件包裹的人太多，等我挤过去想细看时，那个人已经没了踪影。"

"他们有过接触没有？"肖仲义问。

"没有，孔组长派的两个弟兄一直在贾守正身边。"小莫思忖了一下，"不过，后来在仁和路百货公司，一个老太太不小心和贾守正撞了个满怀，我同贾守正将她扶起，不经意间发现她的手白皙细嫩，和她脸上的皱纹极不相称。未及细想，老太太说了句'下次注意点哈'，就蹒跚着走了。这些都记录在本子上了，已向孔组长和王队长报告过。还有一次，我去赵园，贾守正向孔组长请假，说他想进城泡澡，放松放松。孔组长同意了，派了两个兄弟跟着，结果贾守正去了妓院，脱离了那两个弟兄的视线。"

"他们这是王八看绿豆——对上眼了！"肖仲义说道，"说明日特和贾守正重新接上了关系。"

孔忠和小莫很是惊讶：贾守正果真投靠了日特，成了汉奸！？

肖仲义并不理会他俩的表情，让小莫继续说下去。孔忠抢先开口："昨晚十点过，接到处里的抓捕行动令，我和小莫立马去了贾守正的房间，发现他不见了。我迅急带人在洽庐内外搜查，也没发现他的踪迹，搜山也无结果。职下失职，请副座处罚！"

"现在不扯这个。"肖仲义点上香烟，踱了几步，"当务之急，是保证所里专家的安全，严防天亮后鬼子的空袭，不给日特趁乱刺杀之机！"

接着，肖仲义布置了对洽庐严防死守的具体保卫任务和战术，又将带来的人马留下以加强守备后，返回了赵园。

天放亮的时候，驻泸守备部队奉命前来增援的一个机枪连，被布置在了洽庐周围的高地。

大半年不曾遭遇日机轰炸的泸城，即将又一次面临鬼子空袭的血光之灾。

第十章

1

各路信息源源不断地传到暗夜中的赵园：车站、码头以及水陆哨卡，都没有发现张仁礼等人的踪迹。罗汉镇据点报告的情况是：汪氏茶号的伙计哑巴昨天上午就进城去了茶号总店，一直没有回来；吴智丽晚饭时独自一人来通达旅社用餐，回去后不知什么时候跑掉了。洽庐的孔忠打来电话报告了一个新情况："研究所伙食团负责采购的老徐刚才来报，昨天一早他们进城采买蔬菜肉禽时，在珠子街菜市碰到了张记绸缎庄的伙计皮五，他们此前就认识，皮五托老徐给贾守正捎带了一条烟到山上，还送了老徐两斤高粱老白烧酒。老徐虽是研究所的后勤人员，不归我们管，但他知道这事犯了军统保卫组的禁忌，得知贾守正失踪了，怕脱不了干系，连夜前来举报。"

一切都是有计划、有预谋的，看来贾守正还躲藏在山上，得抢在日军轰炸泸城前找到他！他知道洽庐的位置坐标，王木然、叶云翔将他放在那里就是根本性的错误，就是愚蠢之至，就是对国家、民族犯罪！肖仲义放下电话，心中一阵狂怒，又不能怒形于色——叶云翔就在他身后坐着，他点上一支烟，以掩饰心中的愤怒。

"什么情况？"叶云翔语带倦意地问。

肖仲义将孔忠报告的内容说了，并分析说贾守正肯定还在山上，可能还有接应他的人，那条烟里藏着情报。贾守正的突然失踪，和今天鬼子将对泸城的轰炸有关，届时他将引导鬼子的飞机轰炸洽庐。

"什么？！"一向稳重的叶云翔，听了肖仲义的分析，也难免大惊失色，起身走来走去，突然停下问，"有没有什么办法阻止日机对研究所的轰炸？"

"没有。我们没有防空大炮和高射机枪，更没有战斗机拦截。"肖仲义直面叶云翔回答，"我们只能竭尽所能，将敌人的危害降到最低程度。第一，根据您此前的指示，我已联系了守备师急调一个机枪连，天亮前到达忠山，布防在洽庐周围的高地，尽量给日机以震慑，使其不敢实施低空轰炸，减少其投弹的精确度；第二，我即刻带人去山上搜捕贾守正，争取在日机轰炸前将他及其同伙抓获，不给他们引导日机轰炸的机会。"

"只能如此了。"叶云翔已平复了心绪，随即正色道，"仲义，不是争取，而是一定要提前抓获或击毙贾守正及其同伙！"

"仲义明白！"肖仲义目光坚定。

早上八点过，钟鼓楼的防空警报拉响了。广播车在泸城市区和城厢穿梭喊话："鬼子飞机即将空袭泸城，轰炸泸城！"一阵阵警报声搞得人们精神紧张，雀鸟们在城市上空惊飞乱窜。

一夜未眠、心神不定的贾守正，刚进入迷糊状态，就被钟鼓楼传出的凄厉的警报声惊醒了。

"什么情况？飞机来了？"揉着太阳穴，睡眼惺忪的贾守正问对面坐着抽烟的哑巴孙登辉。从昨夜开始，他就知道孙登辉不是哑巴，他的真实身份是日军少尉松井太郎。

"贾桑（日语，指先生），你再眯一会儿吧。我们的飞机大约十一点才能飞临泸城。"松井太郎一扫装扮伙计哑巴时的卑微猥琐，神情变得阴鸷，充满杀气，"我们都要保存体力，以确保大日本皇军空袭时对洽庐一炸成功！"

贾守正也不搭话，一头倒在床上，面壁想着心事。想着成都的家人，想着汪洪、吴智丽等人的威胁，他怎么也弄不明白日特是怎么重新找到他的，他们断了他想改邪归正，重新做人的念头。

肖仲义的判断是对的，张记苏杭绸缎庄的伙计皮五托老徐给贾守正带的香烟里，的确藏着汪洪给贾守正的指令。在一根伪装成香烟的纸条上写着："子夜时分撤离洽庐，前往长庚宫，一切听从接应人的指挥，否则，杀你成都全家，并将你投靠大日本皇军之事曝光。"贾守正思量再三，为了让家人活命和自己暂且苟且偷生，趁着夜深人静时孔忠、小莫等人不备之机，溜出了洽庐，深一脚浅一脚地爬坡上坎、过涧涉溪，来到泸城制高点——距忠山主峰几里之遥，年代久远的道观长庚宫。

接应他的人，竟然是穿着一袭道袍的哑巴孙登辉！孙登辉将他悄悄带进为进香贵客留置的一个房间，见他狐疑的样子，开口说话了："贾桑，不必惊疑，我不是什么伙计，也不是哑巴，只因中国话说得不好，山本君才让我装成哑巴，现在我的中国话可以了吧？"

"还行吧！"见孙登辉神情有些得意，贾守正不置可否。他急于想知道汪洪命令他撤离洽庐，脱离军统，究竟要让他干什么，于是嘿嘿笑了一下，低声嘲讽道："你不就是一个为我和吴智丽寻欢作乐把门望风的伙计吗？还说自己不是什么伙计呢！让我听你的命令，凭啥？什么狗屁命令？难道你也是日本人？"

"混蛋！"孙登辉强压心中的怒火，声音低沉，不乏杀气，"你敢侮辱大日本皇军，死啦死啦的！"

贾守正不以为意，心想还没给我交代任务呢，敢杀我？于是将脖子一伸："来吧，杀了我，我也就解脱了！"

孙登辉从大袍里掏出一张照片，那是贾守正一家祖孙三代的全家福，上面有十几个人。

"要你死，很容易。"孙登辉皮笑肉不笑地说，"如果你敢不执行皇军的命令，他们通通都得消失！"

贾守正顿时像泄了气的皮球，跌坐在了床上："说吧，什么任务？我执行就是了。"

孙登辉有些轻蔑地看了贾守正一眼，将照片扔给了他，挺胸收腹道："大佐让我实话告诉你，我们是为执行'川江骇浪行动'而被派遣到泸城的帝国军人！组长山本寿夫，帝国陆军大佐，化名'汪洪'；小泉智丽，帝国陆军大尉，化名'吴智丽'；松井太郎，也就是我，帝国陆军少尉。大佐命令，你的任务是：待11日也就是今天上午，我军空袭泸城时，在山头上摆放治庐的准确坐标位置，引导我轰炸机摧毁中国'三化'之一——应用化学研究所，给中国的化学军工血脉以沉重一击！"

贾守正心慌得虚汗直冒：引导日机炸毁中国仅有的三个化学军工之一——化研所，自己就彻彻底底地成了中华民族的千古罪人了！若拒绝自己虽死不足惜，但一家子的性命都被捏在日特的手里，到底该何去何从哦？！

松井太郎看出了贾守正的犹豫，冷冷地笑了："贾桑，你不必担心，大佐说了，任务完成后，我们将送你和你的家人，转道香港去上海或南京，由你选择，去过王道乐土的幸福生活！我们已经暴露了，你投靠我们的事，肯定已经被军统掌握，枪毙你是早晚的事！你已经没有回头路，只有效忠天皇，为皇军办事，才是你和你家人的唯一出路！"

贾守正点点头，一夜无话，时不时抽上几支烟，烟雾缭绕得松井太郎有些心烦。直至天亮后，睡意袭来，刚打了个盹儿的贾守正被城里的防空预警警报吵醒了。

松井太郎是10日，也就是昨天下午，由"牧师"巫明亮通过和长庚宫的关系，找托词安排进来暂住的。

那天汪洪在邮局看见贾守正，纯属偶然。自从贾守正再次"奉命"离开罗汉镇前往向林场监运沉香酒后，吴智丽一直没有得到他的消息，更不见他的影踪。汪洪通过各种渠道，一直在寻找他，却无结果。汪洪当时是去邮局取一个极其重要的包裹——一件女士狐皮大衣，这是准备由在紫藤相馆等候的吴智丽送给新晋警察局局长丰大谷的夫人的。他前脚刚进大厅，后脚贾守正、小莫他们就来了。见小莫朝他这边挤过来，汪洪趁着人多拥挤，侧身从边门溜走了,然后用公共电话打给紫藤相馆,让吴智丽赶紧化装赶过来。汪洪远远盯着邮局大门,直至装扮成老太太的吴智丽赶过来后,贾守正他们还没出来。后来在百货公司那一碰撞时,吴智丽将一张纸条塞进了贾守正的兜里。纸条是汪洪让吴智丽写给贾守正的:"如若背叛,杀你全家!尽快到艳福妓院见面,延期斩杀绝!"

俗话说"一朝走邪路,终生遭祸殃",贾守正是逃脱不了鬼子魔爪的掌控了,他只得趁小莫不在之际,向念旧情思想较重的孔忠以进城泡澡为幌子,请假去了城里,溜进了艳福妓院,同汪洪、吴智丽重新接上了关系,并和盘说出了目前他的处境和工作之地。汪洪大喜过望:踏破铁鞋无觅处,得来全不费工夫!终于发现了行动目标,中国仅有的化学军工"三化"之一的应用化学研究所,原来就在忠山的密林里!

和张仁礼商讨后,汪洪发出了那封"万事俱备,只欠东风"的密电。

防空警报再次拉响,松井太郎命令贾守正:"再过一个小时,我们的神鹰就会出现在泸城上空!检查装备,做好准备,确保引导任务万无一失!"

2

随着高处预警红灯笼的不断升起和防空警报一阵紧似一阵的响声,预警着日机越来越临近泸城上空,人们开始东躲西藏。在洽庐布置完防备任务的肖仲义,心情越发沉重。明知鬼子什么时候要来轰炸,却无法拦截、无法阻挡——我们的军工力量太薄弱了!贾守正在关键的时间节点突然失踪,肯定是鬼子的预谋,他奉日本主子之命将引导日机轰炸洽庐,可至今却没有抓到他,应用化学研究所今天要出大事!尽管已将一些先进精密仪器搬进防空洞,但那些搬不动的设备呢?它们将面对鬼子的狂轰滥炸!对于在错误的时间、错误的地方错误地调换贾守正一事,肖仲义心中愤懑,很想将叶云翔臭骂一顿,想枪毙推举失察的王木然,枪毙碍于人情世故的孔忠和监视不力的小莫！但他不敢骂叶云翔，也没有枪毙人的权力，而且眼前正是用人之际，肖仲义只能强迫自己冷静，冷静，再冷静！

"孔忠，你过来一下。"肖仲义招呼正在疏散化研所专家和员工前往防空洞的孔忠。

"副座，还有什么吩咐？"自从得知贾守正是汉奸后，孔忠深为自己准假让贾守正进城羞愧不已、后悔不已，在上司面前，说话变得小心翼翼。

肖仲义面无表情，声音不怒而威："老孔，我再强调一遍：今天你的首要任务，是确保这些专家的生命安全！东西没有了，还可以再想办法；他们没有了，化研所就彻底完了！我们死不足惜，他们一个都不能少！"

"明白！孔忠一定以命相护，以命赎罪，确保专家们的生命安全！"孔忠立正回答，神情肃然。

肖仲义拍了拍孔忠的肩膀，语气缓和了许多："还有，如遭日机轰炸，让弟兄们和警卫排全力以赴救火，抢救设备仪器。"

"是！副座要离开这里？"

"嗯，暂时离开一会儿。"肖仲义手指向左前方，"你看那边防空预警的红灯笼高高挂起的地方，是泸城制高点长庚宫，还没有派人去搜索吧？"

"没有。"孔忠实话实说，"那已经远离我们的禁区范围。"

"那可是一个引导日机轰炸重要目标的绝佳之地，我去那里看看。"肖仲义说完，带着跟他上忠山来的十几个人，急速向长庚宫方向而去。

空中传来了隐隐的轰鸣声，三十六架编队成形的日军轰炸机正从隔长江相望的东岩方向的天际处朝泸城扑来。松井太郎和贾守正来到长庚宫背后的山顶上，将忙于在空地上的那棵香樟树上升挂预警灯笼的三名防空队队员杀害，然后迅速在空地上摆放物件，以引导日机对洽庐进行轰炸。

当他们摆放好从松井太郎的行囊里拿出的一匹醒目红绸缎、朝向洽庐角度的几把米尺和用于反光的玻璃瓶碎片时，日机已经飞临泸城上空，正在对市区实施无差别轰炸，而重点轰炸目标化研所那边却无动静。

　　"混蛋！"松井太郎气急败坏地骂道，"难道飞行员们都瞎了眼，没有看到我们设置的标志物？"

　　"不是他们眼瞎，而是耳聋！"贾守正不满地大声说道，"如果你带上一部电台，直接发报告诉他们化研所的坐标，不就得了？"

　　"混蛋！你说什么？"松井太郎一把揪住贾守正的衣襟，恶狠狠地说道，"上次在艳福妓院，你为什么不同大佐说化研所的坐标？电台？我哪有电台？那部电台要供大佐指挥使用！"

　　贾守正掰开松井太郎的手掌，冷笑一声："那时我根本没留意什么经度纬度、坐标方位，都是重新见到汪老板——山本大佐后，他给我下达指令，我才搞清楚的哦！"其实，贾守正虽说对化研所的内部结构和核心机要部分不甚了解，但对其地理位置还是知道得相当精确的，在特训班时他认真学习过绘制地图，对地形地貌、山川河流的标识、标注，可谓得心应手。被日特重新找到并面见山本寿夫时，他之所以留了一手——没有说出化研所的准确位置，是害怕说完情报后，他就没有利用价值了，那么他和家人就会被日特杀掉灭口。山本寿夫当然知道他的心思，不过认为还不到摧毁化研所的关键时刻，不能将这个皇军的走狗逼急了，于是给他交代了紧急情况时送香烟传递指令等方式后，就放他走了。贾守正走前，提供了在山上闲聊时得知的化研所伙食团的采买老徐和张记苏杭绸缎庄的伙计皮五是街坊的信息。

　　几架日机终于向他们这边飞来，松井太郎立马掏出一面反光镜，晃动着狂呼乱叫。日机发现了他们，看清了地面的标志物，呼啸着朝忠山方向飞去。随着一阵轻重机枪声和剧烈的爆炸声，洽庐那边冒起了浓烟烈火。

　　肖仲义他们赶到山顶的时候，松井太郎正对着忠山方向举臂欢呼，愤恨交加的肖仲义，抬手一枪击中了他的后脑勺。眼见松井太郎重重倒下，贾守正唰地掏出了驳壳枪，指向肖仲义大叫："别过来！"随即将枪口抵上了自己的太阳穴。

　　"你要干什么？把枪放下！"肖仲义趋前一步，还是停下了。

　　"副座，我因贪财贪色，走上了不归路。"贾守正忽然双膝跪地，哀叹道，"我对不起自己的民族，对不起自己的国家！恳求副座对我的家人网开一面，手下留情，他们不知道我的所作所为啊！"说完，一枪结束了自己的性命，扑通一声趴倒在地标物件上。

据泸城市志记载："民国二十八年（1939）9月11日上午9时半至11时许，日机三批共36架在泸城白塔寺、大什字、迎晖路、东门口、会津门、枇杷沟、南极子、皂角巷等处无差别轮番轰炸、扫射，投弹200余枚，大火席卷北半城，烧毁党政军机关房舍及民房7600余间，死伤3000余人，其中死亡1160人，重伤1445人，有2100户、4879人无家可归。其中张济周全家7人炸死6人，刘大兴全家12人、郑巨川全家6人均被炸死。东门口江边陈尸数百，肢体残缺，惨不忍睹。"

至于洽庐被炸，其时公开的资料中不著一字，实为保密之需。随后，应用化学研究所迁址罗汉镇狮子岩重建，科研人员继续研发抗击日本侵略者的化工军品，宣示着中国人民面对外侮炸不垮、摧不毁的精神！

3

日军"9·11"有目的和无差别对泸城的空袭轰炸，使民众伤亡惨重，造成兵工署应用化学研究所的巨大损失。上峰严令"川江保卫行动"泸城处，限期抓获化名张仁礼、汪洪、吴智丽等潜逃的一干日特，同时整肃内部，清查是否还有内鬼，严防日特伪谍的渗透。

城内和交通要道、周边县城的主要街道及热闹处，都贴上了悬赏抓捕张仁礼等人的通缉令，并附照片。受到上峰严厉斥责的叶云翔，本来要枪毙孔忠，撤职查办王木然等人，但在肖仲义以眼下正是用人之际，没有证据证明他们已经投敌，而且日军轰炸洽庐时，孔忠以命保护专家们免遭炸弹炸死炸伤，用身体替他们挡住了弹片，自己受伤不轻，现在还躺在医院里等事实为理由的劝说下，给了他们降级留用，将功赎罪的机会。于是，降级为副队长

（队长由肖仲义暂兼）的王木然，带着行动队和宪兵，整日卖命地在大街小巷、车站码头和一切可疑之处，搜查张仁礼及其同伙。

全城搜捕，全域通缉，皆无结果——始终没有发现张仁礼他们的影踪。

那天接到"富士山"传来撤离的指令，汪洪和"牧师"带着从谷未黄家里取出的那部电台，在浪里风波号水匪的接应下，连夜逃到了位于纳溪永宁河畔的大理岩上，那里有浪里风波号的一个据点，外号"惊堂木"的水匪首领唐木森自政府剿匪战事告一段落后，便带着身边的几十号人盘踞在了这里。张仁礼却没有离开泸城，去了市区的一处安全屋躲了起来。他要等待"富士山"的接头指令，准备配合特攻队行动。

两辆中吉普开出赵园，风驰电掣般地朝馆驿嘴码头驶去。沱江浮桥被日军炸毁，还来不及重架，往来于城厢小市和城区的车马行人，只能靠汽车轮渡过河了。

"曹佳莉那边问出结果了没有？"肖仲义问驾车的侦查科科长兼新组建的机动队队长李山。

"没有新的发现。她说的举报谷正黄的情况，和丰局长给我们通报的情况一样。"李山回答，"哦，副座，有一个情况，当时你不在赵园，我已向叶处长报告了，丰局长说曹佳莉是他安排在谷未黄身边的卧底，不让我们将她从警察局带走。"

肖仲义怔了一下，冷笑道："曹佳莉不是巫明亮介绍给谷正黄的吗？那时丰大谷还是罗汉警署的一个小所长，有什么资格、什么能耐在泸城专属主任秘书，实际上的二号人物谷正黄身边安排美女卧底？搞什么名堂？这里面有问题！"

李山边驾车边回应："我也这么想过，串联起来想的确有疑点，不过还没有发现证据链。这几天只顾着应付鬼子的轰炸和抓捕日特汉奸，还没有顾及这件事，属下失职！"

肖仲义伸手拍了拍李山的肩膀："李科长，这不怪你，回头暗中彻查这两人！"

"是。"李山木着的脸上挤出了一丝笑容，"副座，我们给委员长安排和备用的三处行辕，9月11日那天都不同程度地遭到了日机的轰炸和扫射，鬼子肯定得到了相关情报。可我听局本部的人说，那天委员长根本就不在泸城，而在重庆。莫非委员长没来泸城？是我们为了引出泸城潜伏的日特，摆弄的迷魂阵？还是……"

肖仲义觉得李山的话多了，也问得奇怪，打断了他："什么迷魂阵、烟幕弹的，不该问的别问，不该说的别说！该你知道的，自然会告诉你。你这个侦查科科长，是经过风雨历练的老麻雀儿（老手）了，不是雏鸟新手！"

"是！属下知错。"

上了轮渡，过了沱江，中吉普径直开到军统小市据点，换成早已备好的马匹后，肖仲义带着李山和机动队的十几个精干队员，向罗汉镇快马加鞭赶去。

"镇公所的情况怎么样？吴兴在吗？"马队来到离罗汉镇一公里处的山丘上，翻身下马的肖仲义问在此等候的刘朝云。偌大的罗汉场密密匝匝的房舍街景，长江边上忙碌的船只，尽收眼底。

"接到副座的命令，我一大早就从厂里赶过来做了布置。吴镇长早上九点出了家门到了镇公所，一直在里面。从院外到院里，有十几个民团团丁守卫。"刘朝云报告道，"还有一个情况，保安旅的郑连长，半个小时前带着一个班的士兵，去了镇公所找吴镇长，还在里面商谈什么。"

肖仲义的心思动了一下：郑连长一个班的士兵？莫非吴兴察觉到了什么？请求郑连长派兵加强保卫？不可能，自己率队执行此次任务，目前只有自己和叶云翔清楚，连眼前的李山、刘朝云都不知道具体内容，只晓得要抓人，却不晓得要抓什么人。

"一会儿这样行动……"肖仲义对李、刘二人低声吩咐了一番，让二人颇为惊讶：大名吴兴的吴镇长是日特？他将吴智丽藏匿起来了？二人也不敢多问，随肖仲义直扑镇公所，展开行动。

路上，肖仲义问刘朝云："金如故、姚小川的情况怎么样？"

　　"他们的表现很好，将厂里俱乐部的文娱活动开展得有声有色，深得吴厂长赏识。"刘朝云一边回答，一边却在心中犯嘀咕：肖副处长怎么突然问起下属的下属的情况了？

　　"告诉他俩，做好方案准备，这两天处座可能要召见他们。"

　　"方案？什么方案？"

　　"这个不是你该问的！保密守则你忘了？！"肖仲义训斥刘朝云。

　　"是，属下明白。"

　　"哦，朝云。"肖仲义发觉到刘朝云心里难堪，缓和了下语气，"那个和贾守正以前走得近的曾广荣，这几天表现咋样？"

　　"还算正常。贾守正死后，曾广荣主动找我说了他和贾守正的交往，都是些请他吃吃喝喝、狎妓嫖娼，拉拢他的事儿。老曾说他从未向贾守正提供过兵工厂的任何情报，包括他驻守高家大院的位置。"刘朝云边回答边从衣袋里掏出一份报告，递给肖仲义，"副座，曾广荣的情况都在上面。"

　　肖仲义接过报告放衣袋里："这个人暂时不能重用了，回头再处置。"

　　曾广荣坚信自己的确从未向日特汉奸出卖过兵工厂的任何情报。他至死都不知道更不明白吴厂长那张照片，是怎样从他的钱包里被贾守正弄到手翻拍给日特的。当然，随着贾守正之死，军统也没查清照片外泄之事，这成了叶云翔、肖仲义心中的谜。

　　说话间，已然进入镇里。穿街过巷，肖仲义他们来到了镇公所，正要行动，只见吴兴送郑连长出了大门。

　　肖仲义使了个颜色，示意暂缓行动，而后大步上前，未及开口，吴兴先打起了招呼："哦，肖副处长来了？稀客稀客。"

　　"吴镇长，郑连长来你这里公干？"肖仲义已走到他们面前。

　　"报告肖副处长，"郑连长立正行礼，"我们保安旅三个月没有发薪饷了，我来找吴镇长借点钱和粮食，已经办妥了，这就回营地。"

　　"保安旅的弟兄也不容易，郑连长辛苦了！"肖仲义心中松了一口气，起初他曾判断郑连长可能是吴兴请来护卫、抵抗的呢，原来如此！

郑连长带着他的兵走了。

"肖副处长前来，有何指教？"吴兴一脸笑容，做了一个请的手势，"里面说话。"

肖仲义和李山随吴兴进了院子的堂屋后，刘朝云迅疾指挥机动队队员们控制住了院内外和制高点的团丁们，一切都在悄无声息中进入了他们的掌控。

在对吴兴摊牌，施行抓捕的时候，却出现了意想不到的情况。

4

一进屋，李山就下了吴兴的枪。

"你们要干什么？"吴兴故作镇静。

肖仲义冷笑道："干什么？金屋藏娇的事吴镇长不明白？"

"什么金屋藏娇，那是我干女儿！"吴兴争辩。

吴兴的争辩，证实吴智丽的确被他隐藏起来了。肖仲义心中松了一口气，脸色已然冷峻："吴智丽是潜伏日特小泉智丽，满大街都是通缉令，镇公所大门前就有，吴镇长还装什么蒜？！你被秘密逮捕了，拷上！带我们去抓吴智丽！"

"且慢！"吴兴想挣开李山擒着他的手，反而引来一阵疼痛，讪笑道，"肖副处长，借一步说话，我有重要情报给你讲。"

这老小子葫芦里还要卖什么药？肖仲义挥挥手，李山松开吴兴，出去了。

肖仲义点上一支烟，也不问话，只是用睥睨的眼神看着吴兴。

吴兴趋步上前，被肖仲义伸出手挡在了一米之外，他站住坦白道："肖副处长，我是贪恋吴智丽的美色，和她有一腿。10号那天晚上她跑来我家找我，说有人要追杀她，我就安排她在我家后院躲藏起来，后来又将她转移到了别院。前两天看到通缉令，我才知道她是日本特务，以前我真不知情啊！"

"这算什么重要情况？你在拖延时间吗？"肖仲义将半截香烟狠狠地扔

在地上，唰地掏出"撸子"手枪指向吴兴，"说，别院在哪里？吴智丽还在那里吗？"

"肖副处长息怒，小心枪走火。"吴兴本能地举起双手抱在头上，"别院是我在城里背着家人买的一座小院。吴智丽还在那里，昨天晚上我们还在别院……"吴兴打住了话头，换了一种说法，"现在到处都张贴着通缉令，她也不敢出门，没地方去啊！"

"既然你知道了她是日本特务，还敢隐瞒不报，和她厮混？"

"不仅仅是男女之事！"吴兴忽然变得振振有词，"我是想从她身上获取更多泸城潜伏日特的情报！"

"哈……"肖仲义差点笑喷了，赶快收住笑声，"凭你这把老骨头的本事能成？"

吴兴双手抱头的样子虽有些滑稽，却努力想消除肖仲义的轻蔑小瞧："吴某是中统老牌特工！整个泸城，只有张功建主任知道！"

这话着实让肖仲义吃惊不小。问了别院的确切位置，他立马唤进门外的李山和两个队员看着吴兴，自己到堂屋隔壁吴兴的办公室打电话，向叶云翔报告情况。

"情况就是这些。请求处长急速派人手对别院进行布控，职部听候您的指示。"一通五六分钟的电话，肖仲义将情况和他灵光一现临时起意准备设局的想法汇报完了。

"知道了，我这就布置下去。"叶云翔在电话那端说，"你的想法很好，待我同张功建核实沟通后，再做决定吧！"

"是！我在电话机旁等您命令。"

放下电话，肖仲义点燃香烟，思索起来。

当吴兴亮明自己的中统身份时，肖仲义感到事情重大，情况变得复杂起来。他的第一个闪念是要保护情报源，保护妹妹肖仲芸！因为钱剑飞的事，自己早已和妹妹的顶头上司张功建产生了过节、嫌隙，俗话说"县官不如现管"，虽然明里没有怎样，但暗地里张功建没少拿小鞋给肖仲芸穿。如今自己要抓的窝藏日特犯竟然是中统的人，而情报却恰恰是身为中统人员的妹妹提供的。张功建若追查起来，发现了情报泄露的源头，那仲芸……中统和军统一样，军规家法甚为严密，对出卖组织、外泄情报的人员，视为叛徒、内鬼，枪毙杀头，严惩不贷！所以，他得向叶云翔请示报告，以期通过正常渠道，解决吴兴之事。如果吴兴真是中统或双面间谍，那可不可以……走向电话的肖仲义计上心来，将他设局的想法一并向叶云翔报告了。

之前当军统四处奔忙抓日特伪谍却毫无线索焦头烂额之时，肖仲芸忽然给肖仲义打了一个电话，说父母有急事找他商量，让他回家一趟。回家后，父母没事，是妹妹找他有急事相告。

"有什么事，电话里不能说吗？"兄妹俩坐下后，肖仲义问。肖仲芸摇了摇头："电话里说不安全，怕你电话机里装了窃听器。"

肖仲义点了点头。这鬼丫头精灵得很，不愧是特工！自从贾守正投敌事件产生严重后果，赵园的内部整肃让空气里时时飘荡着人人自危的不安气氛，一些重要部门和重点关注人物的房间里被秘密安装上了窃听器。

"吴智丽肯定被罗汉镇那个镇长吴兴窝藏起来了！"肖仲芸说了她发现的情况。

肖仲芸说据她在罗汉的线人报告，前几天吴兴的后院住进了一个年轻女人，极像吴智丽。后来，待她和线人去秘密查证时，年轻女人却不见了。不过据在短航码头值守检查的中统行动队的人员讲，这两天吴镇长总是坐末班船进城，第二天坐早班船回罗汉，也没带团丁随从。

"我估计吴兴将那个极像吴智丽的女人转移到了城里。"末了，肖仲芸说出了自己的判断。

"你怎么不向张功建报告？"肖仲义问。

"向他报告，不怕误事？"肖仲芸一脸不屑，"张功建抓共产党比抓日特更来劲，更上心！况且他和吴兴还走得近，有经济上的来往。"

"明白了。仲芸，谢谢你对军统的暗中帮衬。"肖仲义发自内心地笑道。

肖仲芸杏眼圆睁："帮什么军统？贾守正投敌卖国，军统的人，我也不敢相信哦！"

肖仲义的脸色霎时变得很难堪，一时无语。

"哥，刚才我的话过重了，多多包涵哦！"肖仲芸缓和了语气，道，"军统那边我只相信哥哥你！抓住日特，一洗叛徒带来的耻辱，保卫川江，保卫'三化'，才是妹妹的本意。全民抗日，诛灭日特汉奸，是我们共同的责任，无所谓帮衬、感谢，哥，你说是不是？"

"伶牙俐齿，头头是道！"肖仲义勉强笑了，"妹妹说得极是，当哥的执行去了？"

兄妹别过，各自忙活去了。让肖仲义蒙在鼓里的是：肖仲芸根本没有什么线人，所谓的线人，实则是中共泸城地下党的同志，吴兴窝藏日特吴智丽的情报，就是由他们提供的。

隐去情报来源，肖仲义将情况报告叶云翔后，采取了今天的行动。

此刻，正在沉思的肖仲义被骤然响起的电话铃声打断。

"仲义吗？张功建证实了吴兴的中统身份。"叶云翔在电话那端说，"看来他也不知道吴兴窝藏了吴智丽。事关日特案，这老小子为了撇清自己，同意配合我们的行动。你去找吴兴谈谈，说清利害关系，一会儿老张要和他通话。就按你的计划办吧！再想周全一点，做到万无一失！"

"是！"肖仲义放下电话，大步流星地回到了堂屋。

5

"已经查证过了，张主任说他根本不知道你想从吴智丽身上套取情报这档事儿！"屏退左右后，肖仲义上来就给吴兴撂下狠话，"窝藏日特，以战时资敌卖国罪论处。吴镇长，你这个老牌中统，应该知道自己是什么下场吧？！"

吴兴的脸色青一阵白一阵，忽然开口哀求道："肖副处长，请求你网开一面，将我秘密处决。不要公开以汉奸罪论处，以保全我在四乡八邻作为一个中国人的名节，不给我那一大家子今后的生活带来耻辱和阴影。"

"名节？还中国人的名节？"肖仲义冷笑道，"你敢胆大妄为窝藏日特，当初没想过会被发现，会有什么后果？这会儿还谈什么保全名节，你有资格吗？中国人的名节就是被你们这些民族败类、汉奸、卖国贼蒙上了耻辱！叶处长和张主任商量过了，决定将你和抓获的一干日特伪谍在万人公审大会后公开处决！"

吴兴一屁股瘫坐在椅子上，差点晕厥。

威慑目的已经达到，肖仲义点上两支香烟，走过去拍了拍吴兴的肩膀，给他嘴里放了一支。

肖仲义长长地吐出了一串烟圈："老吴，你的事情呢，也有可能转圜，就看你配不配合。"

像溺水的人突然看见了伸来的救命竹竿，吴兴一下子来了精神，连连说："配合，配合，我一定配合！肖副处长尽管吩咐，我一定照办！"

"你也不要激动。"肖仲义说得很淡定，"据我们了解，你是一个贪财好色之徒，虽然迷恋吴智丽的身体，但到目前为止，还没有给她提供过有价值的情报。"

"是的是的……"吴兴连连点头，"虽然吴智丽的床上功夫的确了得，常常让我神魂颠倒，魂不守舍……"

"打住！"肖仲义挥挥手，"说重点！"

"吴智丽多次向我打听二三兵工厂的地理位置，都被我以那里是军事禁区，我一个地方小官根本进不去，不知情为由，推脱了。"吴兴继续表白，"其实我是知道一些的，作为中统特工，我是知道什么该说，什么不该说的。"

肖仲义先前临机闪现的计划是——逆用吴兴。

肖仲义如此这般地对吴兴讲了一番话，末了说："老吴，这是你立功赎罪的最后机会，万万不可出差错，否则，任何人都救不了你，只有死路一条！还会败坏家庭名声，让你的家人受牵连！"

吴兴终于松了口气，挺直了老腰板："吴某明白，坚决唯肖副处长马首是瞻！"

这时李山进来报告："中统张功建主任打来电话，找吴镇长。"

下午两点过，肖仲义目送提着一口皮箱的吴兴走向别院，在一名蹲守便衣的引导下，快速来到街巷斜对面的监视点，上了阁楼。

"情况怎么样？发现目标了没有？"肖仲义问孙雨露，他见小许正拿着望远镜观察别院里外的动静。

孙雨露摇摇头："没有。接到首座的命令后，我们就埋伏在了别院周围，还征用了这家看得见院里动向的民房，可一直没有发现人影，也没见有人来过，莫非吴智丽已经跑了？"

肖仲义正要答话，小许轻声说道："副座，有人来了，在叩击门环，好像是吴镇长。"

小许将望远镜递给肖仲义，拿照相机准备拍照；孙雨露已然对着架好的单筒望远镜在观察了。

"有个女的从东厢房出来了，果真是吴智丽！"孙雨露声音很轻，却含着兴奋，"副座，我这就发信号下令抓人！"

"不着急！"肖仲义边观察边说，"没有我的命令，不准抓人，任何人不得行动！首座没告诉你？"

"告诉了，为啥？"孙雨露不解。

"为啥？"肖仲义眼见吴兴和吴智丽去了东厢房，侧身对孙雨露微笑道，"孙主任，你有疑问不解之处，待会儿我单独给你说。"

孙雨露点了点头，调侃道："这'二吴'正堂不住，却住厢房，什么意思？莫非这老家伙把吴智丽当作了偏房？"

这话让肖仲义想笑，赶紧忍住了，说："想多了。东厢房后面，有一道侧门，穿过两条巷子，就是闹市区，离二号码头很近。"

"这个情况，你咋不早说？"孙雨露有些急了，"糟了！侧门那边没有安排人手。"

"没事的，我也是上船后才知道的。李山已经安排人手布控了。"说完，肖仲义不经意间拍了拍孙雨露的肩膀，以示压惊安抚。

这一拍，让孙雨露的脸腾的一下红了，娇羞中含着甜蜜。

肖仲义意识到了自己的轻率举动，权当没有看见孙雨露的脸色、眼神，吩咐小许继续监视，又唤来一名便衣记录，而后让孙雨露随他下楼，他要向她交代任务。

经过一番密谈，肖仲义最后叮嘱："雨露，布控人员一定要隐蔽好，不得露出蛛丝马迹，以免暴露，打草惊蛇，破坏了这次行动！我已命令李山，他带来的人，归你统一指挥。"

孙雨露莞尔一笑："雨露明白。仲义，赵园的人都说你诡计多端，我看你这招瞒天过海之计，甚妙！雨露坚决执行，保证完成任务！"

"什么诡计多端？"肖仲义打趣了一句，"这叫对付鬼子的聪明才智。"

接到吴兴下午将进城参加防空会议的电话，吴智丽请他把那口遗留在吴宅后院的皮箱带进城后，一向训练有素的日军特工小泉智丽，再也按捺不住急迫的心情，焦急地等待吴兴的到来。皮箱里隐藏着一部小型军用电台，那是她目前唯一可以和组织联络的工具。她和潜伏小组已失联多日，只从报纸上知道汉奸贾守正、谷正黄已自裁，一干伪谍被抓获，日特松井太郎——化名孙登辉的哑巴伙计被击毙，而张仁礼、汪洪——她的上司多田俊夫、山本寿夫正遭满城通缉，不知去向，音信杳无，说明他们和自己一样，暂时还是安全的。她迫切地需要吴兴将她那口装有电台的箱子送过来，以期尽快和汪洪取得联系。更重要的是，通过使出浑身解数，吴兴已经迷恋上了她，不但帮她躲过军统抓捕，将她隐藏起来，而且似有向她吐露二三兵工厂方位坐标之意，只是还在犹豫中，再添一把火、加一瓢水，可能就成了。因此，小泉智丽急需将电台弄过来，一旦情报到手，她将不惜一切代价将其通过电波传送出去。山本寿夫急召松井太郎进城执行任务的那天上午，在电话里明确地告诉她，让她当晚择机撤离，同时密电码可能已被中方破获，让她不要再发报，等待新的密电码。所以，如果发报，可能就成了明码，她或将暴露无遗。"那又怎样呢？不就是被中国人抓获，被军统严刑拷打，或当场被乱枪打死吗？休想！"想到这里，吴智丽不觉笑了，她已经做好了遭遇围捕即饮弹自尽的准备。

连续三次叩击五下的门环叩击声终于响了，这是"二吴"约定的开门暗号——吴兴来了。二人说了一阵话，吴兴起身说："我要去开会了，上头说你们的飞机这几天还要来狂轰滥炸，要给大家布置防空任务。"吴智丽说："我托你打听的二三兵工厂那事儿有眉目了吗？"吴兴笑道："眉目倒是有了，但我现在还不能告诉你，等开完会我去川江饭店点几个菜，让堂倌送过来，让我喝着小酒，搂着美人再说吧。"说完，吴兴还如平常一样，色眯眯地在吴智丽的臀部上摸了一把，然后背着双手，踱着方步走了。

第十一章

1

轰炸！轰炸！！轰炸！！！距9月11日大轰炸几天后，日军再次空袭泸城，当地人民伤亡惨重，财产也遭到巨大损失。

为配合即将空降的日军特攻队行动，先期由水路、陆路潜入四川的一个日伪别动队五人小组，在组长周桐的带领下，装扮成各色难民，趁日机轰炸造成混乱之机混入泸城。

小泉智丽很是为皇军的空袭兴奋，继而失望。本想冒险一搏，为大日本帝国立下战功而不惜"玉碎"的她，至今也没有得到吴兴提供的二三兵工厂的位置坐标情报，遑论给日军发报引导轰炸目标。尽管她风情万种地侍奉吴兴，但每当说到关键时，这个年近六旬的老头总是闪烁其词，推说事情眉目倒是有了，情报还在获取中，言语中还隐含着什么顾虑的样子，问他，又摇头不说。小泉智丽心中又恨又急，却拿他没办法，只能来软的，不能来硬的——逼急了，这老小子告发并交出她也是可能的。"一旦兵工厂的情报得手，立即除掉这头支那猪！"小泉智丽心中暗发毒誓。

暂不让吴兴向吴智丽——小泉智丽提供兵工厂的假情报，是因为金如故、姚小川的魔幻之术——"兵工厂搬迁计划"还没有完成，正在土木建造之中。这一保全兵工厂的障眼法，目前处于绝密状态，不但吴智丽等日特不知道，吴兴不知道，修建的工人不知道，连吴厂长他们也不知道，知道的只有叶云翔、肖仲义和金如故、姚小川四人。

"丽丽，我的小宝贝，"这天晚上，吴兴带来足够三天的食物，喜滋滋、色眯眯地望着吴智丽说，"告诉你一个好消息，专署下令，让我准备几吨大米、十头肥猪，过几天去兵工厂慰劳，还说届时军统将送来一百斤沉香酒，让我一并带去厂里，让吴厂长他们开开眼。到时我给你弄一斤回来尝尝？"

"这个不重要。"吴智丽脸上露出妖媚的笑容，"重要的是，你要趁机摸清工厂的地理位置。"

"这个没得说，一定的。"吴兴笑道，"丽丽，这两天你都不让我碰你，我知道你在生我没搞到情报的气。现在喜事就要来了，今晚该慰劳慰劳我了吧？"

"就你这老枪还经得起折腾？你坏！"吴智丽浪笑着用手指头戳了戳吴兴的额头，吴兴顺势将她揽进了怀里。

门店里有几个正等候照相的顾客的紫藤相馆，进来了一位西装革履，三十出头的男子。

"先生照相吗？"登记序号并开票的伙计在柜台里打招呼。

男子走过来，笑道："我是来取相片的。"

"什么时候照的？先生有底单吗？"伙计问。

"我是帮朋友取照片，不晓得日期。"男子从西服的内袋里摸出一个银质烟盒，从里面取出半张票据递给伙计，"因为躲避空袭时太混乱，取照片的底单就剩下这半张票据了，上面的日期已经模糊不清。"

伙计仔细看了看，上面的日期被汗渍浸得果真看不清楚了，笑道："我帮你查查，可能要费些时间。先生这边请坐，稍候。"

"不用查了。"男子点上一支烟，"你们刘老板在吗？"

"在楼上。"

"你去把票据给他，说照相的人名字叫周桐，他就知道照片在哪里了。"

伙计便上楼去了。

片刻工夫，伙计随刘老板匆匆下楼而来。

刘老板抱拳作揖："哎呀，不知先生光临敝店，有失远迎啊。失敬失敬！"

西装男子回之以礼："刘老板客气客气。"

"楼上请！"刘老板对伙计使了个注意警戒的眼色，二人拾级去了楼上的密室。

"先生是哪里人？"刘老板问。

"泸城人。"男子答。

"先生在哪里发财？"

"东西南北中，只要有利可图，皆可。"

"先生最喜欢什么花？"

"泸城方山的梨花。刘老板你呢？"

"上野的樱花。"刘老板搓了搓手，语含惊喜，"哎呀，周先生，军部终于派你们来了！"

票据，是日特的接头信物，一半在周桐手里，一半在刘老板手里，拼接上了，说明是自己人。刚才的对话，是接头暗语，对上了，来者肯定是军部派遣的使者无疑。

"周桐君，新的密码本带来了吗？军部有什么新的指示？"刘老板问得有些急迫、冒昧。

周桐用奇怪的眼神看着刘老板，直看得他低头赔不是："周先生，小野失礼！我这个级别，是不能问这些事的。有什么指示，您尽管吩咐！"

"刘老板，不要说出你的本名！"周桐告诫道，"你认识'富士山'吗？我要见他！"

"不认识。"刘老板回答，"我这就用密信将消息传递出去。"

肖仲义和陈勤勤来到川江饭店门厅处，停下脚步。"情况怎么样？"肖仲义问给他点烟的侍应生小徐。小徐和西餐厅的小王，中餐厅及客房部的小李、小赵等人，是卧底于川江饭店的"川江保卫行动"泸城处的军统人员。

"和曹佳莉约会的，是一个中等个头、三十来岁、说泸城话、穿银灰色西服的男子。"小徐低声报告，"进去了有二十分钟，坐在一号桌。"

半个小时前，肖仲义接到西餐厅小李的电话密报：曹佳莉出现在西餐厅，似在等什么人约会。肖仲义心说糟糕，他一会儿要去那里与随枣战役时见过一面的中共特别党员、潜伏于南京日伪特务机关的老鹰同志接头，拿到日特新的密电码。这时候曹佳莉出现在西餐厅，莫非日特发现了什么？自曹佳莉告发谷正黄，丰大谷说曹是警局安排的卧底后，以归队的名义，使曹佳莉成了泸城警察局的侦查科科长。不过肖仲义一刻也没有放下过对她的怀疑，而且发现了一点蛛丝马迹，只是暂时还串联不起来，没有铁证。肖仲义快速思索了一下，命令小李他们："只观察，不行动；外松内紧，不得暴露！我这就过来。"随后，他临时邀了陈勤勤共进午餐，以作掩护。

在西餐厅门口，肖仲义朝一号桌望去，一丝惊讶从脸上掠过：和曹佳莉相向而坐的竟是"老鹰"同志，他正抬头向他们看来。"老鹰"是周桐在党内的代号。从党务调查科到中统，从复兴社特务处到军统，徐恩曾、戴笠抓了"老鹰"十几年，却始终不能得手，连其真实姓名都没搞清楚；日伪特务机关也知道有这么一个代号"老鹰"的共谍潜伏于他们身边，却一直未发现其行踪，可见"老鹰"藏得有多深。此刻，肖仲义深为佩服周桐的过人智慧，他居然敢在同一时间、同一地点和敌我两拨特工接头！真是胆大而神奇！这样做，他想都不敢想。向周桐使了个眼色，让迎上前来的侍者小李带陈勤勤去座位后，肖仲义转身去了楼厅的洗手间。

"周先生，你的眼睛放光，在看什么呢？"周桐对面坐着的曹佳莉妩媚地笑问。

"在看刚进来的那个美女。"周桐收回了目光。

曹佳莉回头一看，见是陈勤勤，二人点了点头算是招呼过了。

"她是邮电局的工程师，军统肖副处长的未婚妻。"曹佳莉啜了一口红酒，半开玩笑半提醒道，"见了美女眼睛就放光，周先生可别乱打主意使坏心眼呀，小心被那个铁血冷血的肖仲义盯上丢了性命。"

周桐笑道："这个你放心。我欣赏美色美景，却不是好色之徒。"说完站了起来，"对不起，曹小姐，我去一趟洗手间。"

周桐走进洗手间的时候，肖仲义已将里外检查了一遍，无安全隐患。

"日军新的密电码。"周桐递给肖仲义一个胶卷。

收好胶卷，两人紧紧握了握手。

"没有见到'富士山'？"两人点上香烟后，肖仲义问。

"还没有。这家伙很小心谨慎，原本说今天见面，却派了曹佳莉来。"周桐吸了一口烟，"不过，没有得到新的密电码，他会和我见面的。"

"嗯。曹佳莉果真是日特，证实了我的怀疑。"

"老肖，将你监视她的人撤了，以免打草惊蛇。这段时间日军可能有大的动作，你们切莫轻举妄动，坏了破敌大计。"

"明白。"

周桐本想告诉肖仲义紫藤相馆也是日特的一个联络点，却又担心军统急于求成将它端了，如此一来，他刚到泸城，这里的日特组织就出事，其身份肯定会受到怀疑甚至暴露，那就枉费了党多年来对他的悉心培养了，还谈什么获取情报、保卫"三化"、消灭日军特攻队？于是将话咽了回去。

"你有什么要求，尽管说，我会全力配合你的。"见周桐忽然沉默不语，肖仲义问。

"没有要求。现在我传达周副主席带来的延安指示。"周桐的神情严肃起来，"我们要协同国民政府打好'三化'保卫战，保护好目前中国抗日唯一的'三化'军工血脉，将来为人民所用，造福于民！使日寇的阴谋彻底破产！"

"明白！坚决执行！"肖仲义说完，轻声告诉了周桐一个联络电话号码，随后二人先后回到西餐厅。

2

走出晦暗的忏悔室，走出幽暗的教堂，周桐站在台阶上，手搭凉篷眯着眼看了看这秋日的阳光，走到街对面仔细端详了一会儿少时就熟悉的这座由加拿大传教士筹建，位于北城濂溪路三道拐，始建于1913年，坐东北向西南，占地面积六百五十余平方米，砖石结构，中西合璧式建筑，由大门、礼拜殿及两座钟楼组成，被泸城人称为"英美会"的基督教礼拜堂。终于，他心里冷笑了一下，转身走进了熙来攘往的街市菜场，听那喧腾的鸡叫、鸭叫、鹅叫，想感受一番久违了的家乡市井生活，在故土充满烟火气的味道里，在夹杂着南腔北调和本地土话的讨价还价声中，暂且忘掉自己的特工身份，感受一下寻常人日常生活的惬意。

那一声冷笑，是针对老狐狸"富士山"的。就在刚才，处于绝密状态的中共特别党员、党内代号"老鹰"的周桐，以南京日伪特务机关代号"鲶鱼"的入川别动队泸城组组长的身份，终于和上川江暨泸城日特组织最高指挥官"富士山"碰头并接上了关系。但在晦暗的忏悔室，以周桐的机警敏锐，却始终未能看清小窗那端"富士山"的面目，而且其声音也故意夹杂着南北腔调，无一句泸城土话。周桐心里清楚，这些都是"富士山"为了使人们无法看清他是谁，无法听出他的口音，而做出的巧妙伪装。可见这老狐狸在泸城藏得有多深，对自己这个南京特务机关派遣入川的别动队泸城组组长仍然心存戒备。周桐也不多说，只将新的密码交给"富士山"，传达军部命令，命他迅速查明二三兵工厂、防化学兵试验基地和正在重建的应用化学研究所所在位置，掌握暗杀名单中重点人物的行踪，以利日军下一步行动。最后他请"富士山"将他所带来的四名特工，除一名作为自己的跟班外，其余三人安排进照相馆等地，分散隐蔽。

"特攻队什么时候空降泸城？""富士山"问。

周桐一笑："这个要取决于所获情报价值，你可以电询军部。"心想这老狐狸终于按捺不住盼望特攻队早日空降泸城的急迫心情，向他问了这个低级可笑的问题——他一个已远离中枢的小组组长，怎么会知道侵华日军南京司令部的决定？

"周先生，我想法请警察局的丰局长，""富士山"也为自己的唐突发问感到尴尬，转移了话题，"将上次与你碰面的曹佳莉介绍给你为伴，如何？"

"不相信我？派她来监视我吗？"周桐半玩笑半认真地说。

"老弟误会了。你想，你一个富商，行走泸城，身边没有一个女人，容易引起别人的怀疑。""富士山"解释道。

"我是行商，不是坐商。"周桐笑语中含着驳斥，"身边突然冒出一个在泸城警局做事，绯闻缠身而又'大义灭亲'的曹佳莉，我看这才容易招人怀疑。"

"再斟酌吧！""富士山"说完，砰的一声关上了窗子。

周桐走出了教堂，在菜市场转了一圈后，回了川江饭店。

3

一个秋高气爽的上午，一艘江防军的巡逻船驶离了二三兵工厂的专用秘密码头，朝长江下游劈波斩浪而去。

船上载着李忍涛、吴钦烈等"三化"首要人物和几个化学兵工专家，叶云翔、肖仲义邀请他们一道考察二三兵工厂的"新址"。迷惑日军误炸的计划一旦成功，今后诸如化学兵工试验基地等机要处所万一被日特侦知，也可以用"新址"之法作为应对日特、日机的措施之一。

船行半小时，停泊在了距离兵工厂十余公里的新溪场码头。沿码头的江岸，此时已停靠着大小木桡船、乌篷船几十艘，有搬运货物的，有叫卖吃食的，有对纤夫们吆喝"今天场上来了三个戏班——川剧昆曲随便听，午场夜场看个够"的……一派商旅云集、热闹非凡的景象。

在便衣军人的护卫下，叶云翔一行人上得码头，沿通往位于山顶的新溪场拾级而上，除肖仲义等几个来过此地的人外，大家都被掩映在浓荫之中的那一千多级石梯震撼到了。

"世上少见！"

"独一无二！"

"堪称一绝！"

游走过不知多少地方，见过大世面的叶云翔、吴钦烈、李忍涛等人的心里，也不禁因惊叹纷纷冒出了这些赞叹之词。一个女人甚至惊呼起来："哇！中国的能工巧匠了得！连从码头进场上的石梯都充满了文化底蕴！"

众人因这一声惊呼停下了脚步。肖仲义回头一看，这竟是一向稳重矜持，在公开场合从不多言的陈勤勤发出的感叹。见大家都望着她，陈勤勤霎时脸色绯红，不好意思地低下头。

李忍涛笑了："陈小姐，你说得很对。我们有这么多的能工巧匠，有这么深厚的文化传承，更有无数爱我中华的热血志士，小鬼子能打败我们吗？！"

"当然不能！中国必胜！"陈勤勤顺话答话，想将刚才的失态掩饰过去，希望不要由此引发老谋深算、城府极深、生性多疑敏感的叶云翔今后对她特别"关注"。

肖仲义笑道："一会儿到了场上，大家还会惊喜连连。叶处长，吴将军，李将军，请你们注意看石梯拐弯处的黄桷树，它们的形状像什么？"

众人被肖仲义的话头引过去了，继续沿阶梯而上，中途两次歇脚。休息间隙，肖仲义给大家做了扼要讲解，一时引得众人频频点头，兴味盎然。

为了兵工厂的"搬迁"，肖仲义已经多次途经此地，对新溪场的人文风俗及其周边的地形地貌进行了考察、调查。"从长江边到新溪场临江的大门，这条沿山势而上的一千多级石梯，实为标志性的古道建筑构造，堪称一绝：

因地势曲折成十二个拐弯，每处拐弯均有长势磅礴、形态各异的古黄桷树，供路人在其树荫下小憩乘凉，当地人将其比作十二生肖，认为其中蕴含生命的曲折、探索、奋斗、多彩和圆满的哲理意义，在古道建筑风格中确属独一无二。"肖仲义对众人如此说道。听了他的解说，想到眼下日寇对我中华的侵略，对我大后方、对泸城的狂轰滥炸，大家由兴味盎然变得神情凝重，空气中一时充满了沉雄之气。

一行人上至山顶通往建有入场标志——门阙牌坊"新溪"前面的一处平坝，俯瞰长江，但见沿江两岸山势雄奇，郁郁葱葱，江对岸是一片稍低的浅丘。正是秋水浩大的时节，因在高处和目力的原因，宽阔的长江显得变窄了，江面上航行的船只，或成倍缩小，或干脆成了星星点点。

江山如此多娇！流经泸城这一带的川江岸线山势峻峭，地形地貌都差不多，距离泸城和新溪场各有二十余里的二三兵工厂，掩映在山峦怀抱之中，其重要生产车间皆为靠山壁而建的窑洞式场所，加之各方协力，明里暗里的保卫、警戒、情报、保密工作做得好，又修了秘密专用码头，难怪日伪特务对其准确位置找不着北。这里虽也屡遭日机胡乱轰炸，却无伤其筋骨。但鉴于忠山化研所被轰炸事件后，军统或兵工厂内部可能还暗藏着日谍或如贾守正之类被收买的伪特，为了兵工厂的安全，肖仲义积极促成金如故魔幻之术的实施，误导敌人，给兵工厂换取正常安全的生产时间和空间。

正要进入新溪场，前来迎接的金如故、姚小川策马而至。

"你俩怎么才来？"肖仲义看了看手表，上午十时半。

"报告副座，'工厂'的电阻出了故障，处理完后才赶了过来。"金如故补充了一句，"请您批评处罚。"

肖仲义正要答话，叶云翔笑道："哪有那么多处罚。老金、小姚啊，你们处置得很好，要不吴将军、李将军到了车间，灯光不亮，岂不两眼一抹黑，什么都看不清楚吗？"

吴钦烈也笑道："对头。趁着这个间隙，我们才有机会欣赏泸城壮美的风光嘛！"说着转向叶云翔问，"叶处长，前段时间你们把金如故、姚小川从厂里临时调走，说是另有任务，原来是修'新厂'来了？"

叶云翔抱抱拳："一会儿让肖副处长跟吴厂长、李总队长详谈。"

肖仲义提议在新溪场先吃午饭，观览一下场景，吴钦烈和李忍涛说不用，还是先去工厂要紧。一行人赞不绝口地穿过古街，在通往驿站的街尾，又见一道镌刻着"新溪"两字的门阙牌坊。走出场门，肖仲义对新溪场的讲解也说完了，一干人众上了从马帮雇来的马队，往新溪场上游方向而去。

对于新溪场，肖仲义是这样讲解的："新溪场，隶属于民国二十三年（1934）由特兴、兆雅合并而建的特兆镇。其街村从明朝正德年间（1506—1521）开始建设，逐渐形成规模。因有小溪横穿主街——看，就是这条溪水——故又名新溪子。新溪古街道长八百余米，东西走向，建筑面积三万多平方米，大部分为明清年代建筑。民居房屋大多临街而建，临街设店，前店后室，功能分明。阁楼和夹壁房屋相间构建，所有建筑均为木结构。后屋建造有四合院、社戏台、祠堂。四合院、戏台、祠堂均建天井，内置屏风、花台、鱼池、假山、花草。墙体用木板构建，屋顶盖小青瓦。门窗、天花板上雕刻着精美的花、鸟、虫、鱼，如自然园景般协调而和谐。街面是沟痕累累的青石板——大家看看脚下——每块长约三米，整体铺成中间略凸、两边稍低的拱形。街沿用二十至三十厘米高的条石砌成，便于排泄雨水，提高街面稳固性，使之持久耐用，降低街道维护成本——看这儿，碉楼——街中的碉楼，正方体建筑，作望风、防窃之用，通常有三层：底层多为条石垒砌，做储藏室，建地下通道沟通街内其他建筑，形成立体互通式防御网；二层为值班室；三层为枪械室。楼顶盖小青瓦，檐口高跷，你们看像不像英姿飒爽的卫兵机警矗立？戏楼为四合院，二层木结构楼房，中间是天井，置放着刻饰花鸟走兽的石凳供人观戏时坐。正北方为主楼，设戏台，台檐均雕花设饰。四合院戏楼与其他建筑之间以高耸的封火墙隔离，确保一房失火时其他房屋的安全。清末乡绅杨运成倡议杨氏族人集资整修街道，并与江边码头接通，形成了今日所见的码头上的繁荣景象。杨家祠堂是新溪古街的代表建筑之一：建筑面积近五百平方米，全部用大圆木支撑，"品"字形悬山式穿斗架梁，梁梁依扣，衬托而成，中间无一隔墙。祠顶盖小青瓦，檐口高翘，房屋空间阔大，很有气势……"

这番讲解听得大家云里雾里却又津津有味，很想驻足一探究竟，可惜此时没有闲情逸致，只好来日再说了。

肖仲义不厌其烦地给大家讲说码头古道、新溪子的建筑文化、风情民俗，要的就是这个效果。原本叶云翔要将"搬迁"的"兵工厂"厂址选在新溪场附近，肖仲义怕届时日军的轰炸殃及新溪，使古场镇毁于一旦，大批民众葬身火海，经过考量劝说，最终将地点选在了离新溪上游七八里开外的丘陵地带，一片无名洼地之中。保护好这座既是街村集镇，又是庭院民居的群落性村寨，更是具有显著个性和古代民居研究价值的场镇，保护好传承着中华血脉的优秀文化，是他作为一名中共地下党员义不容辞的责任担当。

听了肖仲义的讲解，陈勤勤深解其意，途中说了一句："如果社会、人类、民族学家费孝通，营造学家梁思成、林徽因能来新溪场，定能使新溪扬名天下！"

闲话少叙。一行人马来到了戒备森严的代号为"一号信箱"的新"兵工厂"，便马不停蹄地视察起来。

看了两处露天"车间"，吴钦烈说道："仿制得不错，很像我们厂里的车间。不过屋顶上没有灌木草丛遮掩，是有意暴露给鬼子？"

金如故答："是的。"

吴钦烈点点头："老金啊，在这两个车间的外面，还应立一座水塔，那样才更逼真，更像兵工厂的样子，从而迷惑住鬼子。"

"报告厂长，谢谢您的指导！"金如故收腹挺胸回答，"我们已经做好了一座木制'水塔'，外面涂了磷粉，又涂抹了几层青灰，这样白天黑夜都能发光。特别是夜晚发出的磷光，犹如民间所说的鬼火，很吓人的。前边挖的那个水池，就是安放'水塔'的地方，下午即可完成。"边说边指了指前方的一个大水坑。

靠山壁处有一排颇像窑洞的工房，引起了吴钦烈的兴致："不错嘛，你们在这么短的时间内，修建了那么多的窑洞车间！走，看看去。"

肖仲义笑着阻拦："假的，看不成。"

见吴钦烈、李忍涛等人惊愕，金如故笑答："吴厂长，李总队长，那些'窑洞式车间'是我们将山壁弄平整后画上去的。连你们都信以为真，如果有鬼子的暗探前来刺探情报，也定会把这假的当成真的。"

"嗯，这个好！"李忍涛频频点头，"防化学兵总队各部和试验基地，可以举一反三，仿效之！"

一直默不作声的叶云翔突然问金如故："如果鬼子白天不来，而是采取夜间突袭轰炸，这里荒山野岭，黑黢黢一片，敌人怎么发现目标？"

"报告首座，"金如故立正道，"所以属下请肖副座向您请示，特批了三台发电机，保证届时灯火通明，蒸汽腾腾。只要一切都在计划之中，不管白天黑夜，我们这里都能成为鬼子飞机的靶场！"

只要在计划之中？什么计划？对于金如故的后一句话，吴钦烈、李忍涛和专家们就不太听得明白了。

"叶处长，肖副处长，"李忍涛从军事的角度评述道，"你们选的这个无名洼地甚好！刚才我在岗哨楼上再次观察了沿江岸线，兵工厂和这里都位于泸城东部，且东南部都濒临长江，两地相距有五六公里，经度和纬度相差无几。如果能够把日机引来这里轰炸，不但兵工厂毫发无损，也不会殃及新溪古场。而且，如果没有精准的情报，鬼子的飞机是无法判明真假兵工厂的秒度的。"

"承蒙夸奖，继续参观吧！"叶云翔脸上露出了一丝得意的微笑。

陈勤勤随同参观考察，是肖仲义怕吴兴那边万一出了差错，吴智丽没能将假情报传出去时，好让陈勤勤在这里先期选好地点，届时派人在山上用已破译的日特电码，引导日机轰炸"兵工厂"。

4

对别院的监视布控，虽然处于内紧外松，二十四小时蹲守观测的状态，但老虎也有打盹的时候。一天上午，孙雨露因来例假去了厕所，阁楼上观测院内动静的小许趁机坐下点燃香烟，想过过烟瘾，顺便打消睡意。然而就在此时，女扮男装的吴智丽从东厢房的侧门溜出院子，走过小巷，去了闹市区。当然，就是孙雨露、小许全神贯注地盯着正面的院内，也发现不了吴智丽溜出别院的身影。问题是，从侧面监控别院的小巷内那家军统盘下来的杂货店内，一人正在为一个老头打酱油，其余装扮成一家人的两女一男，正围桌而坐吃着豆浆、油糍、猪儿粑，根本没人注意到西装革履、戴着博士帽、墨镜，留着八字胡，挂着文明棍的"绅士"吴智丽穿巷而过。这次小泉智丽脱离监控近一小时，极有可能让代号"金蝉"的行动失败，使前期的逆用吴兴稳住吴智丽的计划、金如故的工厂"搬迁"计划统统成为竹篮打水一场空！布控的首要任务，就是除了吴兴之外，不让吴智丽和外界有任何接触！肖仲义很是生气，要拿下孙雨露换上王木然，不承想孙雨露一反大家闺秀在他面前温柔温情的常态，大哭大闹死活不干，甚至闹到叶云翔那里去了。没办法，在孙雨露保证"绝不再犯类似错误，否则自裁以谢副座信任"的情况下，肖仲义只好让她继续留任。

小泉智丽冒险外出，并非耐不住寂寞，忍受不了孤独。从山本寿夫（汪洪）命令她撤离罗汉茶号那天起，她就与以多田俊夫（张仁礼）为首的鱼鹰小组失去了一切联系，对他们是死是活，被捕或逃走，都无从知道，就像他们不知道她的死活一样。她仅从吴兴带来的诸如《大公报》《新民报》《中央日报》《川南日报》《泸城报》等报纸上刊登的新闻，约略判断出华北、苏北、广东、海南战事吃紧，那是中共领导的八路军、新四军、两广纵队和琼崖游击纵队对日军占领区的攻击袭扰，所谓"积小胜为大胜，以空间换时间"的游击战术。"怎么没有一丁点儿有关潜伏川江流域的日本特务被捕获的消息？是中国人为了保密还是真的对日方潜伏人员一无所获？"她一时间无法分析出准确的情报，但心中还是升起了一丝侥幸。吴兴这老小子占尽了她的便宜，让她内心深处倍感委屈却还得为了自己的使命笑脸相迎、低眉顺眼，可一旦问他兵工厂的情报何时得手，这老小子总说快了，这都半个月过去了，还是没有下文。这天，她从《泸城报》上看到紫藤相馆招聘照相师的启示，决定冒着有可能被人认出而招致被捕杀头的危险，化装前往紫藤相馆，以期和鱼鹰小组取得联系，那是她和张仁礼、汪洪接上关系的唯一希望。如果真联系上了，就可以派人控制吴兴的家属，像对贾守正一样，采取威逼利诱的手段，使吴兴乖乖就范，尽快搞到兵工厂的情报。

想法不错，愿景很好，但小泉智丽根本不知道与紫藤照相馆的联络暗号和方式。她是随山本寿夫去过两次紫藤相馆"照相"而判断出这是他们的一个联络点，特别是那次为了给贾守正传达恐吓信息，在相馆等候汪洪前来"照相"的吴智丽，突然接到汪洪让她即刻装扮成老太太的电话，在相馆化妆师马小妹的帮助下，吴智丽摇身一变成了吴老太。虽然此前和后来汪洪并没有对她说明什么，但吴智丽对自己的判断确信无疑，只是缄口不问、心领神会而已。如今情势危急，她只能冒险前往，挑明自己的身份，尽管这有违特工的纪律和规矩，但不管对方信不信，她都要联络上鱼鹰小组，找到张仁礼、汪洪，以期达到完全控制吴兴的目的。

在巷口，吴智丽叫了一辆黄包车，先是去了与相馆方向相反的迎晖路商圈，看见店门紧闭的张记苏杭绸缎庄已被贴上了封条，位于小河街的汪氏茶号亦是如此，她深为忍辱负重苦心经营多年的代号"鱼鹰"的张仁礼——多田俊夫和整个鱼鹰小组的暴露感到悲凉。中途又换乘了两次黄包车，在闹市区溜了几圈，吴智丽才来到川江饭店，步行前往不远处的紫藤相馆。

当她路过距紫藤相馆约二十米的川江照相馆门前时，从里面走出了肖仲芸。二人打了个照面，相向而行。走了几步，肖仲芸觉得这个"绅士"有些面熟，似乎在哪里见过，不禁驻足回头而望，感觉这人的背影和走路的姿势都极像吴智丽。直觉让肖仲芸感到这人就是吴智丽！她唰的一声从风衣后拔出"撸子"手枪，突然着意提高声音喊道："小泉智丽！"

碰见肖仲芸，心中已"咯噔"了一下的吴智丽，正故作镇定地往前走着，冷不丁听见她喊她的日本名字，不敢回头，撒开脚丫子逃窜起来。街上人多，肖仲芸不敢鸣枪示警，怕枪声引发民众恐慌，吴智丽会趁乱逃脱，只好一路追逐而去。

经过紫藤相馆的时候，吴智丽朝天空接连打了三枪。这样做，一是要造成街面人群的混乱，有利于自己脱逃；更主要的目的，是告诉相馆里面的人，自己还活着，有紧急情况急需联系。街上的场面一时大乱，人们张皇失措，四散奔逃起来。

吴智丽趁乱跑进了一条小巷，肖仲芸正要追赶进去，被得知吴智丽脱离监控视线报告后率人路过此地的肖仲义一把拉住了。肖仲义说："别追了，有我们的人盯着，让她跑回去吧！"说得肖仲芸不明就里，一头雾水。

虽然吴智丽不知道张仁礼、汪洪他们的生死情况，但她还活着并在紫藤相馆门前出现过的消息，很快就传到了张仁礼的耳里。只是，张仁礼不明白吴智丽有什么紧急情况要打破秘密规则，同时苦苦思索怎样才能联系得上这位帝国特工之花——美丽的小泉智丽小姐。

5

"你不晓得外面到处在抓你？偷偷跑出去干啥？"一回别院，吴兴便没好脸色地诘问吴智丽。

"我想去川江饭店洗个桑拿。近一个月都待在这里，身体都要发霉了，脑子也不开窍。"吴智丽眼含妖媚地解释，见吴兴仍板着脸怒气未消的样子，低头喃喃道，"吴哥，我错了，下次再也不敢了。"

"错了？你这一出去动静闹大了，军警宪特又在满城搜捕你们，还将你们的通缉令再次四处张贴。这不，镇公所已收到了要求张贴的通缉令，军统、中统的人已来镇上盘问了两次，寻找你们的线索，搞得满城风雨，四野不宁。"吴兴没好气地说了一长串，末了才是重点，"你们已经把我装进去了，千万不能累及我的家人！否则，大不了我跟你们鱼死网破！"说完，从公文包里拿出一张印有小泉智丽画像的通缉令和一个牛皮纸信封，甩在桌上。

再次颁布并张贴通缉令，说明张仁礼、汪洪等鱼鹰小组的重要成员还活着，并未被中方捕获！吴智丽得出这一判断，强压内心的惊喜，倏忽间站了起来，秋波媚眼、袅娜多姿、小鸟依人齐上阵，搂着吴兴的脖子娇柔说道："吴哥，可不兴这样说呀，我吴智丽生是你的人，死是你的鬼，决不会连累嫂子他们。而且事成后，我们会将吴哥一家送往香港，再去日本的呀。"

"狗臭屁！你和你的同伙都自身难保，还送我去日本？真的得感谢肖仲义，让我有了悬崖勒马为抗日尽一份力的机会。"吴兴心里骂娘，脸上却有了笑意："好了好了，宝贝儿。老吴怎么舍得抛下你这玉色香姿哦！只要你不再外出造次，乖乖待在院子里，一切有我担待。看，我给你带什么来了？"说完，指了指桌上的牛皮纸信封。

不让吴智丽外出，断绝她与外面的同伙的一切联系，是代号"金蝉"的"工厂搬迁"计划的重中之重。待将吴智丽重又"赶"回到别院后，肖仲义迅急派吴兴回城，让他将她梦寐以求的"情报"传送给她，以稳住吴智丽。

信封里装有几张兵工厂车间的照片，一张画有工厂经纬度的坐标图。

吴智丽喜形于色："太好了！吴哥，你是怎么搞到这些情报的？"

吴兴将了将山羊胡须，语含得意："宝贝儿，为了你我可是花了五千个袁大头（银圆），收买了一个好色贪杯的工厂内卫，颇费周章才搞到这些情报的哟！"

"工厂内卫？好色贪杯之徒？莫非是贾守正曾经提起过的那个军统驻厂外围组的副组长曾广荣？"吴智丽问。

"你提贾守正那个死鬼干啥？"吴兴满脸不高兴地说，"晦气，不吉利！提供情报的人，我也不能告诉你。万一今后你们直接和他联系，岂不是就把我卖了？"

"吴哥多虑了。"吴智丽抛了一个媚眼，再次仔细看起照片来。

院子大门外，响起了"有人吗"的喊声和叩击门环声。

吴智丽要去关上电灯，被吴兴一声轻"嘘"连带打手势制止住了。二人匆忙收拾好桌上的东西，吴兴搬开了一个立柜，叫吴智丽躲藏进后面的夹壁里，才慢条斯理地去打开了院门。

原来是曹佳莉带着一队警察正挨户搜查日特。

"哦，是吴大镇长的宅院？你住在这里？"曹佳莉故作吃惊地问。

"曹科长，别院正是吴某在城里的寒宅。"吴兴不以为意，打着哈哈，"丰大谷派你们来公干？"

曹佳莉不作正面回答："现在警察局全体出动，挨家挨户搜查日特汉奸。对不起了，吴镇长，我们也是奉命行事，一家也不能遗漏。搜！"

一群警察正要往里窜，被吴兴双手拦住："曹佳莉，我是国民政府罗汉镇堂堂正正的一镇之长，不是汉奸谷正黄！要搜查我的宅子，得拿丰大谷的手令来！想不到当初我罗汉镇的丰署长，摇身一变成了警察局局长，就纵容你们敢对我乱来！哼！"

哪壶不开提哪壶，这吴老色鬼竟提起了自己的"姘夫"谷正黄，气得曹佳莉脸色大变，掏出手枪对着吴兴的脑袋吼道："吴老头儿，让开！否则别怪我的子弹不认人！搜！"

众人一拥而上，将吴兴一个踉跄推向了旁边。

"住手！"一声女人的断喝，止住了警察们的步伐。

孙雨露带着十几个端着清一色汤姆式冲锋枪的军统人员冲进院子，将曹佳莉他们团团围住。

"孙主任，你们军统是来搅局吗？"曹佳莉气愤地问。

"曹科长，我们不是搅局，是执行公务！"孙雨露冷笑道，"你们警局不讲规矩，忘了反日特联防协调会上划分的区域了？这一大片是我们的搜查范围！"

曹佳莉还要争辩，孙雨露挥挥手："请你们立即离开，否则小心我们的枪走火！"

军统人员发出一阵拉动枪栓声。

"你们军统凶狠，厉害！走着瞧！"曹佳莉咬牙切齿地蹦出这句话，带着警队走了。

孙雨露下令："全面搜查，不放过任何一个角落！"看队员们奔忙起来，孙雨露对吴兴说了句"对不起哈，吴镇长，职责所在"，便和吴兴一起去了亮着灯的东厢房。

由于吴智丽在紫藤相馆门前的突然出现和被中统人员肖仲芸的追捕，引起了"富士山"的不安。他给曹佳莉下达密令：一定要找到小泉智丽，不留活口，以免她万一被中方抓获而可能牵扯出一大片日方潜伏组织，坏了"川江骇浪行动"的下一步计划。机会来了！警察局获线报：发现罗汉镇镇长吴兴这段时间经常往城里跑，说是进城开会，可城里并没有什么会议需要他参加。作为警察局局长的丰大谷，觉得事有蹊跷，情况可疑，适逢军警宪特划区域全城大搜捕，便命令曹佳莉率队前往军统和警局接合部的别院一带搜查——密报的人说根据跟踪盯梢，吴兴极有可能住在别院。丰大谷曾在汪氏茶号罗汉分号的开张宴席上亲眼见过吴兴这老小子色眯眯地认吴智丽为干女儿，后来吴智丽正式拜干爹的宴席他也参加了，还听说吴兴和吴智丽已经有一腿了。莫非老吴金屋藏娇，把如罂粟花般美丽的吴智丽隐藏在了别院？于是才有了曹佳莉刚到别院，正在观察监视的孙雨露迅速招拢潜伏人员赶来，军统和警察剑拔弩张的场面。

将院内屋子都仔细搜查过后，队员们纷纷向站在立柜门前的孙雨露报告："没有发现可疑情况。"

其实，孙雨露知道吴智丽就藏在立柜后面的夹壁里，她已经和吴兴用眼神交流过了。而且，对于别院的房屋构造，她早已烂熟于心。别院的房屋设计图，吴兴早就交给了肖仲义，如今就在她的身上。

"不好意思，打搅了。吴镇长，日特很猖獗，吴智丽竟敢在大街上放枪向我们示威挑衅，我们也是例行公事检查。"孙雨露明面上向吴兴客气解释，实则说给暗藏的吴智丽听，让她不要乱跑！

"都是公事人，理解，理解。"吴兴也客气道，"如发现吴智丽的踪迹，我立马向你们报告。"

"这片区域和罗汉那边，都有我们的人二十四小时巡查，吴镇长可与我们随时沟通。收队！"孙雨露点点头，带着军统人员撤了。

此时院子里那棵硕大的香樟树下，已有了斑驳的月光。天空中繁星闪烁，下弦月正渐渐升起。一个宁静疏朗，天空高而远的夜晚给泸城带来了几分静谧祥和的气氛。

一阵凄厉的防空警报声打破了月牙弯弯、星光灿烂的泸城夜空的宁静。在毫无征兆的情况下，突然传来了消息：一个中队的日机已飞过重庆上空，直扑泸城而来。日机从武汉起飞不久，潜伏于武汉的中共地下党和宜昌守军就发报、电话报告了重庆，起初都认为日机是夜袭重庆，没承想却是夜袭泸城。此前两天，代号"鲶鱼"的周桐确实给南京日军特务机关发送过一份关于泸城方圆三十千米范围内几处靠近可疑目标的降落点的情报，但一直没有收到回复指示。这份地理位置情报，是应周桐的要求，肖仲义秘密安排线路，二人精心选好的有利于伏击歼灭日军空降特攻队的场地。为此周桐还煞费苦心，正儿八经地带着"跟班"去了山间乡野、河谷场镇转悠了十来天，才得出了结论，绘出了地图。然而，对日机的这次夜袭，不但他"鲶鱼"不知道，连"富士山"也不清楚。后来他才晓得，夜晚空袭泸城，日军的目的有二：其一，向外界宣扬无论白天还是夜晚，日军都有能力轰炸中国后方腹地重庆、泸城，以使民众日夜不安，恐慌不宁，摧毁中国民众的抗日意志；更重要的是其二，即这是一次为即将展开的空降特攻队行动铺垫的实弹预演，火力侦察。

收到日机正向泸城扑来的通知，从"金蝉"计划的角度而言，肖仲义感到一丝庆幸——在三小时前，他已让吴兴将伪造的兵工厂的情报传递给了吴智丽。并不是他有先见之明，而是为了稳住吴智丽，让她不再窜出别院找寻同伙，使她独自在无法判明情报真伪的情况下将其发送给不知什么时候前来轰炸的日机。往常日机来袭都是白天，肖仲义和周桐一样，没料到鬼子今天突然改成了夜晚空袭。原因嘛，来不及猜测分析了，当务之急，就是做好"金蝉"计划的最后行动准备！电话通知了无名洼地"兵工厂"那边的金如故，命令其采取一切措施，确保引诱日机轰炸后，肖仲义带着王木然等几个人离开赵园，往别院赶去。

大街上黑灯瞎火，全城停电了。不时有房屋里传出哭喊声，让星光、月光也变得神秘、恐怖、惨白起来。

在敌机临近的防空警报声中，肖仲义来到了别院对面的监视屋。

"情况怎么样？"肖仲义问孙雨露。

"没有异常。第一次防空警报拉响后，'二吴'在院里的香樟树下坐了一会儿，又进屋里了。我们的人已经将院子包围了起来。"孙雨露说。

"切莫打草惊蛇。没有我的命令，任何人不得轻举妄动。"肖仲义说。

"副座放心，已经传令下去了。"

肖仲义点点头，又问坐在监听机前的陈勤勤："对面的电台，一点动静也没有？"

"'二吴'进屋后，用此前已被我们破获的密码向日机发了一条请求联络的电文，估计因为密码已作废，对方没有回应。"陈勤勤说道。

肖仲义心里一急："糟糕！日特已经更换了新的密电码，如果吴智丽和空中联系不上，发送假情报误导日机轰炸'兵工厂'的'金蝉'计划，岂不就成了泡影？是不是不应该将吴智丽和外界阻隔得太死，让她没有机会获得新的密电码，无法和日机取得联系？肖仲义啊，你真是混蛋！制订计划、考虑问题咋就不周全详尽呢？！"

　　"又在呼叫了，这次用的是明码！"肖仲义正在心里自责时，听见了陈勤勤的轻声惊呼，"此乃密电工作的大忌！看来吴智丽别无他法，只能走这一招冒死的险棋。"

　　这时，日机已抵达泸城上空。

　　"樱花呼叫神鹰，有重要情报发送。"吴智丽用密电码发报了三次，空中没有回应，为了这稍纵即逝的难得机会，她不惜冒着暴露的风险，干脆用明码向空中发报："神鹰，我是樱花，大日本帝国中国南方派遣军司令部的小泉智丽大尉，现已获取二三兵工厂的坐标图，收到请回复！"如是三遍，日机仍然没有回答。

　　远处传来了炸弹的爆炸声，那是日机借着长江、沱江在星空下的反光，对着江岸沿线隐隐约约的房屋轮廓，胡乱投下的一批炸弹。

　　"这帮蠢货！"吴智丽恨恨地骂道，急得咬牙切齿，完全不像是一个训练有素的潜伏于敌对阵营大后方的特工。

　　就在她犹如隔河看见鸡吃谷，干着急却没办法时，空中终于传来了电波："收到！"

　　"老吴，我们就要大功告成了！你去院里警戒！"吴智丽努力压制住内心的惊喜，掏出手枪上好膛，放在发报机旁，目送吴兴走出屋子，用手电筒照着坐标图，发出了东经、北纬各某度某分某秒的具体方位情报。

　　日机群呼啸着掠过泸城上空，朝特兆区无名洼地的"兵工厂"扑去。

　　肖仲义终于松了口气，立马通知金如故，那边说："我们这里早已灯火通明，准备好了。"放下电话，肖仲义下达了收网的命令。

　　别院里发生了一场枪战。小泉智丽开枪打死了吴兴，一洗她长期被这个中国老头作为泄欲工具带来的耻辱。在击伤两名军统人员后，她引爆了随身携带的手雷，连同那部电台一起灰飞烟灭。在那一声爆炸中，刚冲进屋子的王木然、曾广荣躲避不及，殉国身亡。

　　位于无名洼地的"兵工厂"，被日军的轰炸机群炸成了一片瓦砾。

　　第二天，南京、武汉、上海等日占区日军控制的报纸、电台刊播出了中国化学兵工厂被炸毁的消息，并大肆鼓吹天皇的嘉奖诏令，吹嘘这是在征服中国之时，给予中国化学军工企业的致命一击。而国统区、解放区的新闻媒体，对此只字不提，只是简略报道了化名吴智丽的日本潜伏特务小泉智丽因拒捕被击毙的消息。其实，日军在以为其摧毁了中国军工唯有的"三化"之"两化"并弹冠相庆的时候，已迁址重建的应用化学研究所和就在原地的二三兵工厂，正在秘密的状态下，紧张有序地研制、生产着抗击日本侵略者的军品。

第十二章

1

日军对泸城的轰炸频次明显减少了。这得益于中方"金蝉"计划的成功，"兵工厂"被炸毁了，让侵华日军派遣军南京司令总部认为，既然已经摧毁了位于泸城的，共同担负着中国国防化学战剂的研制、试验、生产任务，并曾有效阻遏日军化学部队发起的各种攻击的中国仅有的"三化"之"两化"——应用化学研究所、二三化学兵工厂，余下的防化学兵总队暨试验基地没有了防化学武器的研制、生产之地，还试验什么？拿什么对日防化作战？因此将轰炸重点放在了八路军、新四军等敌后抗日根据地的各个战场和大后方之重庆、昆明，并继续对已于1939年12月全线贯通的川滇公路（云南昆明至四川泸城隆昌县）实施重点轰炸，以期阻断这条中国抗战的唯一国际交通生命线。日军司令部密电"富士山"：鉴于已经摧毁了中国的"两化"，取消派遣化学兵特攻队空降泸城的行动计划（已将他们派往华北、苏北和江南等战场），泸城潜伏人员继续实施"川江骇浪行动"之刺杀李忍涛、吴钦烈等中方化学首要分子和专家的任务，继续侦查防化学兵总队各部和试验基地的位置并摧毁之。然而没有空中支援和化学兵特攻队的助阵，要摧毁中方的防化学兵总队和试验基地，谈何容易？而且，试验基地和化学兵总队分布驻防的三个团，"富士山"也只知道约略的方向，具体在什么位置，至今也没摸着门道，凭几个势单

力薄的潜伏人员，怎么去摧毁？很是失望的"富士山"只能诺诺承命，虽然
他知道在这抗日大后方重兵驻守的腹地，他们的行动无异于以卵击石，但他
必须如此，以效忠其天皇。于是，暗杀目标任务和侦查基地等行动，继续紧
锣密鼓地进行着……

转年的春天，派遣来泸城的"鲶鱼"周桐，被南京日特机关密电召去香
港从事情报工作。

"日军调我去'东方间谍之城'香港，是他们认为已经摧毁了化学兵工
厂和化研所，我已失去了继续留在泸城作为'富士山'日特组织联络督导官
的意义。他们更看重我搜集情报的能力。"周桐嗑着瓜子，压低声音说道。

离泸前夕，周桐在大云路的大茶馆秘密约见肖仲义，交代一些事情。原
本他和肖仲义是可以不再见面的，既然去了香港，组织上决定他不再和重庆
八办、泸城肖仲义联系，今后对于特殊重要情报，恢复以前的特殊联络渠
道，直达延安的李克农部长或周副主席。但周桐深知，已经迁址重建并运行
的应用化学研究所和安然无恙的化学兵工厂，即使保密措施再严格，瞒得过
日特一时，但其研制生产出的枪炮弹药，一旦投放于对日作战前线，早晚会
被日军获悉，那时日方就会命令深藏于泸城的"富士山"不惜一切代价侦查
出结果。届时，日机空中轰炸，日特地面攻击，后果不堪设想。而且，"富
士山"已经制定了几套暗杀中方军工专家的方案。因此，务必铲除"富士
山"及其组织这颗毒瘤，不给鬼子地面、空中配合和暗杀的机会。可是，
"富士山"是谁，长什么模样，周桐至今也没见过其真面目。周桐决定还是
约见肖仲义，给他提供一些线索，以期他完成自己尚未完成的任务——尽量
早一点挖出"富士山"，彻底摧毁潜伏于泸城暨上川江的日特组织团伙。

坐在邻桌旁佯装看报纸的肖仲义轻声问："周老板有什么要交代的？需
要我做什么？"

大茶馆是庭院式建筑，可以安放百来张八仙桌，中间是四十平方米的天
井，栽着几棵梨树，此刻娇嫩洁白的梨花散发出的馨香，正随着早上的清
风，在院子里四处飘荡。周桐选择在这里和肖仲义碰头，是因为他小时候的

家就在离大茶馆不远的库房街，他对这里的环境十分熟悉，什么正门、后门、偏门、侧门，闭着眼睛都能进出自如。更重要的，坐茶馆是四川人的爱好，从城市到镇街，再到乡村，只要有人群聚集的地方，就有星罗棋布的茶馆。茶馆不仅是供人们摆龙门阵、娱乐消遣之地，还是各种正道、小道消息的集散地，也是邻里街坊调解纠纷或码头帮派为化解矛盾，请德高望重或有权势、名望、声望的头面人物主持"吃讲茶"，从而让当事各方和解的重要场所。现今，拥进四川的各省逃难同胞中有很多人已经融入了这种"慢生活"。在这喧腾纷杂的声音中，在这人来人往的场所里，却透着一种宁静的底蕴——互不叨扰，相安无事。此时的大茶馆，那些清晨五六点钟就来喝早茶的人散了，有三三两两喜欢上午泡茶馆的人，正陆陆续续到来。至于"讲怀三儿"（说书）、"唱玩意儿"（川剧表演），那是下午或晚上的热闹。

周桐点上一支烟，喷出一口浓重的烟雾，借以掩饰说话："紫藤相馆是日特的一个秘密联络点，但你们现在不能动它。"

肖仲义心里一惊：虽然此前曾对与军统上海照相馆一街之隔的川江、紫藤两家照相馆做过秘密调查，却未发现可疑之处。老周临走前突然提供这个情报，却又如对曹佳莉一样，说不能动，什么意思？

周桐继续喷着烟雾道："告诉你这个情况，是要请你派得力之人，暗中密切关注紫藤相馆的动向。日特狡猾得很，要像对曹佳莉那样，不要盯得太死，做到内紧外松。"

肖仲义放下报纸，过来借火点烟："你的意思是，通过他们，挖出深潜的'富士山'？"

"对头。"周桐将本地人俗称"颗颗叫（颗颗燃）"的"泸州"牌火柴递给肖仲义："紫藤相馆的刘老板是这个联络站的负责人，但他没见过'富士山'。至于曹佳莉认不认识'富士山'，我来泸城几个月了都没搞清楚。所以，这两条线索不能断，你们要顺藤摸瓜，务必挖出'富士山'及其组织，解除日军对我大后方的危害。"

肖仲义划了一根火柴将香烟点上："明白。"

周桐接过火柴盒："挖出富士山的任务，我是无力帮你了，全靠你们了！今后我们不再联系，过去告诉你的我使用的那个电台频率，从今天起不再使用，作废！"说完，也不管肖仲义那副若有所失的模样，起身走了。

2

田垄地头的玉米秆疯长，藤藤菜、苋菜、苞谷成了餐桌上的日常——夏天来了。

赵园接连得到报告：以新溪子、罗汉镇、双河场、乐道子、花背溪靠近军事禁区十公里为中心一带，最近常有走街串村的照相师、炒爆米花的小贩出现，形迹可疑，特请示抓不抓起来审问。

"密切监视。没有证据，不可妄动！"肖仲义如此回复，"暗中弄清他们的真实意图，切莫打草惊蛇。"

肖仲义和叶云翔分析：照相目前还是稀罕事，如果是在春节期间，城里的照相馆派人去乡下给士绅、地主、大户之类的有钱人照个全家福什么的，倒也正常，可眼下已进入夏季，城里的照相馆生意并不清淡，谁家会抽派照相技师大张其鼓地去乡下获取薄利？而炒爆米花的人这个季节也不至于往乡下跑，还不如在城里赚钱来得快。这不正常，里面肯定有什么名堂。莫非是鬼子又有什么行动？由于没有情报源，叶云翔、肖仲义等人一时讨论不出要领，于是由肖仲义向属下发出了上述命令。

陈勤勤在关键时刻截获了日军发给"富士山"的密电："据皇军前线缴获报告，中国军队仍在使用泸城'三化'研制、试验、生产的化工军品，给皇军造成极大的损失，表明中国'三化'并未被摧毁或已重建。你部务必迅速查明之并绘制地图，配合陆军航空队和特攻队行动，加紧实施暗杀计划，确保'川江骇浪行动'一举成功。"

"难怪有那么多的玩意儿频繁出入这些场镇。"叶云翔冷笑了一声，

"仲义啊,行动吧!嗯,乡场上的电话不好使,让陈顾问带上电台,和我随时保持联系。"

于是,肖仲义带着陈勤勤一帮人出发了。

"嘭——"一声巨响,让路人心惊肉跳,也引发了一群孩子的惊呼。

钱剑飞循声一看,是街角处爆米花的炸响,随着爆米花的炉子被打开,一锅泡酥酥、白里带黄的玉米花倾泻进搪瓷盆,空气中顿时散发出香喷喷的味道。

正值暑假,抗战小学住镇上的学生们,或在家长的带领下,或自行结伴,在炒爆米花人"爆米花喽"的吆喝声中,拿了大米、糯米、玉米、高粱、蚕豆等五谷杂粮来爆。都是同学或街坊邻居,排队在前先开炉得到爆米花的人,或端着盆子,或提着篮子,让大家先吃为快,大人孩子就在香味四溢中喜笑颜开地咀嚼起来。开心的场景,让人暂时忘了战争的恐怖,忘了生活中的忧虑。在这抗战期间物资供应紧张的岁月里,物美价廉的爆米花可谓是男女老幼皆爱的零食,而炒爆米花的过程,又给人们带来了莫大的娱乐,以至围观的人越来越多。

钱剑飞走了过来,在众人"邓老师来了""邓老师好"的招呼声中,蹲在炒爆米花人的旁边,故作好奇地看他操作。

前几天,代号"技工"的二三兵工厂自来水厂澄清循环水池主任、技师任子辉专程秘密来到乐道子,向钱剑飞传达了"商人"捎来的指示,让他密切注视乐道子至花背溪一线出现的照相师、炒爆米花小贩等陌生面孔,据可靠情报,这些人极有可能是鬼子的探子,正在化装侦查隐藏在这一带大理岩区(山区)中的试验基地,"商人"要他严防日特的破坏,发现一个,消灭一个,会有人暗中配合他的。由于叛徒出卖,身份的暴露,组织上紧急安排钱剑飞撤离二三兵工厂,蛰伏在永宁河畔修筑川滇公路的民工大军中。1939年12月,川滇公路全线贯通后,适逢乐道子的抗战小学正在修建,校方延揽教师人才,组织上通过关系,将钱剑飞介绍进学校当了体育老师,并负责保卫工作。上级要求他在此，一是隐蔽待机，联络以前的游击队队员，以备急需时起用；二是因为他对位于前山的花背溪和后山的乐道子一线的山区地形、永宁河水域熟悉，特别是他曾跟着吴钦烈去过两次修建在花背溪山峦之下不为外人所知的灰洞子——防化学兵试验基地。上级让他在不暴露身份的前提下，关注那边的动向。钱剑飞在乐道古镇的风雨阳光中，仍用"邓一飞"的化名，隐姓埋名地教书育人，过着平常人的生活。

钱剑飞蹲下的时候，炒爆米花的师傅正将一个小姑娘端来的糯米倒进黑乎乎的炉膛里，扣上盖子后，只见他一手拉着风箱，一手摇转着炉子，动作甚是麻利。这个操作看似简单，实则殊为不易：左手和右手要同时做两个完全不同的动作而不出差错，一定得经过长期练习才能如此娴熟、协调、一致。从手艺上来看，这人就是一个名副其实的炒爆米花的人，一点破绽都没有，但"技工"既然传来了"商人"提供的情报——近期日特有可能以照相、炒爆米花之类的职业为掩护在这一带活动，那就得多加留心。于是，钱剑飞摘下草帽，一边为自己，也为炒爆米花的人扇着，一边同他闲聊起来。

"听口音，老哥不是本地人吧？"

戴着口罩、拉着风箱、转着炉子的师傅并不抬头："纳溪城里人。"

出了纳溪城，过了位于炸滥子永宁河上川滇公路的安富桥，就进入了山区。炸滥子是老百姓新起的地名，因修建中和竣工后的安富大桥时常遭到鬼子飞机的狂轰滥炸，遂口口相传叫开来了，这名字也显示了鬼子轰炸的残酷。与乐道子隔永宁河相望的渠坝驿，距纳溪城南近二十公里。

"老哥走几十里路，还要挑着担子来这一带炒爆米花，真是辛苦。"钱剑飞继续搭讪。

"要讨生活，过日子，这算个啥？"

钱剑飞想问出破绽："春节那阵，怎么没见你来过这里？那才是炒爆米花的旺季。"

炒爆米花的师傅似乎很有耐心地回答说："那阵城里都搞不赢（忙不过来），过河渡水地来这里，除开车马费、饭钱、栈房钱，还能赚几个铜板？

过年喝清汤寡水啊？"

钱剑飞又聊了几句，炒爆米花的师傅不再搭腔，专心摇着炉子，拉着风箱。

尽管戴着口罩，钱剑飞还是觉得这人说话的声音有点耳熟，再仔细看他坐着操作机器的侧影，越发觉得像以前永宁河游击队的交通员杨大。虽然样子相像，但他们已经有近三年没联系了，钱剑飞不敢肯定他就是老杨，只好默不作声地继续观察。

大约十分钟光景，米花爆好了。炒爆米花的人拿起炉子准备打开，只听他大声吆喝道："大家散开点，离远点哈。小朋友们最好张大嘴巴、捂住耳朵跑远点，不要被吓到了哦！"

钱剑飞起身往后退了两步，只听嘭的一声巨响，爆米花的炉子被打开了，顿时香气四溢。

炒爆米花的人起身歇息，对着钱剑飞摘下口罩，龇牙咧嘴地笑了笑——果然是杨大！钱剑飞心中暗喜，不动声色地上前递过一支香烟："老哥辛苦了，抽一根儿烟吧。"

趁点烟的间隙，杨大低声说："上级给我派了任务，'技工'有话捎给你，一会儿我们在码头茶馆见。"

刚才还怀疑这人是日特伪谍的探子，差点整成了乌龙，钱剑飞觉得先前的盘问有些搞笑。

这时，以校工身份作为掩护的钱剑飞的助手小蔡跑来找他："昨天来过的那个女照相师，刚才又来学校了。曾乡长已派团丁将她拦住，请您快回学校处理。"

离开时，只听杨大吆喝道："再打两锅就息炉了。都日上三竿了，天气炎热，再打下去，会炸膛的。今天没炒着米花的，明日请早啊！"

这一天是赶场天。

此时镇子里的大街上，早已人来人往，沿大街的屋檐下街沿坎上摆满了卖苞谷、新米（刚收割打好的稻米）、毛豆角的摊子，还有卖鸡、鸭、鹅、黄鳝的，还有什么刚从永宁河中捕捞或钓着的黄辣丁、船钉子、鲤鱼、清波、翘壳等各种名目的鱼类，以及冬瓜、南瓜、苦瓜、丝瓜、藤藤菜、藤梨、刺梨、糖罐罐儿等等，琳琅满目。小巷里还不时传来卖背篼、箩篼、筲箕、草鞋、草帽、斗笠等竹器草编的吆喝声。钱剑飞和小蔡想快速行走是快不起来的，只好随熙熙攘攘的人流，向学校方向挪步而行。

乐道子乃我们今天所称的乐道古镇，其面靠永宁河，背倚崇山峻岭的岩区，即山脉相连十几里的花背溪的后山。镇内主街长五百余米，宽五米，呈"S"形，均由大青石砌成。《直隶泸州志》载，乐道建于三国时期，诸葛亮平定南方后，各归顺民族派使者来朝，从滇黔入川，有水、陆两路，水路走永宁河抵江阳，陆路经乐道驿古道渡河往渠坝驿，再走云溪到泸州。川滇公路通车前，乐道子为四川、云南、贵州东道第一渡口。镇内设有油盐仓库，油坊、盐店、茶馆、酒肆鳞次栉比，往来商贾络绎不绝，河里经常停泊着大小木船两三百艘。镇街上多为明清风格的川南吊脚木楼，通街家挨家、户连户。吊脚木楼均为穿坊木柱结构一楼一底，底楼临街，楼阁相对。这里有清道光六年（1826）修建的禹王宫以及穿斗结构的门楼牌坊等，承载着历史；而大青石砌成的五米宽的街面，由于人踩马踏，有的石板已凹下去两三寸，有的已被磨光，记录了乐道古镇的繁荣景象。

钱剑飞和小蔡挪步前往的抗战小学，是乡长曾子平于1938年冬筹资兴建，1940年春落成的一所新式学校，位于古镇风吹岭下，林荫覆盖之中。曾子平曾就读于川南师范学堂，是中共早期领导人之一恽代英的学生。出任乡长前，曾子平在泸城前进中路的桐阴中学任教，可谓教育界的行家里手。全面抗战爆发后，很多流离失所的人避难于泸城境内，有的人到此躲避战乱，曾子平也来到了这里。为了培育抗日救国的新生力量，曾子平倡议并带头捐资修建了这所学校，取名"抗战小学"，为国内大后方唯一以"抗战"命名的学校。民国政府军事委员会委员长蒋介石为其题写了校名，"抗战小学 蒋中正题"的牌匾赫然横挂在校门上方。学校内石砌菱形高台上镌刻有"还我河山""驱除倭寇""抗战必胜""中华万岁"等标语口号。兼任校长的曾子平为学校写了校训："学文习武，报效祖国，抗战到底，光复河山。"后来从这所学校里走出了不少奔赴前线报效祖国的青年师生。在肃清以"富士山"为首的日特组织后，1941年10月，前来泸城视察"三化"的蒋介石偕夫人宋美龄，专程到抗战小学视察。此为后话，暂且不表。

待钱剑飞和小蔡赶到校门口时，照相师和乡丁已没了踪影。门卫说那个照相的人，几分钟前被军统的人带走了。

<h1>3</h1>

黄桷树浓荫覆盖下的码头茶馆中，已是满堂嗡嗡嘤嘤的说话声，外面的空地上也坐满了三五成群的喝茶人，有天南地北摆龙门阵的，有打大贰麻将、扑克牌和下象棋的，也有几个围桌而坐，边喝茶边就着油炸花生米下烧酒的……

在这闹麻麻却相安无事的地方，钱剑飞用任子辉给他留下的暗语，和杨大接上了头。杨大以前虽是永宁河游击队的交通员，但两年多没见，地下党又出了一些叛徒，如胡莱之流，杨大是敌是友，钱剑飞起初还不能做出准确的判断，直至他们四目相对，杨大趁钱剑飞给他点烟时轻声说了句"'技工'有话捎给你"时，他才初步相信了杨大还是同志。此番暗语无误，老杨果真是自己人！现在虽是国共合作，全民抗战，但国民党军警宪特对共产党员仍然大肆密捕，甚至公开枪杀，作为一名老练的游击队司令、中共地下党员，钱剑飞有威震敌胆的枪法，也有缜密的地下斗争经验——被草帽遮盖了半个脸的小蔡，已提前来侦察过这个接头点，确信无异样后，钱剑飞才走了进来。

"巴蜀丛林天外天""川南丛林在方山"——两句接头暗语，看似简单，实则蕴含着四川佛教四大丛林之峨眉、方山等地，不足为外人道矣。其实也的确简单——如果不是作为接头暗语的话，今人查查蜀中四大佛教丛林就知道了。

"'技工'让我向你传达泸城中心县委暨川南特委陈书记的最新指示，"对上暗语后，杨大似不经意地看了看四周，端起茶床上的盖碗茶呷了一口，说道，"让你在花背溪一带尽快寻找一处便于空降的地方……"

不待杨大说下去，钱剑飞满脸狐疑地打断了他的话："找空降地？干什么用？给鬼子的空降部队提供方便吗？杨大，你究竟还是不是中国人，中共地下党员？！"边说边将茶盖在桌上旋转起来：一是提醒坐在另一桌的小蔡注意警戒；二是如果杨大是日特汉奸，背叛共产党和中华民族，假传上级命令，他随时准备敲碎旋转的茶盖结果他的性命。

杨大沉稳地笑了笑，声音低沉而坚定："老钱，杨大仍然是你在永宁河游击队时的那个交通员。只不过现在我已奉命打入了占山为王的水匪组织浪里风波号，成了匪首'惊堂木'——唐木森的联络官。"见钱剑飞停住了旋转的茶盖，杨大递上一根烟，两人用火柴点燃后他继续道，"起初我也不理解上级为啥要让我们帮着鬼子找空降点，'技工'说他也不知道个中详情。他分析说可能是为了诱歼鬼子吧，但理不理解都得执行，这是我党地下工作的铁律。"

钱剑飞若有所悟地点了点头："明白了。上级还需要我做什么？"

"'技工'让你随时做好与潜伏日特汉奸和可能突然空降的鬼子战斗的准备。"杨大顿了顿，"哦，上级的意思，你寻找的空降点，要离防化学兵试验基地灰洞子不近不远，'技工'说这个你会明白的。"

这个道理钱剑飞当然明白。以他长期的军事斗争经验和在化学兵工厂工作的经历，他知道如果空投点离灰洞子远了，日特汉奸会起疑心，会发现是中方的圈套；近了，空降的鬼子届时肯定会携带高爆炸药等危害甚烈的爆炸品，万一中方人员不能将里应外合的鬼子汉奸全歼，漏网人员强攻灰洞子，极有可能危及试验基地的安全，后果不堪设想。

钱剑飞点了点头："空降点的位置图，什么时候要？"

　　杨大抽出一根烟续上："三天后我来乐道子，我们还在街角炸爆米花的地方见。"

　　至于杨大是怎么打入浪里风波号匪穴的，他不说，钱剑飞也不会问。这是地下工作者的铁律：不该问的不问，不该说的不说。

　　见钱剑飞沉默不语，杨大轻声说："这个位置图，要先送到陈书记那里，再交给'惊堂木'他们。"

　　"浪里风波号和鬼子合流同污了？"钱剑飞眼中闪现出一股怒火，又迅速将其熄灭了。

　　杨大是几个月前，经组织批准，由外号"易飞刀"，坐浪里风波号第三把交椅的其远房表弟介绍"入伙"匪巢的，成了匪首唐木森的"交通联络官"。他的任务之一，就是秘密侦查泸城日特头目张仁礼、汪洪以及巫明亮等人是否藏匿于匪穴。他蛰伏了很长一段时间，始终不见这伙日特，一个月前，汪洪、巫明亮才出现在大理岩山区"惊堂木"所在的龙洞里，似在商量要事。杨大拿出藏在藤箱底层的汪洪等人的通缉令，悄悄给了父母惨死于去年"9·11"日机大轰炸的表弟"易飞刀"，想看他的反应。易飞刀却不动声色地说知道了，反问杨大是从什么地方弄来了这些纸张的。杨大笑着说："那阵子满城都张贴着这些玩意儿，我一个走街串乡的，弄了一大摞做炒爆米花时生炉子的引火纸，听人说上面写了发现线索和举报，都有大洋奖赏，我就按上面的头像各存放了一张起来，保不准那天运气来了，还能发一笔小财，也算是为抗日出了一份力。当然啰，那是你还未拉我入伙时的事，现在我一切听表弟的。""易飞刀"嘱咐杨大，此事切莫对其他人说，他自会向大当家的禀报。

　　"那个和仁当铺的老板巫明亮，"杨大复述了上述场景后，继续道，"不但是浪里风波号的金主，还提供过不少如政府剿匪时间等军事情报，很多枪支弹药也是他暴露前提供的。"杨大将他从组织上和打入匪巢后知道的情况向钱剑飞和盘托出，末了补充了一句，"不过，从这几天的情况看，唐木森知道汪、巫是日特后，心里很反感，只是表面上还虚礼以待。我正暗中在表弟那里拱火，尽可能离间他们，使他们不能真正合流。"

钱剑飞目光里透出赞赏："老杨啊，不愧是老练的游击队队员！不过，孤悬匪穴，你得千万注意安全！还有，请'技工'给我多弄一些中正式步枪的子弹来。"

又聊了一会儿，杨大先行离开了。

三天后，杨大来到乐道子，取走了图纸。又过了两天，杨大再次来找钱剑飞，告诉他上级将图纸进行了调整，并给他带来了两百发步枪子弹。

那个被军统人员从抗战小学带到乡公所的女照相师，原来是警察局的曹佳莉。经丰大谷和叶云翔交涉，肖仲义下令没收她的胶卷，把她放了；同时严令基地内外保卫组人员加强保卫工作，并通报军方严加防范。

4

请求熟悉泸城辖区地形的中共泸城地下党组织帮助寻找有利于诱歼鬼子的空降点，而又不使潜伏日特头目"富士山"和混迹于浪里风波号水匪山贼中的张仁礼等人怀疑，是肖仲义授意陈勤勤通过代号"商人"的老高转达的，得到了地下党陈野书记的积极配合和支持。于国共双方来说，这件事在地方高层中尚属绝密，钱剑飞、任子辉、杨大他们当然不会知道，在不理解中只能通过分析判断得出自己的结论，但无论理解不理解，上级的命令都得执行，这是铁律！同时，"川江保卫行动"泸城处，在肖仲义的带领下，也在暗中于高坝、花背溪方向寻找空降地点，经与地下党提供的地理位置参考比较，结果还是任子辉在高坝大龙山、钱剑飞在花背溪百丈泉选择的地点好，既让要保护的工厂、试验基地、研究所在危险地段之外，又有利于伏击围歼空降的鬼子和接应的日特汉奸。早在一个月以前，陈勤勤告诉肖仲义她从"商人"那边得到一个消息："我们的人在大理岩区浪里风波匪巢里，看见了张仁礼等人，这帮日特已经潜逃混迹于该处了。"当时肖仲义就想通过打入匪穴的同志，里应外合消灭日特和土匪，可是没有让叶云翔相信的冠冕堂皇的理由，还得保护情报源，伪装保护好自己和同志们的身份，苦无良策，只好暂且作罢。如今机会来了，他得多加利用，既要消灭鬼子，又得清剿匪贼，更要保卫"三化"，同时掩护身份。

关于鬼子特攻队不日将空降泸城，突袭"三化"的情报，虽然此前陈勤勤破译了一份日军电文，知道其大概，但准确情报是周桐提供的。

出于战略考量，为了彻底摧毁中国抗日唯有的化学军工"三化"，东京大本营给侵华日军南方派遣军总部下达了"不惜一切代价，务必使位于泸城的'三化'从地球上消失"的死命令。由于任务重大而特殊，侵华日军南京军部紧急派遣熟悉泸城的"鲶鱼"周桐从香港再次入川，以军部特派员的身份督导"富士山"小组配合空降特攻队的行动，"宁可全体玉碎，也务必将'三化'摧毁"！周桐装扮成富商，从香港经桂林飞到了重庆，秘密向八办领导徐冰、曾希圣汇报了日军派他回川的目的。为了安全起见，保护好情报源，经请示延安，决定由重庆八办将这一重大情报通报给国民政府军委会暨军事调查统计局川江保卫行动处。所以，当周桐和肖仲义两个中共特别党员在泸城秘密重逢，商量破敌之计时，戴笠那边的绝密电报已经到了叶云翔的手里。

花枝招展的曹佳莉，穿着风姿婀娜的夏裙，走过川江饭店的大厅，正要上楼时，有人走过来招呼她："曹科长，上午好！"

曹佳莉侧身一看，是肖仲芸，不远处的长沙发上，手拿报纸的张功建正色眯眯地微笑着望着她。

"有事儿吗？"

"没事儿。我们张主任看见你，让我过来问声好。"

曹佳莉朝向张功建那边媚笑了一下，颔首致意，然后轻声对肖仲芸说："肖小姐，你们张主任看见美女，老想起'打猫儿心肠'，是个老色狼。你在中统工作，可得小心提防着这个色鬼哦！"说完，不怀好意地笑了一下。

"你才是真正的狐狸精！"肖仲芸在心中轻蔑地骂了一句，正色道：

"曹小姐此番前来川江饭店，是会客呢，还是公干？"

"原来不仅是军统，连你们中统也在暗中监视我哦！看来'富士山'的判断是正确的：在'川江骇浪行动'泸城计划即将进入最后实施阶段的时候，孤悬四川敌后的大日本皇军潜伏精英，处境是越来越危险了。"急速暗忖的曹佳莉，本想发火将肖仲芸的话顶回去，声音却变得柔和："肖小姐，我现在虽然是警察局的侦查科科长，但今天却无公干。麻烦你告诉张主任，我是来和我的男朋友周先生约会的。"说完，朝张功建那边轻轻挥了挥手，转身上楼去了。

曹佳莉来到三楼，径直敲开了三〇五室周桐的房门。

见她用狐疑的眼光四处睃巡房间，周桐轻笑道："我每天都要检查，屋里没有窃听器。"随即指了指小梳妆台上的电话机，"昨晚和你见面回来后，发现这里面装了。"

"什么人干的？你也被监视了？"曹佳莉略显吃惊。

"不晓得。"周桐耸耸肩，"不会是你们警察局干的吧？"

"不会。我是侦查科科长，对什么人需要监听，我会知道的。"

"是不是这段时间你频繁出入这里，引起了什么人对你我的怀疑？"

曹佳莉恍然大悟，笑了："肯定是中统那帮蠢贼！调查室主任张功建对我觊觎已久，可能是看见我和又回到泸城的富商周大公子你火热恋爱，心中吃醋，心生不满，意图加害吧！"

周桐却笑不起来："莫开玩笑！行动时间越来越近，切莫节外生枝，误了大事！请转告'富士山'，如何处理好此事？"

此番周桐重回泸城，"富士山"让周桐和曹佳莉务必以情侣关系作为掩护，展开活动。虽然"富士山"无权命令他，但周桐心知肚明，这是"富士山"意在监控他，对他还是不完全信任，所以至今仍未和他直接见面。去年他初回泸城，就托词拒绝过"富士山"让曹佳莉与他当情侣的建议，现在形势逼人，周桐找不出理由再次拒绝，只好和曹佳莉虚与委蛇。

"不用请示'富士山'，我来处理这事。"曹佳莉边说边走向梳妆台，摘下话筒，拨通了警察局局长丰大谷的电话，"报告局座，刚才在川江饭店发现中统的人对我盯梢。现在又在我男朋友的房间里，发现电话机里装有窃听器，该如何处置，请局座明示！"

电话那端传来了丰大谷的声音："张功建那老小子对你垂涎已久，他们怎么对你干这种卑鄙的事儿？想棒打鸳鸯？立即拆除，回头我和张功建交涉！"

"谢谢局座！"曹佳莉话音未落，那端又传出丰大谷的声音："哎，曹科长啊，你不是说要陪周先生去泸城周边转转吗？还没出发啊？"

"这就准备出门。"曹佳莉挂断电话，拧开话筒，取出窃听器扔进痰盂里，窃听器遇水发出滋溜一声，毁了。"我已经发现了你们，上峰让我这么干的，中统张功建，你又能咋样？！"曹佳莉不禁嘲讽了一句。

这女鬼子干起事来干净利落，明明她是事件的中心，却能将自己置身事外，周桐的心里不由倒吸了一口冷气。

"阿桐，"曹佳莉面带妩媚，"经你校正过的罗汉—高坝和花背溪—乐道子一线的空降点，'富士山'很认可。不过，他要求我们这两天再次去实地察看一下，查漏补缺，以确保行动一举成功。"

二人故意在房间里又磨蹭了近二十分钟，方才手挽着手出了房门。看见两人亲亲热热、神清气爽的样子，张功建一时醋意升腾，也不和肖仲芸等手下打招呼，拂袖而去。

5

肖仲芸盯上曹佳莉，已有一年多了，在去年"9·11"大轰炸前夜，曹佳莉的姻夫、时任泸城专署主任秘书谷正黄还未毙命前，她就开始了对她的秘密调查。谷正黄死得蹊跷，曹佳莉又摇身一变成了警察局的人，更加加重了肖仲芸对她的怀疑，只是苦于没有直接证据，调查又是自己的个人行为，军统那边相当长一段时间也没了动静，肖仲芸只好暂且将此事搁置下来。如今，名正言顺的调查机会终于来了！垂涎曹佳莉美色已久，眼看就要得手的张功建，因富商周桐突然从香港回到泸城，周、曹两人的感情迅速升温，将他晾在一边，老张的心里很不是滋味，他暗下决心，决不能让快煮熟的鸭子飞了！一定要采取高压的态势威逼、搅黄周、曹的好事，让美人投入到自己的怀抱！张功建不惜动用公权，以怀疑这对男女可能是日特这个不着边际的理由，有时自己亲自出马，更多的时候让肖仲芸带队，对周桐、曹佳莉或公开或半明显或暗中跟踪盯梢，当然，重点是盯曹佳莉，他要看看她除周桐之外，还跟什么人来往，特别是男的。肖仲芸虽然觉得张功建的行为可笑龌龊，却也正中她想放手全面调查曹佳莉的下怀，至于那个周桐，如果曹佳莉是日特，那他肯定也不会是什么正神，届时"打草搂兔子"呗！所以，肖仲芸对张功建的命令，没有半点违抗之意，表现出一副坚决执行的样子。

如此一来，周桐和曹佳莉"热恋"中的泸城郊游就不太顺畅了。二人心里明白，不单有肖仲芸这个忽明忽暗的中统"尾巴"跟踪盯梢，还时不时地遭到军统和驻军人员的阻挠盘查。曹佳莉心生烦躁愤恨，周桐却很淡定——正中下怀！他和肖仲义早有默契，已商量出了破敌之策，一切都在按计划进行。而老谋深算的"富士山"虽然对周桐提供的空降点已经首肯，其本人还秘密去察看过了，心里却仍然觉得不踏实，居然命令曹佳莉陪着周桐这个军部特派联络督导员再次去实地勘查一次。周桐本可以拒绝，须知"富士山"不但无权给他下达指令，而且以他特派联络督导员的身份，必要时可以修正"富士山"的计划，将行动方案直接上报南京日军司令部。但是，周桐不能这样做，"富士山"在四川已潜伏多年，毕竟是泸城暨上川江日特潜伏组织和"川江骇浪行动"泸城计划的最高指挥者和实施者，而且他至今没有见过"富士山"的真面目，要想彻底粉碎日寇炸毁中国"三化"的阴谋和消灭日特潜伏组织，他必须隐忍，待机而动！周桐做出佩服"富士山"精明仔细状，和曹佳莉亲亲热热地踏上了"浪漫"之旅。如今，有了中方各路大神的搅局，所谓对空降点查漏补缺的再次勘察，就好交差了。

"曹科长，你们要去哪里？"

在高坝境内的大龙山下，一片开阔之地，正驻足佯装欣赏风景的周桐和曹佳莉，突然被从山道上下来的几个兵工厂警卫和军统特训班学员拦住了去路，领队的刘朝云冷冰冰地问。

曹佳莉嫣然一笑："哦，刘队长呀。我陪未婚夫到大龙山祭拜他的外公。"

"这位就是你的未婚夫？"

"是的。周桐周先生，前不久从香港回来，打理泸城这边的生意。"

"周先生是泸城人？外公安葬在大龙山？"刘朝云目视周桐问道。

"在下周桐，泸城小市人，家母姓王，是高坝人，大龙山有一块王氏祖坟地。"周桐微微躬身，言语平和，"这都快七月半中元节了，近年生意不好做，特地前来祭拜先祖，以求先人保佑，振兴家业。"

刘朝云微微一笑："难得周先生、曹科长一片孝心。不过呢，这里已被划为军事禁区，二位请回吧！"

悻悻而去的周桐和曹佳莉，在罗汉场靠近狮子岩时，亦被肖仲芸和已被提拔为安保小组组长的小莫的中统、军统两拨人马拦截在了距"东斋"暨应用化学研究所三公里之外。

在花背溪因酷似巨鼓而被当地人名为"鼓儿石"的山峰下，周桐和曹佳莉差点挨了巡山的钱剑飞的冷枪——如果不是乘渡船过河跟踪而来的肖仲芸他们及时赶到的话。当时钱剑飞正在一棵绿荫浓密的桢楠树上瞭望河岸，见好几天前来过抗战小学的女照相师和一个男的在鼓儿石下东张西望，情形可疑，正准备开枪时，肖仲芸一行出现在了他的视野中。钱剑飞认识这个姑娘，知道她是军统"川江保卫行动"泸城保卫处副处长肖仲义的妹妹，还非常像曾经给他冒险报信、帮他撤离的那个蒙面姑娘。既然有肖姑娘前来招呼这对男女，钱剑飞决定暂且手下留情，悄然隐身起来。

甩不掉的"尾巴"，意想不到的拦截，让周桐和曹佳莉只好匆匆结束了这次"郊游"，返回泸城。曹佳莉将情况报告给"富士山"后，"富士山"反而觉得中方这种高度戒备的状态才属正常，坚定了他对目前所选日军空降点的信心。他让曹佳莉通知"鲶鱼"周桐，决定和他密晤。

第十三章

1

中日双方围绕泸城"三化"的"川江保卫行动"和"川江骇浪行动"的较量,已经到了最后关头。

关键时刻,"川江保卫行动"泸城处的最高指挥官——军统的叶云翔少将处长却身患重疾,卧床不起。戴笠要他去重庆治病,起初他坚决不肯,勉力在赵园指挥部署,及至撑不住时,叶云翔向戴笠提了两个不情之请:第一,局本部不必派员来泸城接替他的职务,由熟悉泸城情况的肖仲义副处长代他指挥;第二,请求戴老板面呈委员长暨军委会,授予泸城保卫处临时调动泸城驻军特别是化学兵总队炮团和刚进入泸城的第二军炮团的权力,以配合"三化"保卫战。得到戴笠的肯定性答复后,叶云翔才准备乘船去重庆。临行前,叶云翔对肖仲义有气无力地交代:"仲义啊,老师在关键时刻生病脱岗,一切重担都落在了你的身上,不要让老师失望,不要让党国失望啊!"肖仲义立正敬礼,毕恭毕敬地回道:"老师安心养病吧,为了抗日的化学军工血脉得以保存延续,仲义一定不辜负您的期望重托,按照您的计划,定叫鬼子的阴谋不能得逞!哦,有什么情况,我随时致电老师请示汇报。"叶云翔说:"不必事无巨细都汇报,电报往来频繁,容易被鬼子侦听破获,一切由你临机决断处置吧。我只希望收到你的一封电报,那就是挫败鬼子计划的战报！届时我请你们喝庆功的沉香酒！"

送走叶云翔的当天晚上，陈勤勤给肖仲义带来了中共南方局的指示："老邓责任重大，在反制日军的'川江骇浪行动'中，务必保全'三化'！同时，掩蔽好自己中共特别党员的身份，以利为国家和民族发挥更大的作用。"

看着陈勤勤对他传达完上级指示后深情的面容，肖仲义目光坚毅地点了点头，随后忍不住拥抱住她，耳语道："勤勤，明白。毛主席说既要消灭敌人，又要保存自己。"

时令已过立秋，泸城的天气依然燠热。这天早晨，通宵未眠的肖仲义将手头的各种情报再次梳理了一遍，又对着桌上的泸城地图仔细研究了一番后，推开窗子，树林中鸟儿的啼叫和徐徐而来的清风，让他神清气爽，随后他拿上一个卷宗，敲响了赵园办公室的房门。

开门的是姚小川，肖仲义愣了一下："孙主任不在？"

姚小川一个立正，轻声道："报告总教官，孙主任陪护叶处长到重庆治病去了，您下的命令。"

肖仲义回过神来，进办公室转了一圈，将卷宗递给姚小川："送还机要室吧。老金怎么样了？"

"在兵工厂那边，挺好的。"姚小川一边接过卷宗，一边微笑着回答，完全没有一丝表演魔术时的性感轻佻样，而是一个英姿飒爽的军人。他们所说的老金，指的是金如故。姚小川因为配合金如故施行诡诈鬼子的障眼法保护化学兵工厂有功，被孙雨露看上了，经请示叶云翔，将她调到赵园，做办公室秘书。此时姚小川和金如故一样，虽已是中共地下党员和"老邓"小组的成员，但她并不知道站在自己眼前的这位肖副处长，就是她和老金的上级"老邓"。平时老邓有什么指示，都是由"商人"传达的。

"小姚不错，在你们那批特训班学员中，你已经是少尉了，军阶仅次于你的师父金如故中尉。好好干吧！"肖仲义在女下属面前，难得一笑地表扬了两句。

　　"多谢总教官栽培！"姚小川作欣喜状。在没有其他人时，姚小川喜欢用"总教官"称呼肖仲义，以示师生之谊，目的在于套近乎，获取"长官"的信任，以利开展秘密情报工作——虽然目前上级并没有给她交代此项任务——所谓未雨绸缪，抢占先机是矣。

　　"哦，对了，"正要离开的肖仲义，像想起了什么，"给你交派一个任务，如果不日处里有什么特殊行动，你随队而行，保护好陈勤勤。她是我们请来的顾问，出了意外，不好向侍从室和电检所那边交代。"对于姚小川的身手和智慧，肖仲义是知道的，将密电破译专家、天才陈勤勤交由她护卫，最恰当不过。

　　"是！属下明白。"

　　肖仲义转身离去，来到楼下电讯室，和刚值守完夜班的陈勤勤上街去吃早餐。

　　肖仲义驾驶着吉普车问："那个频率有什么状况没有？"问了这话，他心里感到有些好笑，都是自己心急，敌方电台如果有情况，陈勤勤、谢娜不早就通知他了？

　　陈勤勤明白他问的是什么，笑道："自从发出那条'一切安好，准备就绪，放心勿念，静候佳期'后，'富士山'的电台就处于静默状态，这两天一点动静也没有。"

　　"嗯。风平浪静的背后，预示着巨大的风暴即将来临。可惜我们还不知道鬼子行动的具体日期。"大街上有行人穿梭，肖仲义按了几声喇叭，"今天几号了？"

　　"8月12日。十天前也就是8月2日，三十四架日机袭泸，这和他们的后续行动会不会有关联？"陈勤勤边回应边分析。

　　"这个是肯定的。"说话间，车已到了澄溪口街口，里面整条街都是买卖声，吉普车开不进去，二人下车徒步而行。

　　街口两边的两幅招贴画使他俩驻足。迎面的是泸城学生联合会星光剧社今晚在江城剧场公演曹禺先生话剧《日出》的广告，对面的是泸城影剧院明日上映电影《风云儿女》的广告。陈勤勤不禁感慨："这些从城里迁到弥陀和郊外的学生真不容易，利用暑假排练出了曹禺的名作大戏。我们也来看一场？"

肖仲义微笑点头："如果有时间的话，一定奉陪。我还想再看一次《风云儿女》呢，聂耳、田汉那首《义勇军进行曲》，真是情动山河，让人热血沸腾！"

"感同身受。"陈勤勤报以微笑，"哎，仲义，我们跑这么远来澄溪口吃早餐，你又发现了什么新的特色？"

"泸城的特色早点面食多了去了。"肖仲义笑着俯身耳语，"'老鹰'昨晚通过电话给我发来了暗语，约我今早八点半在这里的江城剧场旁边的任氏面庄见面。你的任务是届时想法支开他身边的曹佳莉。"

"周先生真的艺高人胆大，居然敢带着负有监视他之责的日特和你碰头！"陈勤勤啧啧称奇。

"'老鹰'就是'老鹰'，翅膀硬着呢！"肖仲义由衷佩服道。说完，俩人走进了闹哄哄的街市。

两边街沿上有不少早上卖早餐，中午和晚上卖中餐、火锅、麻辣烫的店铺。此时食客盈门，却还不时传出店家忙里偷闲中此起彼伏的吆喝声："猪儿粑、黄粑、泡粑（白糕）、叶儿粑、浑水粑、伦教糕、豆腐脑儿、酸辣粉儿、凉粉儿、粑粑面、甜醪糟儿……""燃面、炸酱面、豆汤面、牛肉面、鸡杂面、肥肠面、排骨面、炖鸡面、鱼汤面、担担面、麻油素面、抄手（馄饨）……""花卷儿、包子、馒头、稀饭、豆浆、烘糕、油条、油馃子、油糍……"声声入耳，引来三教九流者各选所需。沿街买卖声中的季节性蔬菜更是琳琅满目：藤藤菜、苋菜、软浆叶、冬瓜、南瓜、瓠瓜、苦瓜、丝瓜、豇豆、四季豆、青豆、番茄、茄子、马齿苋、折耳根以及酒米（糯米）、新米……更有那一溜儿卖家禽和泥鳅、黄鳝、水鸭子、秧鸡、野猪肉、江河鱼的，空气中都飘荡着腥味。在这熙熙攘攘的人流中，肖仲义和陈勤勤真切感受到了市井生活的快乐——生活原本就是由日常构成，如果没有这场日本军国主义发动的侵华战争的话，他俩也想过这种平淡无奇而又烟火气十足的生活。

走进任氏面庄，堂口里早已座无虚席。堂倌说："二位，楼上还有座位。"两人跟着堂倌来到楼上，但见六七张桌旁已然坐着三三两两的食客。这时里面靠窗的桌子有人招呼："肖副处长，这边来，这边凉快！"肖仲义定睛一看，是已经站起来挥着手帕的曹佳莉，便和陈勤勤走了过去。

周桐搁下手中的报纸，起身和肖仲义握了握手，曹佳莉也亲热地请陈勤勤就座。堂倌问："二位客官需要点什么？"肖仲义说："他们点的什么，照样上来就行，我请客。"待堂倌离去，肖仲义打趣道："周先生、曹科长，难得一见，不承想今晨在这小面馆相遇，同桌吃饭，真是有缘啊！"

曹佳莉笑道："我们也是刚到。早晨起来看江景，走到澄溪口码头，感觉饿了，就来到了这里。能和大名鼎鼎的肖处长、陈小姐在这里共进早餐，还真是缘分，也是我们的荣幸。这顿饭，还是我们来请吧。"

说话间，又上来了四五个人，分散围桌而坐。陈勤勤一眼瞥见了其中的肖仲芸，正愁无计支开曹佳莉的她，忽然间有了主意。

"仲义，仲芸来了。要不要和她打个招呼？"陈勤勤轻声道。

肖仲义也不回头，喝了一口茶，放下粗瓷茶杯："她一个人来的？"

"跟她来的有四五个人。"

"人家可能是执行任务吧。她装作没看见你，你也装作没瞧见她，别理她。"

关于张功建借怀疑周桐有日特之嫌，实则想拆散这对"鸳鸯"，将曹佳莉抢走而指使肖仲芸率中统的人跟踪监视他们的事，早有军统安插在中统的卧底报信过来，肖仲义一清二楚；周桐也对他说过这事，并告诉他不要出面阻止，说这样东拉西扯、胡搅蛮缠倒有助于他们伏击日军空降特攻队的意图不被敌方谍报人员识破。此刻，肖仲义、陈勤勤的对话配合默契，倒让曹佳莉忍不住了。

"肖处长，你妹妹他们是来监视我和阿桐的，他们怀疑阿桐是汉奸。"

曹佳莉面露愠色，"其实还不是张功建那老小子追求我而不得，见我跟阿桐好上了，恼羞成怒所为，真是岂有此理！"

"有这事儿？太过分了！"肖仲义脸色变得肃然起来，"周先生是有名的儒商，以前对泸城做过颇多贡献。此次回泸，又用一万银圆资助泸城教育，兴学抗日，哪有日特汉奸资敌抗日的道理？老张这是滥用公权，典型的假公济私！我得去跟仲芸说道说道。"

正准备起身的肖仲义，被周桐拦下了："肖处长，多谢你的美意。不过，身正不怕影斜，不必为我和佳莉的这点小事，伤了你们兄妹的和气。"

他一边说，心里一边想，这一万银圆，原本就是鬼子从中国人身上掠夺的，为了利于掩护富商身份，南京日特机关特意安排他捐资，至于资助什么，由他决定。

陈勤勤接过话："仲义，周先生说得对。还是让我和曹科长过去和她聊聊，将你的话告诉仲芸，化解矛盾吧。如果问题不能解决，你再出面好不好？曹科长，你看呢？"

见肖仲义点头首肯，曹佳莉不好拒绝，只好和陈勤勤一道往肖仲芸那边走去了。

趁这间隙，肖仲义和周桐迅速完成了情报传递。归纳起来有三：第一，"富士山"决定和周桐见面，但他至今未识其真容，据种种迹象判断，"富士山"隐身于泸城军警宪特的高层。泸城十万驻军中，一半是梯次出川抗战的军人，三分之一为轮训上前线的补充兵源，还有李忍涛防化学兵总队的四个团等，皆可排除在外；由于前次入川经重庆来泸城的路上，联勤总部的日特王副官已被周桐悄悄处决，蓝田兵站的汉奸汤副站长被挖出，新上任的正、副站长应不在其中，剩下的就只有周虎城师的高级军官可供排查了。后经肖仲义再次仔细筛查分析，中统张功建、军统叶云翔和自己、宪兵司令，皆无可能是"富士山"，那么，这人极有可能是……想到这儿，肖仲义不禁倒吸了一口冷气。第二，曹佳莉昨天下午告诉周桐，"富士山"决定13日晚和他面晤，晚饭时又通知他丰大谷局长决定于13日举办晚宴，为他俩搞一个订婚典礼，让他一头雾水，怀疑"富士山"也许就是某人，待查。第三，以周桐在日伪那边的经验，他判断日军的"川江骇浪行动"泸城之战，应该就在一周之内，他请肖仲义务必做好最后的准备，以求万无一失。

这时，空袭警报响了。

肖仲义问："日机空袭，咋回事？"

周桐摇摇头："没有接到过任何情报，我也搞不清楚。可能是'川江骇浪行动'泸城最后之战的前奏吧！"

楼上楼下的食客，惊慌失措地喊叫着夺门而出。

2

1940年8月，泸城民众经历了日军频密轰炸的生死考验。

继8月2日日军机群轰炸侦察后，8月12日，三十四架日机再次突袭泸城，实施无差别狂轰滥炸。这次大轰炸，除给泸城民众的生命、城市房屋、一些军用民用设施、道路交通、水陆码头等造成巨大损害外，还乌龙般炸毁了日特组织隐藏在罗汉码头某仓库中的雷管炸弹，一时间火光映红了长江水，爆炸声震耳欲聋。这次事先毫无征兆也无情报来源的突袭轰炸，不但督导特派员"鲶鱼"周桐不知情，连"富士山"也没得到半点消息。炸药仓库被炸毁，气得"富士山"暴跳如雷，连骂那些飞行员"蠢猪、笨蛋"！

此后几天，日机又数次轰炸泸城及其所属周边县军机要地，直至16日凌晨，"富士山""鲶鱼"才接到南京总部"川江骇浪行动"之摧毁泸城"三化"最后行动时刻的密令。此时他们才明白，军部搞的是疲劳轰炸战术，目的是让中方人员精神处于高度紧张的状态。日军专家认为，人的精神一旦连续高度紧张，最多三天，就会处于崩溃的边缘，判断力不清，所谓迷其心智是也！届时空降特攻队和地面接应的日特组织会合，那么摧毁中国的"三化"，就会事半功倍。

日军"8·12"大轰炸，使泸城数百户人家成了新的难民。肖义天的食为天粮行，在几处难民临时安置点设了粥棚，以此善举和乡邻们共克时艰。日机的首选目标是蓝田兵站，未曾料到遭到隐伏在周边桂圆林中的炮火密集拦截，仓皇间分几组转向城镇及川滇公路和码头等地投弹。蓝田兵站是储备转运军需物资，长期轮训三个补充团新兵，使其源源不断出川去往抗日前线的军机要地，一旦被炸毁，后果不堪设想。幸好叶云翔离泸前通过局本部向军委会临时调动驻军的请求得到批准，肖仲义两天前将第二军炮团布置警戒在了这里，使兵站得以保全。

第二天，泸城的天空依旧阳光灿烂。三年前的这天，上海第二次淞沪抗战全面打响，史称"八一三"淞沪会战。为了纪念这个日子，宣扬泸城人民炸不垮、摧不毁的抗日意志，经党组织批准，由中共地下党员高仰慈担任总干事的四川抗敌后援会泸城分会，上午在钟鼓楼前组织发起了一场由各界上千人参与的示威、募捐集会。民谚云："泸城有座钟鼓楼，半截陷在天里头。"虽历经日机无数次轰炸，楼顶屋披和自鸣钟已被炸毁，经修缮后改为鸣笛报时的钟鼓楼，仍然巍然屹立，成为泸城人民炸不垮、摧不毁的精神堡垒。

泸城党政军警宪特的头面人物出席了集会。

肖仲义因有军务来迟了，其时警察局局长丰大谷所做的题为《维护泸城治安，众志成城抗日》的演讲已近尾声，但见他振臂领呼口号："打倒日本帝国主义！揪出日特汉奸！还我泸城平安！"参加集会的人群发出一片呼应。

"老弟，你们叶处长没来？"回到座位，丰大谷面带笑意地问肖仲义。

肖仲义虚与委蛇："叶处长军务缠身，走不开，特派我代行参加集会。"

叶云翔身染重疾，被送回重庆治疗之事，在军统泸保处尚属秘密，赵园只有他和几个相关人员及护送叶云翔离开的孙雨露等队员知道。保密，是为了稳定泸保处人员的战斗意志，免得大家战前听说主官患病缺位，乱了方寸；同时也不给日特汉奸造谣生事之机。

　　"我派人给老叶送的请帖，"丰大谷摸出银质烟盒，请肖仲义自取一支后继续问，"哦，就是我的干妹子曹佳莉和周桐先生今晚订婚宴的请帖，他收到了吗？"

　　"收到了。"肖体义面无表情地回道，"叶处长已吩咐我晚上代其前去祝贺。"

　　"哦，老弟，那敢情好啊，届时把你的女朋友一起带上哦！"丰大谷故作热情地说完，推说还有公务，跟专员知会了一声便走了。

　　丰大谷为其干妹子曹佳莉与周桐准备的订婚晚宴，在川江饭店的川味轩火锅坊举行。

　　下年五点过光景，曹佳莉敲开了周桐的房门，离晚宴时间尚早，西装革履的周桐和着绸缎旗袍的曹佳莉来到西餐厅喝咖啡打发时光，一派富商、淑女悠然自得的样子。

　　抽了一支烟后，周桐故作略显焦急不安状，忍不住问："佳莉，老富约我今晚见面，可到现在也没给个关于见面时间、地点的准信，你那干大哥丰局长偏又在这个时候给我们举办订婚宴，今晚我和老富见面还来得及吗？"

　　曹佳莉明白周桐说的"老富"是"富士山"，媚笑着说："你不愿意和我订婚吗？你不被美人诱惑俘虏，我看倒有点像共产党的作为。"

　　周桐心里紧了一下，面无表情地回应："我是一个生活严肃、检点的人！如果我贪恋美色，别说现在我还能不能坐在你的面前，在东京、南京、上海、重庆和香港等地，早就玩儿完了，还怎么给帝国效命？！"言语虽轻，却掷地有声。周桐知道，自己虽深得南京日军司令部的信任，又是军部派遣来泸的联络督导特派员，但身处中国西南腹地经年累月的"富士山"，仍然对他这个被特许加入日籍的中国人不信任，一直在怀疑他、考验他，直至今日。

　　曹佳莉娇羞道："阿桐，我是和你开玩笑的，别生气了嘛。我是真的爱上你了。"这话是真的，作为代号"樱花树"的日本特工，为了情报，为了日本的利益，她不但曾委身于满铁日满高官，也曾色诱过重庆不少官僚显要，还长期委身于谷正黄，屈辱不堪的往事，让她对情爱早已麻木。然而，在泸城两度出现的周桐，以他那富有智慧的头脑及正人君子的做派，使曹佳莉在和他日积月累的接触中，不知不觉又燃起了心底深处的爱火。没想到这一句半试探半玩笑的话，竟惹恼了周桐，使她受到其看似冷峻实则愤怒的谴责，所以她含羞道歉。

"情势紧迫，我什么时候才能一睹老富的真容？"周桐仍面无表情，冷不丁地问了一句。

"一会儿就能见到。老富让我传话，今晚就在这里的火锅坊和你见面。"曹佳莉啜了一口咖啡，用汤匙搅着咖啡杯轻言道。

"老富是谁？我怎么和他接头？"

"老富是谁我也不清楚。"作为唯一的机要联络员，曹佳莉虽然知道谁是"富士山"，但她不能说，哪怕是对已经渐渐爱上的这个特派员。放下咖啡杯，曹佳莉微笑着继续道："今晚老富有可能在参加我们宴会的人中间，也有可能是火锅坊里的其他顾客，还有可能是服务生、杂役或其他人等。老富在电话里就是这么说的，阿桐你也别惊讶，他说届时会择机和你联络。"

"有意思。"周桐轻笑了一下，点上了一支烟。

两人正默然无语时，警察局的总务科科长进来了："曹科长，你们在这里享清闲啊。大半客人都来了，局座请你们过去。"

从西餐厅穿过两条走廊，就来到了火锅坊。

丰大谷请来参加订婚晚宴的人，除了警局副局长吕凉和七八个科长外，守备师师长兼城防司令周虎城也已经到了，中统和军统的人还没到。曹佳莉和周桐彬彬有礼地同客人一一打过招呼后，服务生送来菜单，请曹佳莉过目。曹佳莉快速浏览了一下，递给周桐："这是我预先点的两桌菜品，你是老四川，泸城人，看看要得不？"

真是琳琅满目，令人垂涎欲滴——锅底：清油红味大锅；四凉菜：卤水拼盘、现炸酥肉、凉拌莴笋片和折耳根、陈皮兔丁配油酥花生米；荤菜多达二十三样：鲜切牛肉吊笼、鲜毛肚、千层肚、牛大肚、鲜牛黄喉、鲜猪黄喉、生抠鹅肠、手工牛肉丸、麻辣牛肉、手切羊肉片、羊肉卷、猪天堂（猪牙梗）、鲜猪肉丸、三线肉、凤尾腰花、菊花里脊、去骨鸭掌、郡花、鹌鹑蛋、乌鱼片、鳝鱼血片、黄辣丁、船钉子；素菜有鲜鸭血、脆皮笋、木耳、海带、山药、手工豆腐、冬瓜、黄瓜、菜心、青笋头等十余样；四点心：紫薯肉松、野菜糍粑、油煎黄粑、小笼猪儿粑，另有大盘时令水果。

看完后，周桐笑着对曹佳莉耳语："你真是吃货老手，看得我的肚子都咕咕开叫了。"

服务生们上菜的时候，张功建来了，后面跟着肖仲芸，随后，肖仲义带着陈勤勤和姚小川也来了，最后进来的是宪兵团的李团长。

一番寒暄过后，丰大谷道起了开场白："诸位今天前来参加我义妹曹佳莉和周桐先生的订婚宴，丰某倍感荣幸！在座的都是泸城军警宪特机关的首脑人物和丰某的同僚，这让我倍感亲切！我们都是一家人，就让以前那些在公务中的过节和不愉快，都在这喜庆的订婚宴中一笔勾销吧！今天特意为大家准备了银沟头的上等大曲酒和向林场的沉香酒，为了祝福曹小姐和周先生，丰某愿与诸君痛饮耳！"火锅晚宴就此开始。

在觥筹交错之中，周桐面带笑意和大家推杯换盏，看似漫不经心实则随时注意着可能和他接头的"富士山"——然而什么情况也没有发生。从他们靠窗的这两桌望去，偌大的火锅坊里已是高朋满座，人声鼎沸。

其间，周桐去了一趟洗手间，路遇几个来来往往的人。待他完事摘下西服口袋里的手帕擦手时，发现衣袋里多了一张纸条："鲶鱼，我的电台可能已被赵园监测，请你速发密电去南京，询问昨日轰炸之意图和不日之具体行动方案，回电后，我们再面晤做具体战役战术部署。富士山。"

"搞什么名堂？老狐狸！"周桐心里骂道，将纸条烧了。

周桐致电南京，却没有收到回复。随之而来的，是日军对泸城的继续轰炸。

3

翌日日机两次袭泸，躲避的时候，肖仲义和周桐在川江饭店的地下防空洞"不期而遇"。

昨晚收到"富士山"的纸条后，周桐在和肖仲义握手道别的时候，用摩尔斯电码向他发出"有情况，明日上午十点川江饭店见"的暗语。第二天两人前后刚进饭店，空袭警报骤然响起，住店的旅客和茶叙喝咖啡消闲的人们纷纷躲进防空洞。

在夹杂着英语、德语、法语，并以汉语为主的嘈杂声中，肖仲义和周桐挨挤在一张长条凳上低声耳语。"老周，有什么特殊情况？"肖仲义开门见山地问。

周桐将昨晚"富士山"虚晃一枪暗送纸条的事说了后又道："大家散了后，我和曹佳莉佯装兜风，开着警察局的车满城转悠，在车上向南京日军司令部发出了问询请示密电，想必你那边已截获了吧？"

肖仲义点点头："是的。你的电文刚发出，陈勤勤、谢娜她们就破译了。"肖仲义不好说周桐明知故问——鬼子新的密电码不就是他传递给自己的吗？"可是，南京方面一直没有给你们回复，很奇怪！"

"这就是蹊跷之处，自我在那边工作以来，还是头一回遇到这种事。"停下话头的周桐将眼睛闭上快速思索十几秒后，继续道，"和前天说的一样，据我对南京那边的了解判断，针对泸城'三化'的'川江骇浪行动'已经开始，最后时刻应该就在这两三天。老肖，你们做好充分准备了吗？"

"准备好了。不过，我得抓紧时间查漏补缺，以确保万无一失！"

"这就好！哎，你初步锁定谁是'富士山'了吗？"

"锁定了，应该是……"

"哎，别说出来，双方写一下吧。"

二人在昏暗的光线下，用手指在对方的掌心写出了一个"丰"字。

相视一笑后，周桐问："你是怎么确定的？"

肖仲义说："自从谷正黄事件发生后，他说曹佳莉是警局的卧底，我就开始怀疑他了。后来老叶通过上峰，派吕凉去警察局当了他的副手，暗中侦查一段时间后，的确没有发现丰大谷有什么异常，倒是察觉到了丰和曹有不正常的男女关系，如此，当初丰保曹，所谓怜香惜玉、英雄救美也就说得过去，老叶就让我暂时放弃对他的调查。前天通过你提供的分析研判，我对泸城宪特警的头目筛查了几遍，最终将目光瞄准了他。特别是昨晚姚小川席间表演魔术，给你和曹佳莉献花以助酒兴时，我瞥见丰大谷以一个极不容易察觉的动作，将一张纸条放进你的衣袋里，我就确定了他是'富士山'。刚才你说起纸条的事，证明我的判断没错！"

"嘿嘿，老肖厉害！"周桐笑着夸赞了一句，"去年来泸，'富士山'就让曹佳莉和我处对象，美其名曰作为掩护，被我拒绝了。这次回泸，他硬是将她推到了我的身边。我明白这实际上是'富士山'对我不完全信任，派曹佳莉来监视、考察我。但是这老狐狸犯了一个低级错误：警察局一个堂堂的侦查科科长，哪里会有时间整日陪伴我左右？而且，我听紫藤相馆的刘老板说过，哪有什么干哥、义妹，曹佳莉和丰局长有染，让我小心。一局之长，会把自己心爱的情妇推进别人的怀抱？让她不上班地去陪别的男人不说，还主动给我们举办订婚宴？况且还是在'富士山'约我见面之时。看到纸条后，我完全确定了'富士山'和丰大谷是同一个人！"

"那个'尾巴'怎么没跟着你？"

"昨夜发完电报后，我们就分手了。今晨曹佳莉打来电话，说要马上去纳溪出警，回来再见。估计'富士山'对我已经放心，派她到纳溪联络隐藏在城里的多田俊夫，哦，就是张仁礼了。"

"我们已经侦知，张仁礼再次改头换面，隐姓埋名于纳溪城内，在天主教堂附近开了一家杂货铺，作为联络点。待最后行动时一并收网。"

说话间，外面传来了忽远忽近的炸弹爆炸声。

　　黄昏时分，肖仲义从高坝、狮子岩巡查回到赵园，姚小川给他送来了一份重庆来的密电。

　　电报是孙雨露发的，告知经叶处长向戴老板申请，局本部派了一个连的特训队来增援泸城，由她带队今晚八点从歌乐山出发，明晨六时车队可抵达泸城，请示安置在什么地方。

　　正担心特战经验人手不够的肖仲义，看完电报，愁眉大展。他看了看手表，命令姚小川："立即回电，抵泸后不必过沱江，隐蔽集结于五峰岭训练基地待命。"

　　姚小川快速记录完毕，说了声"是"，正要离去，被肖仲义叫住了："通知各科队室和驻'三化'的负责人，明天上午十点来赵园开会，一个都不能缺席！"

　　"是！"姚小川双脚一并，领命而去了。

　　肖仲义点上香烟，刚美美地吸了一口，又响起了敲门声，他说了一声"进"，陈勤勤推门而入。

　　陈勤勤给他带来了"商人"老高传来的好消息：根据泸城地下党陈野书记的指示安排，打入浪里风波号匪穴的我地下党员杨大，利用报刊上登载的日军在占领区对我军民特别是妇孺儿童触目惊心、惨无人道的烧杀奸淫之事和对泸城大轰炸造成的惨状，使用离间计，已成功游说其表弟反水。杨大的表弟作为盘踞在大理岩区老鹰岩的匪帮第三号人物，其父母就死于日机的轰炸。经他对匪首"惊堂木"也就是唐木森的多次劝说，唐木森已经表态："我堂堂中华，岂能任由那些小鼻子、罗圈腿的东洋鬼子欺负？《三国演义》《说岳》和戚继光抗倭的书，我还是听过一些的。只是鉴于巫明亮巫老板以前长期资助我们，还提供过不少情报和枪支弹药，我不好也没理由对他们随便下手。不过老三你放心，那个汪洪和巫老板，不是说日本人的飞机是来给我们空投物资的吗？到时我们去夹竹沟接应，空投的是物资也就罢了，如果像杨大说的那样是鬼子兵，就将老汪、老巫和他们'一锅烩'了！我是绝对不会背汉奸的骂名的！这事现在只限于老三你、杨大和我知道，千万不要走漏风声，露出破绽，要不动声色！"

杨大向陈野书记汇报时，将当时的场景说得绘声绘色，陈勤勤转述时，只能尽量做到不干巴巴的。

陈勤勤还转达了"商人"传来的陈野所述信息：钱剑飞已召回了原永宁河游击队的二十多名队员，在叙蓬溪即护国镇、渠坝、花背溪、双河场一线隐蔽待命，做好歼灭日军的准备。

肖仲义大喜，道："尽管土匪反复无常，我还是暂且信他一回，伏击土匪的计划得做调整。"随后，立即给双河场的李忍涛打去电话，商谈防化学兵总队炮团和警卫营如何安排布置之事。

4

话说16日凌晨，收到侵华日军南京司令部的密电后，"富士山"紧急约见"鲶鱼"，地点就在警察局后院局长居所 —— 一栋一楼一底的小洋楼里。

"鲶鱼"周桐随"樱花树"曹佳莉从后门进到楼房 —— "富士山"果真就是丰大谷！

"督导特派员，恕我两次没能以真面目和你如约相见，都是因为敌后工作斗争形势复杂险恶，谍战工作又往往我中有敌，敌中有我，一不小心就会翻船，满盘皆输。潜伏多年的张仁礼系统被军统破获导致瘫痪，就是深刻的教训！"在密室里，丰大谷和周桐握手后，似抱歉又似警告地说。

"理解，明白，小心驶得万年船嘛！指挥官你的智谋和深藏不露，让周某深为佩服！"周桐报以微笑，还不忘表扬本名山口惠子的曹佳莉一句，"曹小姐办事干练，不愧是帝国杰出的特工。"

略事客套寒暄后，三人就着墙上的挂图和桌上铺着的地图，研究部署行动计划。

南京日军司令部的密电指示："轰炸继续，'川江骇浪行动'泸城计划进入最后时刻，做好一切接应准备，确保行动成功。高鸟寒蝉暮。"

"'高鸟寒蝉暮'是啥意思呢？"末尾这句看似落款又似行动计划指令的语句，不但曹佳莉不明白，连周桐也似懂非懂，曹佳莉忍不住问了。

看着二人茫然不解，无知疑惑的神情，丰大谷脸上闪过一丝不易察觉的得意之色："这是我半年前同南京方面约定的神勇特攻队的行动时间暗语。根据中国的十二时辰，我用十二句汉诗相对应，即每一句诗对应子、丑、寅、卯……两个小时即一个时辰。这句诗关键在那个'暮'字。这下明白了吧？"

"如此一来，即使中方截获了电文，也搞不清楚皇军神勇特攻队何时空降泸城！高明，指挥官实在高明！"曹佳莉由衷地谄媚道。

"指挥官的隐忍潜伏和过人智慧，令周某佩服之至。"周桐嘴上恭维着丰大谷，心中着实吃了一惊，暗想："也不知道老肖他们破悉了鬼子将于今晚七点至九点空降泸城的准确时段没有？"

对二人的恭维，丰大谷心中受用，脸上却无骄矜之色："曹佳莉，即刻致电张仁礼，让他火速通知汪洪、巫明亮、唐木森的人马，务必于黄昏前赶至夹竹沟埋伏起来！你和周桐君持警察局的通关令，携带电台，渡江去纳溪与张仁礼会合，由周桐君全权指挥今晚灰洞子的战斗。"

曹佳莉发电报的时候，丰大谷和周桐又嘀咕了一阵。丰大谷问周桐要不要将去年他带来泸城的几个特工带去纳溪，其中有两人在警局侦察大队一小队当队长和队副，可以将这个完全在掌控中的小队一并带去增强战斗力。周桐说："不用，你负责指挥的高坝、狮子岩一线有两个点，那边更需要人手。"丰大谷说："那好吧，分头按计划行事。届时飞机一到，曹佳莉会告诉你怎么向空中发联络信号的。有什么情况随时用电台和我保持密切联系。"

待曹佳莉发完电报收到回复后，周桐和她悄然离开了小洋楼，出了警察局的后门，开着吉普车到川江饭店取电台去了。

夜色狰狞，周桐让曹佳莉车不熄火，在饭店后门等他，独自溜进了饭店。

"这句'高鸟寒蝉暮'，究竟是发报者的署名还是另有所指，你们破译出来没有？"肖仲义拿着电文来到电讯室，虽然内心焦急，脸上却带着笑容询问谢娜、陈勤勤。

此时的电讯室，十几部电台和侦听台、监测台正嘀嘀嗒嗒此起彼伏地响着，全天候不停息。

"从截获日军密电到现在，"谢娜放下手中的铅笔，看了看手表，已近凌晨四时，"快三个小时了，我们对这句话的具体含义，仍然无法破译。"

谢娜看手表的动作，似乎激发了陈勤勤的灵感，她笑问："谢主任，现在几点了？"

谢娜再次看表："三点四十三分。"

陈勤勤转向肖仲义："刚才谢主任看手表，倒让我产生了联想推断。现在是寅时，从这句诗的表意来看，是不是指日军的空降时间呢？这句诗的密钥，可能就是它本身。依时辰来看，日暮应该是指晚上七点到九点，即戌时吧？"

肖仲义点点头："有道理。"却又话锋一转，"不过陈顾问，情报电讯工作，没有'如果''可能''应该'之类的词。去会议室开会吧，刘朝云、孙雨露他们都到了。"说完，径直奔楼上而去。

还未走到会议室，姚小川大步流星地迎了上来，低声报告："副处长，你的办公室有外线电话。"

"什么人？事急吗？"肖仲义边走边问。

姚小川紧随其后："不知道是谁。电话里头声音怪怪的，分不清是老是少，是男是女，只说快叫肖仲义接电话，要命的事儿。"

肖仲义立马三步并作两步冲进办公室，关上门，抓起话筒："喂，我是肖仲义……"

电话是周桐去川江饭店房间取藏在天花板上的电台时打来的。他将丰大谷即"富士山","高鸟寒蝉暮"等鬼子的军事行动和对日特组织、土匪、警察局等的任务布置情况告知了肖仲义,末了请肖仲义暂不要动纳溪的张仁礼,他这就和曹佳莉赶过去,待晚上行动时,他伺机处理。肖仲义叮嘱了一句:"你孤军作战,千万注意安全!"周桐不再答话,将电话挂了。

拉开办公室的门,肖仲义停下了脚步,陈勤勤正在廊道上踱来踱去。他走过去不好意思地说了一句:"勤勤,对不起啊,先前你的联想推断是正确的!"

陈勤勤作满脸无辜状直直地看着他,忽然笑了:"我原本是要告诉你我推断时间的理由的,难得副座短时间内就道歉,本顾问不会计较。"

陈勤勤在电讯室当着二十几号人对诗句暗语的推断,为后来周桐在南京遭受日伪特务机关审讯而说不清楚时帮了大忙。那时有叛逃过去的军统泸城处人员,说明了当时的情报破译为密码专家陈勤勤所为,周桐才得以开脱,重新获得日伪的信任。此为后话。

当下,肖仲义走进会议室,对事前制订的计划做了一些调整,给与会者布置了任务。随后,各路人马快速行动起来。

5

这是肖仲义的特工生涯中最为紧张的一天——"三化"保卫战能否成功,抗日民族化学军工的血脉能否得以延续,就看今朝!

天麻麻亮的时候,军统纳溪组组长孔忠打来电话:"半个小时前,张仁礼被曹佳莉和一个穿警服的男子接走,往花背溪方向去了。按照副座的命令,我们没有动他们,已派人尾随跟踪。"

"很好。行动务必隐蔽!"肖仲义看了看表,按时间推算,周桐他们离开纳溪城已近一个小时,孔忠的电话才打进来,是因为现在通信落后,电话要通过纳溪电话电报邮政局转泸城局，才能接过来，于是吩咐道，"孔忠，有新的敌情，立即发报汇报，电讯室和随我行动指挥的备用电台都全天候开着。切记按计划行事，不得暴露我方意图，打草惊蛇！"

孔忠在电话那端回答："谨遵示令！孔忠绝不会再犯上次鬼子轰炸忠山时的错误了！"

肖仲义不再说话，将电话挂了。

谢娜敲门而入："副座，刘朝云和孙雨露来电，他们已率特训连各一部分，乘船分别到达高坝、罗汉狮子岩，正隐蔽待命。"

半夜布置任务的时候，肖仲义已下令，今天所有需他看的电文，不必通过机要秘书登记转达，由电讯室直接送达他，回头再完善手续。

肖仲义点点头："朝云、雨露不错。嗯，谢主任，上报的最后作战计划，局本部和叶处长回复没有？"

谢娜摇摇头："还没有。"

其实，戴笠和叶云翔回不回电，同不同意他的作战计划，都无所谓——肖仲义已经按照自己的部署展开行动了。上报，是表示下级对上司的恭敬尊重，情报时时更新，战场瞬息万变，远在重庆几百里开外的戴笠、叶云翔并不了解此时泸城的实际情况，同不同意他的计划都没用。

谢娜正要离去，陈勤勤送来了重庆的回电。

"戴局长、叶处长的回电来了。"陈勤勤念道，"计划周详，照此执行。望肖临机处置，务求全胜。"

肖仲义不禁笑了一下，有了这份犹如尚方宝剑的肯定性答复，更有理由放手指挥，痛歼小鬼子了！

待陈勤勤和谢娜离去后，肖仲义听见自己的肚子发出了"咕咕"的几声响动，饿神来袭！俗话说"饱吃冰糖饿抽烟"，怕延迟漏掉了什么消息，他没时间去食堂吃饭，干脆接连抽了两支香烟，饿神似乎退却了，正想闭目养会儿神，那部外线电话骤然响起。

电话是吕凉打来的。通报说丰大谷将率警察局侦缉大队和骑警大队前往罗汉镇至新溪场长江岸线搞什么抓日特汉奸的实弹演习，骑警大队七点过沱江走陆路，侦缉大队八点由馆驿嘴码头乘船出发，因吕凉分管侦缉大队，他也要陪同丰大谷前往。吕凉问现在动不动手抓捕丰大谷。

肖仲义说："不急。我们现在还没弄清楚丰大谷与日军特攻队空降前的联络方式，等他发出信号后再行动不迟。不过老吕啊，千万提高警惕，谨防被丰大谷的人打了黑枪。届时刘朝云他们会配合你的。"吕凉说："放心吧，警局我有可靠人手。"

肖仲义旋即将这一情况，电告了刘朝云、孙雨露。

姚小川端来了冒着热气的稀饭、馒头，外加一碟泡姜。

乘乌篷小木渡船过永宁河，沿西门口码头穿过古街，周桐一行上了停在川滇公路边的警用吉普车，溯永宁河而行。

出了纳溪城，开车的曹佳莉从后视镜中发现后面有跟踪的汽车灯光。周桐说："甩掉它。"曹佳莉忽快忽慢地试了几次，甩不掉——她开得快，后面的车也快；她慢，它也慢。

"咋办？"曹佳莉有些急了。

周桐正要答话，张仁礼抢先说了："前面快要到炸滥子安富桥了，我在河边早已买通了一艘渔船，趁天色未亮，我们下车坐船去花背溪，由曾八开车继续前行，让那帮家伙跟踪去吧！"

张仁礼说的"曾八"，是坐在后排挨着他的貌似伙计的青年男子，他的手下。

曹佳莉提挡驾驶，连拐几道弯，在一处草木茂盛的路边停下，三人快速下车，隐没在草木丛中，待曾八驾车离去，后面那辆车跟过去之后，才摸黑向河边走去。

肖仲义三下五除二地吃过早饭后，收到了孔忠"目标跟丢"的电文，立即电示回复孔忠："全员立即进入战备岗位，继续搜索目标。"

　　上午九时许，泸城上空响起第一次日机即将来袭的防空警报，沿江场镇传递空袭消息的山头制高点，码头、楼宇的高处，星星点点地升挂起了预警的红灯笼。侦缉大队百来号警员乘坐的挂靠着柏木乌篷船的火轮，正驶近新溪场码头。

　　按照局长丰大谷的部署，骑警大队到达罗汉镇，侦缉大队抵至新溪场后，各自以场镇为中心，在周边乡野山地展开搜捕行动，于下午四时会合于高坝长江岸线，名曰抓捕日特汉奸，实则妄图一举捣毁其已侦知的中共泸城地下党在罗汉镇和特（兴）兆（雅）区秘密开办的工运、农运培训班，以此制造混乱，掩护日方今晚的"川江骇浪行动"。同时，丰大谷命令泸城潜伏日特人员，在下午六点前，分批次秘密进至罗汉狮子岩、高坝大龙山、花背溪夹竹沟一线的指定地点，同时，让吕凉随同自己参加"演练"。丰大谷早已通过有关渠道知悉这个先在专署当总务科科长、后又被派来做自己副手的副局长，是军统的卧底。因此，为了晚上的行动成功，得找机会先除掉吕凉，以免他到时横插一杠，节外生枝，坏了大事。

　　时值洪水季节，波涛汹涌的宽阔江面上，往来的各类大小船只纷纷寻觅泊岸之地以躲避日机轰炸，船过之处，浊浪逐次向岸边推进，掀起阵阵排空的巨浪。挂靠着柏木乌篷船的火轮将要靠拢新溪码头时，因火轮马力不足，水流湍急，被浪涛阻隔，竟不能抛锚泊岸。柏木乌篷船晃荡起来，让船上的许多警员头晕目眩、耳鸣气短。站立于火轮船头抓着护栏的丰大谷却很镇定，和身边的吕凉谈笑风生。危险，在风浪声中悄然靠近吕凉。

　　一小队队长刘合和队副王二江，是周桐去年来泸时从武汉带过来的日特。出发前，他们接到"富士山"的密令：在船上或山地，找机会制造意外事故，务必干掉吕凉。此时，刘合身后跟着三名队员正走向船头，以保护上司的名义靠近丰大谷、吕凉二人。

　　一个巨浪扑向船头，火轮连带柏木乌篷船产生了剧烈的摇晃。刘合趁机扑向吕凉，想借船的晃动佯装站立不稳，将其推进长江喂鱼。不料就在他跃动的一刹那，身后的一名警员飞身抱住了他："刘队长，站稳，小心跌进江里了。"

吕凉转身一看，那名警员叫王四，是自己人。

丰大谷回头训斥道："你们干什么？现在是执行公务期间，还敢疯玩？！"

刘合解释道："我们是为了局座的安全才上来巡查。刚才差点被巨浪晃倒了。"

吕凉笑道："弟兄们辛苦了，下去吧。"

火轮经过一番挣扎，终于靠岸了。

日军机群出现在泸城上空，已是十时许。丰大谷名曰抓日特实则妄图捣毁中共泸城地下党开办的工运、农运培训班的行动，就在这个时候展开了。结果这假演练真行动的图谋，变成真的演练了——共产党培训班的学员，早就没了踪影。抓共产党的行动，丰大谷是到了新溪场才告诉吕凉和侦缉大队并电告罗汉镇方向的骑警大队的，这是事前只有他本人知道的高度机密，谁也不会走漏消息。"也好，"气得暴跳如雷的丰大谷，心绪平复后宽慰自己，"我的目的是为了给中方军民制造混乱，扫清一切给空中地面集结的皇军带来的障碍，既然共党消失了，现在就好好集中力量把控这两个警察大队，今晚为我所用！"想到这里，丰大谷命令两个大队继续演练，相向推进，按时在预定地点会合。

有可能给地下组织造成破坏的情报，是肖仲义让陈勤勤传出的。

早上吕凉传来丰大谷将在罗汉、新溪一线演练抓日特汉奸的消息，肖仲义明白这是"富士山"贼喊捉贼的诡计，其目的是掩护其靠拢高坝、狮子岩，以接应空降的鬼子神勇特攻队。他并不知道"富士山"还有捣毁地下党培训班的阴谋。但是，据陈勤勤说，"商人"传来可靠情报，陈野书记已指示地下组织武装人员，隐蔽潜伏于"三化"周边地区，待机配合"老邓"小组保卫"三化"的行动，并在特兆区、罗汉镇开办了工运、农运培训班，以此掩护集结待命人员。肖仲义怕一贯仇视共产党的日特丰大谷和军统吕凉他们误打误撞端了泸城地下党武装力量的家底，便找来陈勤勤，让她将这一情况用电话暗语通知了"商人"高大发，由其迅速传送给了陈野。警队人员"演练"至目的地时，中共地下武装人员早已分散隐蔽至乡里人家或商铺店号里了。

日机除对泸城进行无差别的轰炸外，还重点对罗汉至高坝的长江岸线的丘陵地带和永宁河畔花背溪方向的山区等地实施投弹。蓝田兵站和位于纳溪川江之畔的石龙岩酒精厂损失惨重。肖家院子被炸毁，肖母被炸成重伤，可在赵园忙碌的肖仲义一点也不知情。

正要出发去位于纳溪双河场的防化学兵总队时，谢娜收到了孔忠发来的电报："中统张功建、肖仲芸带着便衣二十余人，出现在花背溪乐道子的山地，似在寻找什么人。"肖仲义心中一惊："张功建那老小子出现在那里，莫非是在搜寻钱剑飞？中统啊中统，可千万别坏了老子歼灭日寇的大计！"他立即命谢娜回电孔忠："密切监视，如有异动，立即扣留！"随后带着陈勤勤一行，分乘吉普和卡车各一辆，前往双河场与吴厂长和李总队长会合。

为了掩饰其特殊性，防化学兵总队对外称学兵总队。总队司令部设在双河场，所辖第一团也驻防于此至花背溪一线，其余三个团分别驻扎在邻玉场、旦沟等地。

通报后，副官安排陈勤勤等人在厢房休息，将肖仲义引进了地下指挥室。

"吴厂长、李总队长冒着鬼子的狂轰滥炸搞试验，令肖仲义钦佩之至！"肖仲义行了一个军礼，由衷说道。

李忍涛笑道："肖副处长客气。你们搞保卫工作，其危险程度更甚于我们嘛！"

吴钦烈用四川话说了句"对头"，随即用带有江浙口音的官话道："上午的试验还没开始，日机就来轰炸，我只好留在老李这里，等待专家们继续试验。肖副处长，今晚你们的计划能成功吗？"

"会的。"肖仲义目光坚毅地点了点头。他晓得吴厂长说的试验，是一种前线急需的新型防化弹药，他们不说具体名称和内容，按照战时军工保密特别条例，他也不便问。

客套过后，言归正传。李忍涛说了他的军事部署：按照泸保处的意图，总队警卫营已布置在灰洞子方圆五里，实施警戒；原驻守灰洞子的一个连，其警卫任务不变；总队直属特务连已在灰洞子隐蔽待命。目前只留下了进出夹竹沟的一条山道尚未布兵，只待日特和土匪进入其预定位置，警卫营和特务连即可快速隐蔽地合围。一团一营防守双河场；二营、三营作为预备队，随时增援试验基地。"我已令所属各部，今晚的战斗，一切听从肖副处长的命令和指挥。"末了，李忍涛补充道。

"这边的兵力充足，可高坝和狮子岩那边，只有驻厂警卫营，东斋也只有一个警卫连。"吴钦烈的话语，显得不无担忧。

"吴厂长放心，兵工厂和化研所的保卫力量，不比试验基地差。"肖仲义宽慰着吴钦烈，"七十六军一个甲种团正悄悄开往那边，下午五点前进入那一带防线隐蔽待命。重庆方面派了一个特训连来泸助战，加上泸保处二百来号人，已经十余倍于敌，今晚的保卫战，我们是有完全胜利的把握的！二位将军放心，到处都有我们的人！"最后一句疑似语意双关的话，吴、李二位只知其表意，不懂肖仲义的潜台词："还有我中共地下组织、武装力量和已被发动唤醒的广大抗日民众！"当然"到处都有我们的人"啦！

说话间，副官跑来报告："日机再次来袭！"

肖仲义下意识地看了看手表：下午三时。判断这可能是日军掩护其几小时后真正行动的预演。在李忍涛的安排下，肖仲义一行沿双河场至花背溪防化学兵总队的秘密小道，来到了灰洞子，将他的指挥所设在了这里。

肖仲义他们在总队谈话的时候，张功建正带着肖仲芸和二十几个中统行动队队员，在抗战小学向教职员工们打探钱剑飞的消息，众人皆说不知道，一名校工不知出于什么缘故，支支吾吾地说："张长官说的这个人，倒有点像体育老师邓一飞。"邓一飞？邓一飞不就是钱剑飞的化名吗！张功建大喜过望，忙问邓一飞在哪里，校工说："现在放暑假，一大早邓老师和小蔡就上山打猎去了。"这让一旁的肖仲芸暗自松了一口气，正要对校工说话，街上传来了一阵紧似一阵的敲锣喊话声："鬼子的飞机朝我们这边来了，大家赶快进山林躲起来……"

张功建只得暂且作罢，和手下们往树林里跑去。

6

夕阳的余晖渐渐隐没，一些归巢的鸟儿找不着清晨飞出的窝，发出倦怠悲切的鸣叫。硝烟尚未散尽的泸城上空，又一次响起了空袭警报的嘶鸣。对于本已习惯了躲避空袭的泸城人来说，鬼子的飞机一日三次来袭，尚属首次，难免没有了平常的见惯不惊，人心惶惶中谣言四起。

赵园和灰洞子同时监测到丰大谷和曹佳莉发给日机的电讯："一切准备就绪，可以空降。"待机上报务员确认是"富士山"和山口惠子的惯用指法后，回电指示："十五分钟后在预定地点点火为号，准备接应。"

肖仲义立即电示泸城："展开收网行动。"

此前之所以没有对丰大谷、曹佳莉、张仁礼等人采取抓捕行动，一是因为"富士山"、山口惠子的发报指法，军统方面还无人能代替，如果日机报务员不能确认是他们发报，特攻队就不会空降；二是因为当时并不清楚鬼子的地面接应人员将向空中发出什么信号标示空降地点，现在虽然晓得了，却还不知道他们将点几堆篝火，不过，马上就要见分晓了。肖仲义带着学兵总队特务连和军统一干人马，向夹竹沟潜行，去和潜伏在那里监视已进至夹竹沟的唐木森匪部及曹佳莉、张仁礼、汪洪、巫明亮等日特汉奸的泸城保卫处别动队人员会合。

夹竹沟外通往永宁河方向，是一大片种植烟叶的旱地。当天边传来飞机隐隐的嗡嗡声，在山头观测点的周桐下令身边的曹佳莉发出点火的信号。作为"川江骇浪行动"泸城的联络督导特派员和袭击试验基地的指挥官，曹佳莉到此刻也没有告诉他是点几堆火作为空降地点的标识，看来鬼子对他这个"汉奸"还是不完全信任，留了一手的。这倒给他以后在南京日军司令部得以脱险留下了另一个理由。在几声模仿斑鸡的咕咕声后，曹佳莉将点火指令通过山道各处的潜伏日特汉奸传到山下，随后旱地周边呈六角形点燃了六堆熊熊篝火。日军运输机在战斗机的护航下，呼啸而至，舱门开处，神勇特攻队一个小队的七十五名队员，逐次跳伞降落，在刚擦黑的天空中初升月亮的映照下，像一朵朵毒蘑菇。

与此同时，高坝大龙山、罗汉狮子岩方向，日军两个小队的神勇特攻队队员也开始空降。

日机呼啸而去，空投的鬼子有的已接近地面，肖仲义正要下令发信号弹开火，不料旱地中突然有人向空中的鬼子开枪，霎时，旱地上空及其周边地面，枪弹声交织成一片。唐木森的人马和张仁礼、汪洪那帮鬼子火拼起来了！肖仲义立即传令各部：消灭空降的鬼子，从三面向旱地合围前进，将鬼子和接应的日特、汉奸、匪贼赶进夹竹沟——前面学兵队警卫营的弟兄已"扎紧口袋"，枪炮正候着鬼子呢！

射向空中鬼子的第一枪，是杨大开的。

眼见空中一朵朵飘散的"毒蘑菇"，杨大也不知国军的伏击准备好了没有，急问在浪里风波号坐第三把交椅的表弟："不是说空投物资吗？咋个看上去是背着背包的人呢？"

"是鬼子！"老三对匪首"惊堂木"唐木森喊道，"大哥可不要食言哦！"

所谓"不要食言"，是此前他们兄弟伙商量好的：如果空投的是物资就接收，和汪洪、巫明亮相安无事；如果是鬼子，就干掉他们，决不做辱没祖宗八辈的汉奸！老三的父母就是遭鬼子飞机轰炸而死，这个血海深仇结义兄弟伙帮着一起报！

"咋回事？！"唐木森问身旁的汪洪、巫明亮。

"唐首领，"汪洪言语中颇含得意自负之色，"实不相瞒，大日本皇军神勇特攻敢死队今晚将突袭二三兵工厂、应用化学研究所和这里的试验基地，你们为天皇立功效劳的机会到了！事成后，金钱、美女大大地赏！"

唐木森脸色骤变："你们是鬼子的人？"

汪洪正色道："是大日本皇军！"

老三一听，怒发冲冠，立马将枪口对准了汪洪的脑壳："狗屁天皇！格儿老子，三爷这就送你上西天！"

"老子是中国人，决不当汉奸！"不待唐木森发话，杨大大吼一声，抬起中正式步枪向空中的鬼子射出了子弹。顿时空中地面枪声大作，在土匪和鬼子的火拼中，日特山本寿夫（汪洪）、伪谍巫明亮等人被乱枪打死，唐木森、老三等人被正在降落的空中鬼子开枪射杀，打入匪穴的中共地下党员杨大在激战中壮烈殉国。

肖仲义率队围了上来，经过聚歼，击毙日军特攻队六十八人，余下七名队员，由张仁礼带路，窜入了山林。

眼见行动失败，周桐表现出一副要舍身去炸灰洞子的样子，曹佳莉说："你这一去无疑是以卵击石。"在她的苦苦相劝下，二人狼狈撤离。

一时间，潜伏于泸城、纳溪及所属场镇罗汉、蓝田、新溪、渠坝驿、乐道子、大溪口等地的日特"富士山"系统、张仁礼系统的大部分成员，被中方捕获或击毙。

肖仲义命警卫营加强对灰洞子周边五里范围内的警戒，特务连会同驻守连严防死守灰洞子，急速调已秘密开至渠坝驿的保安旅一团连夜渡过永宁河搜山后，沿学兵总队秘密小道回到了双河场。

陈勤勤的收发报机忙个不停，各路电报纷至沓来。高坝、狮子岩方向皆大获全胜，中方参战人员损失三分之一。遗憾的是，日军特攻队无一人投降，少数漏网之鱼亦被沿途不明身份的武装人员击毙。吕凉在抓捕"富士山"（丰大谷）时中日特暗枪牺牲，保安旅驻罗汉的郑连长在激战中身亡……走投无路的"富士山"，因"川江骇浪行动"彻底失败，服毒自杀。

由肖仲义口授，姚小川记录的粉碎日军妄图摧毁"三化"阴谋的报捷电文，经陈勤勤之手，发往了重庆军统局本部和委员长侍从室，同时，秘密发往了八路军驻重庆办事处。

7

拂晓时分，吴钦烈和李忍涛执意要带领参加试验的科研人员前往灰洞子继续进行新型弹药试验，肖仲义劝阻道："据上半夜搜山归来的保安团报告，他们和鬼子发生了小规模战斗，仅击毙敌特攻队队员三名和几名日特，张仁礼和另外四名特攻队队员，到现在也不见踪影。二位将军是否等天亮后，部队进行第二轮搜山有了结果，再去进行试验？据我所知，鬼子的特攻队凶悍狡诈得很，武器配备精良，天将欲晓之际，正是绝佳的潜伏期，说不清他们正隐身于何处，你们现在去，恐遭鬼子的埋伏暗算，我肖仲义担待不起哦！"

吴钦烈说道："前方将士正在浴血奋战，后方连泸城这样的腹地也随时遭受日机的轰炸，我和老李还有其他化学兵工专家，也是上了日特的暗杀名单的，哪里没有危险？我们研制的新型弹药威力巨大，试验早一天成功，就可以早一天批量生产，为前线所急需，给鬼子以强大的杀伤力和震慑力。这次是最后的试验，我们一点也等不起！老李，你说是不是？"

口音带着云南腔的李忍涛满脸肃然："是的，我们必须为战事吃紧的前线所急而急。肖处你说过到处都是我们的人，还怕几个小鬼子？时间不等人，出发吧！"

肖仲义一时语塞。他是说过"到处都有我们的人"之语，明面上指国军各部，暗指中共地下武装力量和广大民众，却无从也不能解释。至于他们说的威力巨大的新型弹药，他们没说名称、成分、用途，按战时兵工保密条例，肖仲义也不能问——尽管目前他是"川江保卫行动"泸城保卫处的实际最高负责人。吴、李二位都是将军，话也说得铿锵有力，肖仲义不好硬性阻拦他们去搞试验，只好命吴钦烈的金如故警卫班和李忍涛麾下的一个警卫班，提高警惕，加强戒备，自己带着陈勤勤、姚小川及二十几名特工，亲自护送吴、李等专家们沿秘密小道前往灰洞子。

临近花背溪地界，嫣红的朝霞正慢慢绽放于天际。突然从灰洞子方向传来了枪声和手雷爆炸声，肖仲义暗叫一声"不好"，立即命令孔忠率卫兵和特工们护送两位将军和专家以及陈勤勤撤回双河场，自己则率金如故、姚小川朝枪弹声处奔去。

鬼子在偷袭灰洞子！

东方出现鱼肚白的时候，背包里装满雷管式高爆炸药，携带着百式冲锋枪、王八盒子、匕首和手雷等武器的四名日军神勇特工队队员，由熟悉地形的一名以货郎身份为掩护、早于川滇公路开建前就潜伏于渠坝驿的日特和张仁礼带路，沿着羊肠小道，攀岩越岭，突破了学兵总队警卫营和特务连的三道防线，悄然逼近了灰洞子，伺机对试验基地进行攻击。正当他们架起一门小钢炮，行将发起强攻时，他们背后山崖上的两棵香樟树上，突然射出了子弹！张仁礼和一名特攻队队员顷刻毙命，余下人员立刻散开，就地隐蔽并向山崖还击。向鬼子开枪的人是钱剑飞和小蔡，他们从昨天下午到现在，一直在"巡山打猎"，不但观察到了向夹竹沟集结的土匪队伍中的老杨，也避开了中统张功建的追捕，还暗中助力夜间搜山的保安团，击毙了三名特攻队队员和几名日特。天将欲晓，钱剑飞、小蔡二人来到山崖上，发现对面山岩上有异动，立即爬上树借着熹微的晨光瞭望，果真是鬼子准备炮击强攻灰洞子，于是钱剑飞先发制人，一枪命中鬼子炮手，小蔡打中了张仁礼。

钱剑飞不愧是神枪手，向小钢炮投下一颗手榴弹将其炸毁后，迅即跳下香樟树，跑到地形有利之处，一枪一个地将"货郎"和余下三名特攻队队员消灭了。待山上和山下的守卫部队合围而来，战斗已经结束，钱剑飞和小蔡早已隐没进了山林，消失得无影无踪。

跃马扬鞭，肖仲义他们赶到半道处，五百米开外的鼓儿石下，忽然又传来了一阵枪声。肖仲义心中一紧，双腿一夹，策马而至时，枪声已然平息。他正好撞见准备"逃逸"的肖仲芸、化名邓一飞的钱建飞以及一名他不认识的小伙子，山道两边则躺着张功建等几名中统人员的尸体。肖仲义翻身下马，不禁怒从心头起，挥舞着马鞭吼道："肖仲芸，你竟然杀了张功建，这是在干什么？！"

肖仲芸倒很镇定："哥，刚才我们碰上了这两位抗日好汉，小蔡说他俩二十分钟前消灭了偷袭灰洞子的日军特攻队队员和张仁礼等日特。可张功建硬说邓一飞就是共产党钱剑飞，要将他就地正法。我不能眼睁睁看着打鬼子的神枪手死在一心想公报私仇而不顾抗日的人手里，没办法，我只好打了张功建的黑枪。"

肖仲义平息了一下情绪，道："仲芸，张功建身为中统泸城调查室主任，你帮助这两个共产党杀了他，不想活了？你以为你们还逃得脱吗？"

"哥，只要你不抓我们，我们自有去处。"肖仲芸面容平静，语气轻柔，"实不相瞒，哥，我也是中共地下组织的一员，要抓你就抓吧。"

肖仲义大吃一惊，双目瞪得像牛眼，一时竟说不出话来。

僵持了十几秒，只听身后响起拉枪栓声，肖仲义回头一看，金如故、姚小川手中两支黑洞洞的枪口，正对着自己。

金如故冷然道："副座，对不住了。对肖姑娘、老钱和这个小伙子，今天你放人算是对抗日的善行，不放也得放！"说完，拍了拍卡宾枪的枪身。

姚小川来得更直接："总教官，念你一心抗日，要不然我早就一枪结果了你的性命。我数三下，还不放人，就开枪了！"

不待姚小川数数，肖仲义作无可奈何状，挥挥手："权当我什么也没看见、没听见。仲芸，你们走吧！"

两拨人马相向而去。转过一道山坳，山峦中喷薄而出的旭日正冉冉升起。肖仲义勒马驻足，前方一队士兵正迎面而来，金如故、姚小川两人以为他要下令逮捕他们，不料似在观览风景的肖仲义冷峻轻言道："老金，小姚，我代表组织通知你们，经过长期的考察、鉴别，同意你们正式加入中共地下党'老邓'小组。"

肖仲义的话来得太突然，让金、姚二人面面相觑。姚小川忍不住问："莫非总教官是……"

话未说完，被背朝着他们的肖仲义冷冷地打断："不该问的别问，不该说的别说，不该做的事更别做！这是秘密工作的铁律！对于今天你们的莽撞行为，'栀子花'同志会给予你们严厉的批评！"说完，不再搭理他们，扬鞭去往灰洞子。

不久，在上级党组织的安排下，隐匿的钱剑飞、肖仲芸等地下工作者，随陈野书记秘密去了延安，奔赴八路军抗日前线。

日军摧毁中国"三化"的"川江骇浪行动"泸城计划彻底破产，中国的抗日化学军工血脉得以保全。日军苦心孤诣经营多年，潜伏于上川江暨泸城的丰大谷（"富士山"）、张仁礼（多田俊夫）日特系统，遭到了中方的毁灭性打击。因此，日本侵略者计划调动航空队，对泸城实施大规模无差别的报复性轰炸，然而巧合的是，此时我八路军百团大战打响了！仓促间，日军取消计划，支援被八路军痛击的华北战场的日军去了。那段时间，不仅泸城上空少见日机出没，日机对陪都重庆的轰炸频次也减少了许多。中国军民的"三化"保卫战，遂告一段落。而对于这场取得胜利的战事，国民政府从未对外公开提及，日方也三缄其口。这段历经血与火洗礼的历史，在群山起伏的静寂沉雄中，湮没在滔滔川江的浪花之中。

十天后，病愈归来的叶云翔在赵园举办了庆功会。在众人痛饮银钩头的泸城大曲、向林场的沉香酒之际，叶云翔告诉了肖仲义一个消息："局里得到情报，在越南河内发现了周桐、曹佳莉的行踪。"肖仲义连忙说："这两个日特漏网逃脱，是职部失责，任凭老师发落。"叶云翔笑道："保卫'三化'你指挥得当，劳苦功高，戴老板说了：'肖仲义办事还算周详，军统哪里有百密而无一疏的人呢？'仲义啊，这事上面并不追究，放心喝酒吧！"
肖仲义表面诺诺，内心十分高兴："'老鹰'同志终于脱险啦！这把插入日
伪心脏的尖刀，祝你一路平安！"

　　一年后，日军偷袭美军珍珠港，战事发生极大变化。日军取消了"川江
骇浪行动"后续计划，中方"川江保卫行动"各系统随之解散，另行整合安
排。在此后的对日作战中，中共地下党的"老邓"小组、"老鹰"等同志继
续在情报工作中发挥着巨大作用——此为后话，暂且不表。

2020年10月8日至2022年11月20日凌晨6时初稿于泸州

2022年12月13日凌晨定稿于泸州